KB051756

수수께끼
풀이는 저녁 식사
후에

NAZOTOKI WA DINNER NO ATO DE
by HIGASHIGAWA Tokuya

© 2010 Tokuya HIGASHIGAWA

수수께끼 풀이는 저녁 식사 후에 1

謎解きはディナーのあとで

히가시가와 도쿠야 지음

현정수 옮김

arte

첫 번째 이야기

⋮

살인 현장에서는 구두를 벗어주십시오

1

아파트의 어느 집 앞. 호쇼 레이코가 벨을 울리자 문이 체인의 길이만큼 좁게 열리고 어떤 남자의 얼굴이 보였다. 레이코 옆에서 가자마쓰리 경부가 힘차게 수첩을 꺼내 보였다. 곧바로 그 남자, 다시로 유야의 안색이 변했다. 아무래도 우리의 방문은 그 남자에게 예상 밖의 상황이자 불쾌한 일인 듯했다. 하긴 그것도 어쩔 수 없겠다고 레이코는 생각했다. 경찰의 방문을 미리 예상하는 사람은 거의 없다. 환영해주는 사람은 더욱 적을 것이다.

"형사님이 저에게 무슨 볼일입니까?"

"실은 말입니다."

가자마쓰리 경부가 거드름을 피우듯이 용건을 전했다.

"요시모토 히토미 씨라는 여성에 대해서 묻고 싶은 것이 있어서요."

"자, 잠깐만 기다려주세요, 형사님. 왜 형사님이 그런 걸 물어보러 오신 겁니까? 그 여자에게 무슨 일이라도 생겼습니까?"

"어라. 눈치를 보니, 아직 모르시는 것 같군요."

가자마쓰리 경부는 상대의 반응을 보듯이 잠시 뜸을 들였다가 사실을 말했다.

"요시모토 히토미 씨는 어젯밤, 누군가에게 살해됐습니다."

"뭐라고요!"

다시로 유야는 깜짝 놀라는 표정을 짓더니 체인 록을 풀고는 이번에는 신발을 신고서 문밖으로 모습을 드러냈다.

"알겠습니다. 그런 일이라면 어딘가 다른 장소에서 이야기를 하시죠."

다시로 유야는 형사들을 자기 집에 들이려고 하지는 않았다. 오히려 한 발짝도 들이지 않겠다는 듯이 곧바로 문을 닫았다.

그러나 문이 닫히기 직전, 레이코는 똑똑히 보았다. 운동화나 구두가 마구잡이로 늘어서 있는 현관 한구석에 놓인 예쁜 흰색 하이힐. 어쩐지 집 안에 들이지 않으려고 하더라. 아마 새 애인이 와 있는 거겠지. 그리고 문득 레이코의 뇌리에 어제 봤던 피해자의 모습이 되살아났다. 살해된 요시모토 히토미는 하이힐이 아니라 부츠를 신고 있었다.

구니타치(国立) 시의 살인 현장 부근에서 은색 재규어를 발견한다면, 틀림없이 가자마쓰리 경부의 차일 것이다. 구니타치 시에서 은색 재규어 같은 차량은 그리 쉽게 찾아볼 수 없고, 살인 사건은 더욱 드물다.

시월 십오일 토요일, 오후 일곱시 반. 구니타치 역의 남쪽 출구, 문화의 향기가 감도는 세련된 도심인 다이가쿠 길은 학생과 직장인들로 상당히 붐비고 있다. 한편 역의 북쪽 출구에서 걸어서 몇 분 거리. 생활감이 떠도는 평범한 주택가, 기타 니초메는 제복 차림의 경찰관들로 붐비고 있었다.

그곳은 삼층짜리 연립주택이었다. 가자마쓰리 경부는 이미 와 있는 듯했다. 경찰차에서 내린 호쇼 레이코는 길 위에 주차된 재규어의 실루엣을 곁눈질로 확인하면서 노란색 접근 금지 띠를 지났다. 바깥의 철제 계단을 뛰어올라 304호로. 문 앞에 서 있는 제복 경찰에게 가볍게 인사하고 살인 현장으로 발을 들여놓았다. 극히 평범한 독신자용 원룸이다. 입구를 지나자 신발을 벗는 작은 공간이 있고, 그곳부터 카펫이 깔린 작은 복도가 쭉 이어지고 있다. 그 복도에 조끼까지 갖춘 영국제 성장을 걸친 가자마쓰리 경부의 모습이 보였다.

"여어, 이제 왔군. 어디서 미아가 된 줄 알았지 뭐야, 아가씨."

"늦어서 죄송합니다."

레이코는 순순히 고개를 숙였지만, 중요한 부분은 양보하지 않았다.

"저기, '아가씨'라고 부르지 말라고 말씀드리지 않았던가요, 경부님? 다른 사람들이 따라하니까요."

"어라, 그런가?"

가자마쓰리 경부는 뭐가 문제냐고 말하고 싶은 듯한 얼굴로 고개를 갸웃거렸다. 가자마쓰리 경부는 올해로 서른두 살에 독신. 그러나 단순한 독신은 아니다. 아버지는 중견 자동차 제조 회사 '가자마쓰리 모터스'의 사장이다. 즉 그는 부잣집 도련님이다. 그야말로 독신 귀족이라는 호칭이 어울리는 존재라고 할 수 있다. 그러면서도 그는 구니타치 경찰서에 소속된 경찰관이며 직함은 경부다. 이 부분을 보통 사람은 이해하기 힘들 것이다. "이유가 뭡니까?" 하고 물어보면, 으레 그는 여유로운 미소를 지으면서 "사실은 프로야구 선수가 되고 싶었지"라고 얼토당토않은 대답을 한다. 하지만 그것도 꼭 농담만은 아닌 듯하다. 실제로 고교 야구계에서는 꽤 이름이 알려진 존재였다고 한다. 요컨대 가자마쓰리 경부라는 존재를 알기 쉬운 예를 들어서 표현하자면, '하나가타 모터스의 도련님인 하나가타 미쓰루◆가 한신 타이거즈에 입단하지 못하고 어쩔 수 없이 치른 경찰관 채용 시험에 합격해서, 그대로 경찰관이 된 것과 비슷한 인물'이라고 말할 수 있을지도 모른다. 혹은 좀 더 단순하게, '부잣집 도련님이 경부가 되었다'라고 해도 좋다. 본인은 화를 내겠지만.

호쇼 레이코는 이 경부를 꺼려한다. 그리고 가자마쓰리 경부는

◆ 야구 만화 『거인의 별』의 등장인물. 하나가타 모터스 사장의 아들로, 한신 타이거즈에 입단하여 활약한다.

그것을 희미하게도 깨닫지 못하는 것 같다. 이렇게나 눈치 없는 남자가 용케 경부가 되었구나 하는 생각이 든다.

"피해자는 이 집에 사는 요시모토 히토미라는 이십오세의 파견 사원이다. 보고 오도록."

가자마쓰리 경부는 짧은 복도 끝에 있는 문을 가리켰다. 레이코는 그 문을 열고 조심조심 현장으로 발을 들였다. 그곳은 플로어링이 깔린 세 평 정도 되는 방이었다.

시체는 방에 들어가자마자 바로 앞에, 바닥에 큰 대자로 엎어지듯 쓰러져 있었다. 다행히 시체에서 출혈은 찾아볼 수 없다. 아무래도 목이 졸려서 죽은 듯했다. 피투성이의 처참한 현장을 각오하고 있던 레이코는 그 점에서 가슴을 쓸어내렸다. 동시에 레이코는 그 시체에서 기묘한 인상을 받았다. 원인은 피해자가 걸치고 있는 것들 때문이었다. 데님 미니스커트에 컨트리풍 셔츠. 등에는 작은 배낭을 메고 있다. 명백히 외출할 때의 모습이다. 게다가 피해자는 신발까지 신고 있었다. 정확히는 갈색 부츠다. 집 안에서 부츠? 이건 좀 이상하다.

레이코가 머릿속에서 상황을 정리하려는데, 옆에서 가자마쓰리 경부의 쓸데없는 잡음이…… 아니, 귀중한 조언이 들려왔다.

"예를 들어서, 피해자가 귀가했을 때 누군가의 습격을 받았다고 가정하지. 피해자는 필사적으로 저항했지만 힘이 부족했고, 결국 이 방에서 범인의 손에 목이 졸려 살해됐다. 그런 스토리가 떠오르지. 하지만 그렇지는 않아. 보라고, 호쇼 형사. 현관에서 이 방으로 이어지는 복도에 발자국 같은 것은 하나도 찾아볼 수 없었어. 이 플로어링 바닥도 마찬가지로 깨끗하고. 피해자는 부츠를 신고 있었는데 말이야! 이 상황이 이상하다고 생각하지 않나?"

들을 것도 없이 현장을 한 번 본 순간부터 이상하다고 생각했습니다. 솔직하게 그렇게 말해버릴까 하고 생각했지만, 그랬다간 어쩐지 상사의 심기를 거스를 것 같아서 레이코는 적당히 감탄하는 체하기로 했다.

"확실히 경부님의 말씀대로 이상하군요. 대체 어떻게 된 일일까요?"

어쩌면 피해자는 다른 장소에서 살해돼, 시체 상태로 이 방까지 운반되었을지도 모른다. 범인이 시체를 짊어지고 운반하면 복도나 플로어링에 피해자의 발자국은 남지 않을 테니까. 레이코가 그렇게 생각하고 있는데, 가자마쓰리 경부가 입을 열었다.

"아마도 범인은 피해자를 어딘가 다른 장소에서 살해하고, 그 시체를 이 방까지 운반해왔던 거겠지. 시체를 짊어지고 옮기면 당연히 발자국도 남지 않을 테고."

경부도 레이코와 완전히 같은 의견이었다. 레이코는 어쩐지 저작권 침해를 당한 듯한 기분이 들었다. 그렇지만 뭐, 괜찮다. 어쨌든 이 추리가 옳다면 용의자는 단숨에 반으로 줄어든다. 즉 범인은 남자다. 여자의 힘으로 시체를 짊어지고 옮기는 것은 어려울 테니까. 레이코가 거기까지 생각했을 때,

"그래, 범인은 남자야!"라고 또다시 가자마쓰리 경부가 선수를

쳤다.

"여자의 힘으로는 시체를 짊어지기 어렵지. 게다가 일대일 상태에서 재빨리 상대를 목 졸라 죽인다는 행위는 상당한 체력 차이가 없으면 불가능해. 역시 범인은 남자야."

"과연 그렇군요, 역시 경부님이십니다."

모두가 떠올릴 만한 것을 누구보다도 먼저 입 밖에 내는 날렵함에서 가자마쓰리 경부는 초일류다. 그러나 감탄만 하고 있을 수는 없다.

"경부님, 남자의 단독 범행이라고 단정 내리는 것은 좀 뭐하다고 생각합니다. 설령 여자라고 해도 이인조라면 상대를 목 졸라 죽이는 행위도, 시체를 운반하는 작업도 의외로 간단히 할 수 있지 않습니까?"

"들을 것도 없이, 현장을 한눈에 본 순간에 나는 그 가능성을 생각하고 있었지."

이봐, 그건 거짓말이겠지! 지금 내 말을 듣고서 생각한 거잖아! 지 잘난 맛에 사는 남자 같으니!

"왜 그러지, 호쇼 형사?"

"아뇨, 과연 대단하십니다, 경부님."

더 이상 다른 말을 떠올릴 수 없다. 역시 호쇼 레이코는 가자마쓰리 경부가 부담스러운 것이다.

이윽고 검시가 이루어지고, 몇 가지 중요한 사실이 밝혀졌다. 우선 사망 추정 시각은 오후 여섯시 전후. 사인은 예상대로 목이 졸린 질식사. 그 밖의 외상이나 폭행 흔적은 찾아볼 수 없었다. 교살에 사용된 흉기는 가느다란 끈 같은 것이라고 추정되었다.

시체가 운반되어 나가는 것을 기다렸다가, 레이코는 다시 한 번 피해자의 방을 관찰했다. 살해된 여성에게 채찍질을 하는 것 같아서 미안하지만, 빈말로도 정리정돈이 되었다고 말하기 어려운 난잡한 방이었다. 책장에는 책이 넘쳐나고, 시디 진열장에는 시디가 넘쳐나고, 신문꽂이에는 한 달 분량의 신문이 넘쳐나고 있었다. 침대 이불도 일어났을 때의 상태 그대로. 뭐, 젊은 여성이 자취하는 집은 대개 이런 법이니 특별히 놀랄 일도 아니지만.

레이코는 그런 생각을 하면서 방에서 유일한 섀시 창을 열어보았다. 창밖에는 반 평 정도 되는 작은 베란다가 있다. 그곳에는 빨랫줄이 쳐져 있고, 셔츠나 청바지, 속옷에서 운동화에 이르기까지 잡다한 빨래가 널려 있었다.

가자마쓰리 경부는 빨래보다 빨랫줄에 흥미를 느낀 듯, 주의 깊게 관찰하기 시작했다.

"교살에 사용된 것은 가느다란 끈……."

가자마쓰리 경부가 중얼거리는 소리를 듣고 레이코는 좋지 않은 예감이 들었다.

"경부님, 설마 살인범이 피해자를 교살한 뒤에 그 끈을 베란다에 치고 빨래를 널었다고 말할 생각은 아니시겠죠?"

"아니, 그런 생각은 하지 않았어."

아니다, 지금 그의 뇌는 분명히 그런 생각을 하고 있었을 것이다. 레이코는 알 수 있다.

"흉기인 끈은 범인이 가지고 갔겠죠. 그렇게 부피가 큰 물건도 아닐 테니까."

"그렇겠군."

경부는 재빨리 빨랫줄에 작별을 고하고 플로어링이 깔린 방으로 돌아왔다. "그러면 슬슬 첫 발견자를 조사하러 가볼까."

곧바로 첫 발견자인 여성이 불려왔다. 같은 연립주택 301호에 사는 스기무라 에리라는 회사원이다. 피해자와 같은 스물다섯 살로, 두 사람은 평소에 같이 술을 마시곤 하는 이른바 술친구였다고 한다. 그녀가 요시모토 히토미의 시체를 발견한 것은 오후 일곱시 무렵. 여느 때처럼 술 마시러 가자고 요시모토 히토미를 부르러 갔을 때에 이변을 알아차렸다고 한다.

"문이 잠겨 있지 않았어요. 평소에는 남들 이상으로 문단속에 신경을 쓰는 사람이라 잠그는 것을 잊는 법이 없었는데. 그래서 집 안에 히토미가 있는가 보나 하고 생각해서, 문을 열고 불러보았는데 대답이 없지 뭐예요. 집 안은 어두컴컴했고 사람이 있는 기척도 느껴지지 않았어요. 하지만 가만히 보니까 복도 끝의 문이 열려 있고 그 너머에 누군가가 쓰러져 있는 모습이 보였어요. 저는 깜짝 놀라서 집 안으로 뛰어 들어갔죠. 불을 켜고 보니, 역시 히토미가……."

친구의 죽음에 기절초풍한 스기무라 에리는 곧바로 자신의 휴대전화로 경찰에 신고했다고 한다. 첫 발견자를 의심하는 것이 수사의 철칙이지만 스기무라 에리의 이야기에서 수상함은 느껴지지 않았다. 그녀의 이야기가 사실이라면 피해자는 살해된 지 단 한 시간 만에 발견되었다는 이야기가 된다. 스기무라 에리의 방문이 없었더라면 사건의 발견은 다음 날 이후로 미뤄졌을 것이다.

가자마쓰리 경부와 호쇼 레이코는 스기무라 에리의 조사를 마치자, 일단 304호를 나와서 이웃 주민들에게 탐문 조사를 시작했다. 다행히 사체 발견이 빨랐던 덕분에 몇 개의 중요한 증언을 얻을 수 있었다. 우선은 이 연립주택의 소유주이며, 일층에 살고 있는 가와하라 겐사쿠라는 중년 남성. 그는 "생전의 피해자의 모습을 목격했다"라고 증언했다.

"제가 우편함에 석간신문을 가지러 갔을 때였습니다. 이 연립주택의 우편함은 바깥 계단의 일층 부분에 한데 모여 설치되어 있는데, 거기서 마침 집에 돌아오는 요시모토 씨와 마주쳤습니다. 혼자역 방향에서 걸어와 제 옆을 지나갔죠. 네, 틀림없습니다. 데님 미니스커트에 갈색 부츠를 신고 있었습니다."

"그건 몇 시쯤이었습니까?"

가자마쓰리 경부가 롤렉스 시계를 자랑스러운 듯 은근슬쩍 내보이면서 물었다.

"다섯시쯤 시작한 텔레비전 방송이 끝나고 조금 지났을 무렵이니, 오후 여섯시쯤이었겠죠."

사망 추정 시각은 딱 오후 여섯시 전후였다. 가자마쓰리 경부의 목소리가 더욱 긴장되었다.

"그때 요시모토 씨의 상태는 어땠습니까? 그 사람과 대화를 나누지는 않으셨습니까?"

"네, 저는 '어서 오세요'라고 인사했습니다. 그런데 요시모토 씨는 어쩐지 난처하다는 얼굴로 '그렇게 됐네요'라고 어정쩡한 대답을 하고는 그대로 종종걸음으로 계단을 올라가더군요. 그러고 보니, 지금 생각하면 눈치가 어쩐지 좀 이상했습니다. 평소에 요시모토 씨는 조금 더 애교가 있어서 집주인인 저에게 꼬박꼬박 인사를 했습니다만."

"요시모토 씨와 지나친 뒤, 당신은 무엇을 하셨죠?"

"당연히 바로 집으로 돌아왔죠. 거짓말이 아닙니다. 의심이 된다면 연립주택 맞은편의 과일가게 주인에게 물어보세요. 저와 요시모토 씨가 마주칠 때, 마침 가게 주인이 밖에 나와 있었으니까요."

재빨리 두 형사는 연립주택 맞은편의 과일가게로 발을 옮겼다. 과일가게 주인은 '확실히 가와하라 씨와 젊은 여자가 우체통 앞에서 지나치는 것을 보았다'라고 증언했고, '가와하라 씨는 그대로 자기 집으로 돌아갔다'라고 보증했다. 그러나 과일가게 주인도 딱히 하루 종일 그 연립을 감시하고 있는 것은 아니므로 그의 입에서 그 이상의 정보는 나오지 않았다.

이어서 형사들에게 귀중한 정보를 준 사람은 연립주택의 이층에 사는 모리타니 야스오라는 대학생이었다. 그는 "범인의 것이라고 생각되는 발소리를 들었습니다"라고 증언했다.

"저희 집, 201호는 보시는 대로 계단 바로 옆에 붙어 있잖아요. 그래서 계단을 오르내리는 소리가 잘 들립니다. 이 계단, 철제 계단이라 많이 울리거든요. 게다가 제가 들었던 발소리는 유난히 시끄러운 소리였어요. 쿵쾅 하고 뛰어 내려가는 발소리. 네, 그건 올라오는 게 아니라 내려가는 발소리였죠. 틀림없습니다. 그때는 아무렇지도 않게 생각했지만, 삼층에서 살인 사건이 있었잖아요. 어쩌면 그건 범인이 도망칠 때의 소리가 아니었을까 하고 생각해서요. 어, 몇 시냐고요? 아마도 오후 여섯시쯤 아니었을까요."

이것 역시 범행이 있었다고 여겨지는 시각과 딱 일치한다.

"다른 발소리를 듣지 못했나?"

"글쎄요, 들었을지도 모르겠지만 기억에 없네요. 오후 여섯시의 발소리도 우연히 기억하고 있었던 것뿐이니까요."

모리타니 야스오는 그 밖의 발소리에 대해서는 기억하지 못하는 눈치였다.

두 형사는 탐문 수사를 마치고 다시 삼층의 현장을 향해 계단을 올라갔다.

"경부님."

도중에 레이코가 물었다.

"모리타니 야스오가 들은 발소리는 정말로 범인이 도주할 때의 발소리라고 생각해도 되는 걸까요?"

"아니. 그렇게 단정 짓기는 아직 일러, 호쇼 형사. 우연히 범행이 일어난 것과 같은 시간대에 사건과 전혀 관계없는 사람이 계단을 뛰어 내려간 것뿐일지도 몰라."

그렇다면 상당히 헷갈리는 일이지만, 그런 일은 현실에서 곧잘 일어난다.

"그렇지만 경부님, 가와하라 겐사쿠의 증언은 분명 중요하겠군요. 오후 여섯시경에 집에 돌아온 요시모토 히토미는 가와하라 겐사쿠와 우편함 앞에서 마주쳤습니다. 그 순간까지 그 여자는 살아 있었죠. 그 여자가 살해된 것은 그 직후라는 뜻이 됩니다. 즉 이 계단을 삼층까지 올라가고, 복도를 나아가서 304호에 도착하고, 현관에서 부츠를 벗으려고 하기 직전까지의 아주 짧은 시간 사이에 요시모토 히토미가 살해됐다. 그리고 범인은 그 시체를 플로어링이 깔린 방 안까지 짊어지고 갔다. 그런 것이 되지 않을까요, 경부님?"

피해자가 부츠를 신은 채로 죽어 있었다는 점에서 도출되는 당연한 추리다. 그러나 가자마쓰리 경부는 레이코의 추측을 야유하듯이, "흐흠. 정말로 그럴까, 호쇼 형사?" 하고 작게 코웃음 치더니, 왕년의 아마치 시게루◆를 의식한 것일까, 미간에 깊은 주름을 만들면서 한 가지 추측을 내놓았다.

"예를 들어, 범인은 요시모토 히토미를 방 안에서 죽이고 수사의 눈을 속이기 위해 나중에 시체에 부츠를 신겼다. 마치 범행이 집 밖에서 벌어졌던 것처럼 보이기 위해서 말이야. 어떤가? 나는

◆ 일본의 배우로 인상적인 외모와 미간의 주름. 염세적인 이미지로 유명하다.

충분히 가능성이 있다고 생각하는데."

"아뇨, 그건 아니라고 생각합니다, 경부님."

레이코는 곧바로 반격했다.

"왜냐하면 시체에 부츠를 신기는 것은 말처럼 간단하지 않으니까요. 하물며 피해자가 신고 있던 부츠는 가죽 끈으로 묶는 타입이었습니다. 그런 부츠는 자기 발에 신기도 상당히 귀찮거든요. 그걸시체에게 신기려면 얼마나 애를 써야 할지. 살인범이 그런 번거로운 일을 하다니, 저는 도저히 그렇게 생각되지 않습니다."

"물론 나도 자네와 같은 의견이야."

가자마쓰리 경부는 곧바로 동의했다.

"시체에 부츠를 신기다니, 바보 같은 짓에도 정도가 있지. 만약그런 짓을 했다면 분명히 시체에 부자연스러운 정황이 나타나서, 검시할 때 이야기가 나왔을 거야. 그래, 시체에 나중에 부츠를 신기는 것은 불가능해. 있을 수 없어. 안 그런가, 호쇼 형사?"

"……네, 경부님이 말씀하시는 대로입니다."

확실히, 단 육십 초 정도 전에 미간에 주름을 만들면서 '충분히가능성이 있다고 생각한다'라고 말씀하셨던 인물이 있었는데, 그건 대체 누구지? 레이코는 가자마쓰리 경부의 재빠른 입장 전환에기가 막힐 뿐이었다.

이런저런 이야기를 나누며 두 사람이 사건 현장인 304호로 돌아가자, 기다리고 있었다는 듯이 한 형사가 가자마쓰리 경부에게 달려왔다.

"피해자의 컴퓨터 책상 서랍 안에서 이런 물건이 나왔습니다."

그것은 사진 한 장과 열쇠였다. 열쇠는 이 연립주택의 열쇠가 아니다. 이 연립주택은 건물은 낡았어도 자물쇠만큼은 방범 효과가 뛰어난 최신식 제품이 사용되고 있다. 눈앞의 열쇠는 명백히 그것과는 다른 물건이었다.

"호오, 이건 뭐지?"

가자마쓰리 경부는 흥미가 생긴 듯이 사진 쪽으로 얼굴을 가까이 가져갔다.

"요시모토 히토미와 젊은 남자의 사진이잖아. 그렇군, 피해자에게는 사귀는 사람이 있었어. 그렇다면 이 열쇠는 그 남자의 집 열쇠인가. 흐흠, 이거 재미있군."

레이코도 가자마쓰리 경부가 말하고자 하는 바를 이해할 수 있었다. 이미 두 사람 사이에서 논의되었듯이, 이번 사건에서 범인은 남자일 확률이 높다. 게다가 연애 감정의 갈등은 살인의 동기가 되기 쉽다.

"피해자의 애인이라면 용의자로는 안성맞춤이군."

가자마쓰리 경부는 기분 좋은 듯이 말하더니, 사진을 손에 든 채로 "우선 스기무라 에리에게도 보여줘야겠군" 하며 방을 뛰어나갔다.

그리고 문제의 사진을 본 스기무라 에리는 "아아, 이 사람!"이라며 짐작이 간다는 듯 곧바로 말했다.

"이 사람은 히토미가 반 년 전까지 파견 사원으로 일하던 회사 쪽

사람인데, 확실히 이름은 다시로…… 다시로 유야였을 거예요."

2

그런 이유로 다음 날인 일요일, 가자마쓰리 경부와 호쇼 레이코는 곧바로 다시로 유야의 집을 방문했고, 근처의 찻집에서 그와 면담을 하기에 이르렀다.

다시로 유야는 서른세 살. 중견 기계 제조 회사의 총무부에서 젊은 나이에 과장을 맡고 있는 엘리트 사원이다. 다시 한 번 가까이에서 보는 다시로 유야는 휴일다운 털털한 옷차림이었다. 얼굴은 꽤 반반해서 여성에게 인기 있을 타입으로 보인다. 파견 사원이었던 요시모토 히토미가 이 남자의 외모와 직함에 이끌렸다고 해도 무리는 아닐 거라고 레이코는 생각했다. 물론, 레이코는 이 정도의 외모와 직함에는 아무런 매력도 느끼지 않는다. 애초에 이런 것에 일일이 반응했다간 '가자마쓰리 모터스'의 도련님을 상대할 수 없다.

그 가자마쓰리 경부는 다른 두 사람이 무난하게 블렌드 커피를 주문하려는 것을 막더니, 멋대로 '블루마운틴 스페셜 셀렉트'를 세 잔 주문하고는 움츠러드는 기색도 없이 질문을 계속했다.

"그러면 요시모토 씨와 전에 교제했던 사실은 인정하는 거군요, 다시로 씨."

"네, 인정합니다. 우리가 사귀기 시작한 건 일 년 정도 전입니다. 그 여자가 저희 회사에 파견오고 나서 곧 친해졌죠. 하지만 반년 전에 헤어졌습니다. 뭐, 그냥 연락이 뜸해지다가 흐지부지된 거죠. 파견 사원인 그 여자는 저희 회사에서 반 년 정도 일하다가 다시 다른 회사로 옮겨갔습니다. 그 후로 점차 소원해졌습니다."

"그렇군요. 하지만 그렇다면 어째서 요시모토 씨는 당신의 사진을 소중하게 가지고 있었을까요? 아니, 사진뿐만이 아닙니다. 요시모토 씨는 이런 물건을 가지고 계셨습니다."

가자마쓰리 경부는 그 열쇠를 다시로의 코앞에 내밀었다.

"다시로 씨, 혹시 이건 당신의 집 열쇠가 아닙니까?"

"아무래도 그런 것 같군요."

다시로는 경부가 내민 열쇠를 언뜻 보고, 선뜻 사실을 인정했다.

"그래서, 그게 뭔가 문제라도 있습니까?"

"그러면 솔직히 말씀드리겠습니다. 당신과 요시모토 씨는 서로의 방 열쇠를 나눠 가질 정도로 깊은 사이였습니다. 당신은 이미 헤어졌다고 말하고 있지만, 실은 두 사람의 관계는 지속되고 있었던 것이 아닙니까? 그래서 당신의 열쇠를 아직까지 요시모토 씨가 가지고 있었던 것 아닙니까?"

"그렇지 않습니다."

이제까지 냉정함을 유지하고 있던 다시로가 처음으로 거친 목소리를 냈다.

"확실히 저는 그 사람과 열쇠를 교환한 적이 있습니다. 하지만 제 열쇠를 아직 그 사람이 가지고 있었던 것은 헤어졌을 때 돌려받는 것을 깜빡해서 그대로 놔두었기 때문입니다. 흔히 있는 일이잖습니까. 게다가 백 보 양보해서, 형사님이 말한 대로 저와 그 사람의 관계가 이어지고 있었다고 하죠. 그게 어쨌다는 겁니까? 제가 그 사람을 죽였다고 말할 생각입니까?"

어쩐지 백 보 양보할 타이밍이 너무 이르다는 기분이 안 드는 것도 아니었지만, 덕분에 이야기가 의외로 빨리 진행될 것 같은 눈치였다.

"진정하세요, 저희도 당신을 의심하고 있는 것은 아닙니다."

가자마쓰리 경부는 이런 상황에서 쓰는 상투적인 말을 한 뒤에 핵심에 다가가는 물음을 던졌다.

"그런데 다시로 씨, 당신은 어제 오후 어디에 계셨습니까?"

"알리바이 조사입니까? 흠, 뭐, 좋습니다. 다행이라고 해야 할지, 어제 오후라면 저는 회사의 낚시 친구들과 함께 외출했을 때입니다. 히라쓰카의 쇼난 해안이죠. 정오에 친구의 차로 출발해서 히라쓰카의 낚시터에 도착한 것이 세시쯤. 그리고 밤까지 낚시 삼매경이었습니다."

"호오, 밤중까지 낚시를."

가자마쓰리 경부는 갑자기 히죽거리는 어조로 말했다.

"그렇다면 어젯밤에는 고생하셨겠군요. 히라쓰카는 비가 내려서 낚시할 상황이 아니지 않았습니까?"

"하하하. 경부님, 괜히 떠보려고 해도 소용없습니다. 확실히 어제 일기예보에는 밤부터 간토 지방 전역에서 비가 내린다고 했죠. 그렇지만 예보는 완전히 빗나갔습니다. 히라쓰카에 비는 한 방울도 내리지 않았습니다. 구니타치에도 안 내리지 않았던가요? 안 그렇습니까, 경부님?"

"아아, 그러고 보니 그랬죠."

"그렇죠? 어젯밤은 쾌적한 낚시를 즐길 수 있었습니다. 그리고 그대로 차 안에서 하루를 났죠. 구니타치에 돌아온 건 어제 아침입니다. 네, 물론 계속 친구들과 같이 있었죠. 그런데 형사님, 히토미가 살해된 시각은 언제쯤이었습니까?"

의기양양하게 묻는 다시로 유야. 한편 완전히 기대가 빗나간 모습의 가자마쓰리 경부는 점원이 날라온 커피를 씁쓸하게 홀짝일 뿐이었다.

그 후 가자마쓰리 경부와 호쇼 레이코는 다시로 유야가 말한 증언의 진위를 확인하려고 그의 낚시 친구들에게 이야기를 듣고 다녔다. 그러나 그 노력은 결국 다시로의 알리바이를 완벽하게 입증할 뿐이었다.

두 사람은 해가 완전히 저물었을 무렵에 구니타치 경찰서로 돌아와서, 털썩 의자에 앉아 잠시 아무 말이 없었다. 이미 의견을 주고받을 기력도 남지 않았다. 이윽고 정체된 공기 속에서 가자마쓰리 경부가 힘없는 목소리로 말했다.

"이거야 원. 가장 의심스럽다고 점찍었던 다시로 유야가 범인이 아니라는 사실을 안 것만이 수확인가. 조사는 다시 출발점으로 돌아온 거야. 내일부터 다시 시작해야겠군. 아, 호쇼 형사."

경부는 넥타이를 느슨히 풀면서 레이코 쪽을 바라보았다.

"자네는 이만 돌아가도록 해. 어제는 자네도 밤을 새웠잖아? 과로하면 피부가 상한다고, 아가씨."

"하아……."

배려해주는 건 고맙지만 '아가씨'라고 불리는 것은 전혀 기쁘지 않다. 사실과 다르다고 말해도 좋다. 그렇지만 지금 레이코는 불평할 기력조차 없었다. 상당히 피로가 쌓인 것 같다.

"그러면 말씀도 있고 하니 오늘은 퇴근하겠습니다."

"응, 그러도록 해. 그러면 내가 재규어로 바래다주……."

"괜찮습니다!"

레이코는 단호히 거부했다. 자리에서 일어나려고 했던 가자마쓰리 경부는 기세에 눌린 듯이 의자에 도로 풀썩 앉았다.

호쇼 레이코는 홀로 구니타치 경찰서를 나와 걷기 시작했다. 구니타치는 세련되고 청결함 넘치는 거리의 모습을 자랑하는, 주오(中央)선 연선 도시 중에서도 으뜸가는 곳이지만, 사실 시청 등의 공공 기관은 난부(南武)선 근처에 있다. 그래서 난부선 연선 도시라고 불리기도 하는데, 아마도 구니타치 시민은 그렇게 불리는 것을 좋아하지 않을 것이다. 요컨대 이미지의 문제일 테지만, 그런 얘기는 접어두고.

레이코는 시청 건물을 곁눈으로 보면서 난부선 야호 역 방면으로 걸어갔다. 깊어진 가을을 느끼게 하는 무사시노 거리의 차가운 공기가 지친 몸을 기분 좋게 감쌌다. 하지만 머릿속은 사건 문제로 가득 차 있었다. 다시로 유야가 범인이 아니라면 아무래도 이번의 요시모토 히토미 살해 사건은 의외로 어려운 사건이 될 것 같다. 우선 동기를 알 수 없다. 범행 수법도 확실치 않다. 게다가 수사의 지휘를 맡은 사람은 가자마쓰리 경부다. 미궁에 빠질 것 같은 냄새가 난다.

아니, 결코 가자마쓰리 경부가 무능하다는 것은 아니다. 어쨌든 젊은 나이에 경부가 된 사람이다. 다만 좀 더 부하의 말에 겸허하게 귀를 기울이는 자세를 보인다면, 혹은 조금 더 협조하며 신중할 줄 알면 좋겠지만, 아, 그리고 졸부 취향을 훤히 드러내는 행동은 하지 말았으면 좋겠고, 성희롱 같은 언동도 자제했으면 싶다. 그도 그럴 것이, 같이 일하는 여자에게 '아가씨'는 실례잖아! 네가 미노 몬타◆냐!

"에잇!"

홧김에 길가의 작은 돌을 걷어찼다. 그러자 튕겨나간 돌은 도로에 주차된 차 — 검은 외제 차, 그것도 전장 칠미터는 될 법한 리무진 — 의 측면에 정통으로 명중하며 둔탁한 금속음을 냈다. 레이코는 두 손으로 입가를 덮었다.

◆ 본명은 미노리카와 노리오로, 일본의 탤런트 겸 프리랜스 아나운서.

"윽, 이런!"

곧바로 운전석의 문이 열리고, 안에서 날씬하고 키 큰 남자가 모습을 드러냈다. 나이로 보면 삼십대 중반. 상복 같은 검은색 슈트를 입은 모습은 고귀한 가문의 인물처럼 보이기도 했고, 카바레의 호객꾼처럼 보이기도 했다. 남자는 은테 안경 아래서 날카로운 시선으로 레이코 쪽을 흘끗 보더니, 표정 하나 바꾸지 않고 그대로 차 옆에 무릎을 꿇고는 차체의 긁힌 정도를 확인했다.

레이코는 안절부절못하며 남자 곁으로 다가가서 "미안하게 됐네" 하고 우선 고개를 숙이고 사과했다.

"수리비는 얼마나 나올까?"

"걱정 마십시오. 기껏해야 칠, 팔십 만 정도겠죠."

남자는 아무것도 아니라는 듯이 조용히 일어서더니, 레이코 쪽을 돌아보며 공손히 인사했다.

"살짝 긁혔을 뿐입니다, 아가씨."

"그래, 불행 중 다행이네."

레이코는 작게 한숨을 내쉬고 검은 리무진을 바라보았다.

"다행이야, 남의 차가 아니라서. 그런데 가게야마."

레이코는 다시 한 번 검은 슈트의 남자에게 말을 걸었다.

"일부러 나를 데리러 와준 거야?"

"그렇습니다. 슬슬 돌아오실 때가 되지 않았을까 생각해서."

"상당히 감이 좋네. 형사가 될 수 있겠어."

"당치도 않은 말씀."

가게야마라고 불린 남자는 과장스럽게 고개를 저으며 말했다.

"저는 호쇼 가문의 집사 겸 운전수. 아가씨처럼 재능에 넘치는 고귀한 분과 비할 바 못됩니다. 형사는 도저히……."

"여전히 입에 발린 말에 능숙하네."

레이코가 놀리듯이 말하자, "결코 그런 것이 아닙니다"라며 가게야마는 난처하다는 듯이 안경테에 손을 댔다.

"어쨌든 타십시오, 아가씨."

가게야마는 집사답게 낭비 없는 움직임으로 레이코를 리무진 안으로 에스코트했다. 레이코 역시 호쇼 가문의 영애답게 "고마워"라고 인사하며 우아한 동작으로 올라탔지만, 어제부터 이어진 격무 탓에 피로가 극에 달했던 터라 푹신한 뒷좌석에 머리부터 고꾸라지듯이 쓰러졌다. 이제 한 발짝도 움직이고 싶지 않다.

"저기, 가게야마…… 나 여기서 한숨 잘 거니까 한 시간 정도 적당히 달리도록 해……."

"알겠습니다."

레이코의 자기중심적이기 짝이 없는 명령에 운전석으로부터 가게야마의 대답이 들렸다.

레이코는 좌석 위에 몸을 눕히면서 한껏 기지개를 켰다. 그래도 L 자형 좌석에는 아직 여유가 있다. 이윽고 레이코는 리무진의 기분 좋은 흔들림을 느끼면서, 잠깐 잠이 들었다. 핸들을 쥔 가게야마는 레이코의 명령대로 한 시간 정도 천천히 차를 몰다가 구니타치의 모처에 있는 호화로운 서양식 저택, 호쇼 저택으로 돌아갔다.

그렇다. 구니타치 경찰서의 여형사인 호쇼 레이코는 젊은 미혼 여성이라는 의미의 '아가씨'가 아니라 그야말로 진정한 '귀한 집 아가씨'였던 것이다.

3

호쇼 레이코는 새우와 렌즈콩 샐러드, 어패류 수프, 토마토 닭고기 찜, 새끼 양고기 로즈메리 구이 등으로 아주 가벼운 저녁식사를 한 뒤, 야경을 전망할 수 있는 응접실 소파에서 시간을 보냈다.

평소에 형사로서 레이코는 버버리의 심플한 팬츠 슈트 등을 마치 '마루이 백화점 고쿠분지 지점'에서 산 것처럼 수수하게 입으며 형사다운 견실한 인상을 유지하려고 노력하고 있다. 그러나 일단 호쇼 저택으로 돌아오면 여성스러움을 강조한 원피스 드레스 같은 것을 걸치고 쉬는 경우가 많다. 만약 그 모습을 가자마쓰리 경부가 목격했다면 매일 얼굴을 마주하는 자신의 부하라고는 깨닫지 못할 것이다. 가자마쓰리 경부는 레이코가 '호쇼 그룹'의 총수, 호쇼 세이타로의 외동딸이라는 것을 모른다.

"주인어른께서는 아가씨를 매우 걱정하고 계십니다."

집사가 보석 같은 광채를 발하는 글라스에 고급 와인을 따르면서 말했다.

"지금쯤 다마 강변에서 흉악범과 총격전을 벌이고 있지나 않을까, 지금쯤 몸값이 든 가방을 손에 들고 구니타치 시가지를 뛰어다니고 있지나 않을까, 지금쯤 후추 가도에서 한창 자동차 추격전을 벌이고 있지나 않을까, 하고 정말 일이 손에 안 잡힐 정도로 걱정하고 계시다 합니다."

"어머, 그래?"

그렇게나 현실과 동떨어진 망상에 시달린다면, 일은커녕 일상생활도 제대로 하기 어려울 것이다. 의사에게 진찰이라도 한번 받아보는 편이 좋을지도 모른다. 골치 아픈 아버지다.

"아버님에게는 괜찮으니까 안심하시라고 전해드려. 지금 내가 관여하는 일은 총격전도 몸값도 자동차 추격전도 관계없어. 평범한 살인 사건이야. 조금 특이하지만."

"특이하다고 하시면?"

"시체가 신발을 신고 있다는 것……. 아, 하지만 그건 시체가 옮겨졌다고 생각하면 특별히 이상할 게 없지. 하지만 어째서 일부러 시체를 옮겼는지, 그 점을 모르겠어. 게다가 어째서 요시모토 히토미가 살해돼야만 했는지, 그 이유도 모르겠고. 알겠어, 가게야마?"

"아뇨, 전혀 모르겠습니다. 그 설명으로는, 전혀."

집사는 미안하다는 듯이 천천히 고개를 젓는가 싶더니, 안경 아래 그의 눈동자가 한순간 반짝였다.

"그러나 아가씨께서 조금 더 시간을 내서 자세히 말씀해주신다면, 어쩌면 제 나름대로 생각을 해볼 수 있을지도 모르겠습니다."

레이코는 그의 말에 적잖이 놀랐다.

이 가게야마라는 젊은 집사는 호쇼 저택에서 일하게 된 지 아직한 달밖에 되지 않았다. 그래서 레이코도 그를 잘 이해한다고는 말하기 어려웠지만, 굳이 말하자면 근면성실을 그림으로 그려놓은 듯한 분위기의 남자로, 자신의 생각이나 감정을 겉으로 드러내지 않으려고 유념하는 것 같은 인상을 받기도 했다. 적어도 범죄 조사에 관해서 '제 나름대로 생각을 해볼 수 있는' 타입의 인물이라고는 도저히 생각되지 않았다.

"알았어. 그러면 자세히 이야기해줄게."

레이코는 가게야마의 요청에 응해주기로 했다. 가게야마의 생각이라는 것에 흥미가 있었고, 게다가 누군가에게 이야기함으로써 사건의 이해가 깊어져서 지금까지 자신이 간과했던 점이 떠오를지도 모른다. 그런 이야기 상대로는 가게야마처럼 성실하고 입이 무거운 남자가 이상적이라고 생각되었다.

"사건이 일어난 것은 어제 오후 여섯시 무렵, 신고가 들어온 건 일곱시야. 살해된 건 요시모토 히토미라는 스물다섯 살의 여자고……."

레이코는 소파에 걸터앉아 이따금씩 와인글라스를 기울이며 사건의 상세한 부분을 감추지 않고 이야기해나갔다. 레이코의 이야기는 길었지만, 가게야마는 집사답게 똑바로 선 채로 진지하게 귀를 기울이고 있었다. 이윽고 다시로 유야의 알리바이가 확실해지고, 조사가 원점으로 돌아왔을 즈음에서 레이코의 이야기는 끝이 났다.

"어때? 가게야마? 뭔가 떠오른 거 있어? 어떤 사소한 것이라도 괜찮아."

"으음."

가게야마는 안경테를 손끝으로 만지작거리면서 망설이는 표정을 지었다.

"괜찮으시겠습니까, 아가씨? 생각한 것을 말해도."

"물론이지."

레이코는 격려하듯이 그렇게 말하고 집사를 향해 다정하게 미소 지었다.

"사양할 것 없어. 뭐든지 말해봐."

"정말로 뭐든지 괜찮으시다는 말씀이군요."

단단히 못을 박은 뒤에, "그러면 솔직하게 생각하는 바를 말씀드리겠습니다" 하고 말하며 깊이 고개 숙여 인사한 다음, 집사 가게야마는 소파에 앉은 레이코에게 얼굴을 가까이 가져갔다. 그리고 제 나름의 생각을 직설적인 말로 전했다.

"실례되는 말씀입니다만, 아가씨. 이 정도 사건의 진상을 모르시다니, 아가씨는 멍청이이십니까?"

"……"

몇 초, 혹은 몇 분의 침묵이 주위를 지배했다.

레이코는 텅 빈 글라스에 스스로 와인을 따랐다. 글라스를 든 채로 일어서서 조용히 창가로 걸어갔다. 고지대에 세워진 호쇼 저택에서는 촛불을 늘어놓은 듯한 구니타치 시의 야경을 한눈에 볼 수 있다. 언제 보아도 아름답고 질리지 않는 경관이다. 마음이 안정된다. 좋아, 괜찮아, 나는 냉정해. 레이코는 작게 심호흡을 하고 나서 가게야마 쪽을 돌아보고, 신중하게 입을 열었다.

"모가지야, 모가지! 이건 절대 모가지야! 모가지, 모가지, 모가지, 모가지……."

"이런. 그렇게 흥분하지 마십시오, 아가씨."

"이게 흥분하지 않을 수 있게 됐냐고!"

글라스를 든 레이코의 손은 부들부들 떨렸고, 글라스 가장자리에는 붉은 액체가 맺혀 있다.

"내가 집사에게 바보 취급을 당하다니, 어떻게 이럴 수가! 이런 얘긴 들은 적도 없어!"

"아뇨, 저는 결코 아가씨를 바보 취급할 생각은……."

"그래, 그래, 그러시겠지!"

레이코는 야단스럽게 고개를 끄덕이며 집사의 주위를 빙빙 돌기 시작했다.

"확실히 당신은 나를 바보 취급하지 않았어. 그도 그럴 것이, 당신은 나를 멍청이라고 불렀으니까! 바보가 아니고 멍청이라고……. 그러니까 모가지야! 결정했어! 지금 당장 이 저택에서 나가. 짐은 나중에 보내줄 테니까 걱정하지 마. 자, 어서."

레이코는 응접실의 문을 똑바로 가리켰다. 그러자 가게야마는 집사다운 정중한 인사를 하면서, "알겠습니다. 그러면 저는 이것으로 실례를……" 하고 말하며 조용히 발길을 돌렸다.

그러나 가게야마가 응접실을 나가기 직전, 레이코는 당황하며 그의 등을 향해 말을 걸었다.

"자, 잠깐 기다려."

"네."

마치 불러 세울 것을 예상하고 있었다는 듯이, 가게야마는 부드럽게 레이코를 향해 돌아섰다.

"아직, 뭔가 저에게 용무가 있으십니까, 아가씨?"

뻔뻔스러운 녀석! 레이코는 무표정을 가장하며 몰래 입술을 깨물었다.

"당신, 나를 멍청이라고 했지. 그렇다는 얘긴, 당신은 이 사건의 진상을 간단히 알 수 있었다는 거지?"

"그렇습니다. 이 사건은 그렇게 어렵지는 않습니다."

"아주 자신이 있어 보이네?"

레이코는 불쾌한 마음으로 집사 가게야마를 바라보았다. 레이코의 입장은 미묘하다. 아가씨로서는 집사의 행동을 용서하기 어려웠지만, 형사로서는 가게야마의 말을 못 들은 채로 보낼 수는 없다. 결국, 레이코는 형사인 자기 자신을 우선했다.

"그렇게까지 말한다면 한번 들어줄게. 범인은 대체 누구야?"

"범인은 아직 말씀드릴 수 없습니다."

가게야마는 의외의 대답을 했다.

"왜냐하면 지금 이 단계에서 범인을 말씀드려도 아가씨는 이해하지 못하실 것이라고 생각되기 때문입니다."

"뭐라고!"

들기에 따라서는 아까의 '멍청이이십니까?' 발언에 필적하는 무례한 발언이다.

"내가 이해할 수 없으니까 범인이 누군지 말할 수 없다는 거야? 그래, 전혀 이해 못하겠어. 나는 당신이 무슨 생각을 하는지 전혀……."

그리고 레이코는 망연히, 아가씨로서도 혹은 프로 형사로서도 아주 굴욕적인 발언을 했다.

"부탁이니까, 나도 이해할 수 있도록 설명해줘."

그 말을 기다렸다는 듯이 가게야마는 입가에 미소를 지으며 새삼스럽게 레이코를 향해 깊이 고개 숙여 인사를 했다.

"알겠습니다, 아가씨."

4

"이번 사건을 어렵게 만든 원인은 연립주택의 일층에 사는 집주인, 가와하라 겐사쿠의 증언에 있는 것으로 생각됩니다."

레이코는 가와하라 겐사쿠의 증언을 떠올렸다. 가와하라 겐사쿠는 역 쪽에서 걸어와 귀가하는 요시모토 히토미와 우편함 앞에서 마주쳤다. 그는 그것이 오후 여섯시쯤의 일이라고 증언했다.

"특별히 이상한 증언은 아니라고 생각하는데."

"그러면 여쭙겠습니다만, 어째서 요시모토 히토미는 가와하라 겐사쿠를 지나칠 때에 자기 집의 우편함을 확인하지 않았을까요? 외출했다가 돌아온 사람은 아주 자연스럽게 그렇게 하리라고 생각합니다만. 이상하지 않으십니까, 아가씨?"

"어, 그건……."

생각지도 못한 질문에 레이코는 마땅한 답을 찾을 수 없었다.

"그건 그냥 잊어버렸던 게 아닐까?"

"그럴지도 모릅니다. 그래도 의문이 한 가지 더 있습니다. 왜 그 여자는 가와하라 겐사쿠에게 '어서 오세요'라는 말을 들었을 때, 난처한 얼굴로 '그렇게 됐네요'라는 어정쩡한 대답을 했을까요. 특별히 대답하기 난처한 장면이라고는 생각되지 않습니다. 그냥 '안녕하세요'라고 말하면 되지 않았을까요?"

"확실히 그러네. 그 점은 가와하라 겐사쿠도 이상하게 여기고 있었어. 그래서 왜 그랬다고 생각해? 당신의 생각을 들려줘."

"가와하라 겐사쿠는 '귀가하는 요시모토 히토미와 마주쳤다'라고 증언했습니다만, 실제로는 그렇지 않았습니다."

"뭐라고! 그러면 가와하라는 대체 누구와 마주친 거야?"

"물론 요시모토 히토미입니다."

집사는 레이코를 헷갈리게 하려는 듯이 말했다.

"다만 그것은 '귀가하는' 요시모토 히토미가 아니라 '외출하는' 요시모토 히토미였다고 생각됩니다."

"무슨 소릴 하는 거야? 요시모토 히토미는 역 쪽에서 걸어와 가와하라 겐사쿠와 마주친 뒤에 계단을 올라갔어. 어떻게 봐도 귀가하는 중이잖아."

"그렇다고 단언할 수는 없습니다, 아가씨. 집에 돌아가려는 행위가 곧 귀가를 의미한다고는 단정할 수 없습니다. 외출하기 위해서 돌아오는 일도 왕왕 있습니다."

"외출하기 위해서 돌아온다……."

어쩐지 역설 같은 표현이다.

"무슨 뜻이야?"

"예를 들면, 회사에 가려고 하던 샐러리맨이 역 개찰구에서 정기권을 잊은 것을 깨닫고 일단 집에 돌아오거나, 학교에 가려던 어린이가 교과서를 잊은 것을 깨닫고 집에 돌아오거나, 장을 보려고 거리까지 나가려고 했던 사자에 씨가 지갑을 잊어버려서 집으로 돌아오거나. 이처럼 사람은 다양한 상황에서, 외출하기 위해 집에 돌아오는 법입니다. 아마 요시모토 히토미도 그런 식으로 외출하기 위해 집에 돌아가려고 하던 중이었겠죠. 그렇게 생각하면 조금 전의 의문은 깨끗하게 풀리게 됩니다."

"……아."

그렇다, 이제부터 외출하려는 사람은 우편함에 별 신경을 쓰지 않을 것이다. 그리고 '어서 오세요'라는 말을 들어도 '안녕하세요' 라고 대답하지 못하고 어정쩡한 태도를 취할 만도 하다.

"듣고 보니 그럴듯하네."

"과연 아가씨이십니다. 이해가 빠르시군요."

가게야마는 경의를 표하듯이 작게 고개를 숙인 뒤에 말을 이었다.

"그렇다면 아가씨는 이미 이해하셨겠지요. 연립주택 이층에 사는 대학생 모리타니 야스오의 증언 중에 나왔던 '쿵쾅 하고 계단을 뛰어 내려가는 것 같은 소리'의 정체를요."

"그게…… 그건 범인의 발소리는 아니겠지?"

"네. 그건 도망가는 범인의 발소리가 아니라, 실은 외출하는 요시모토 히토미가 부츠를 신은 발로 황급히 계단을 뛰어 내려가던 소리일 테죠."

"아!"

레이코는 한순간 놀라면서도, "응, 물론 알고 있었어" 하며 곧바로 거짓말로 그 순간을 넘겼다.

"그래, 그렇지. 애초에 살인범이 이거 보란 듯이 큰 발소리를 내며 현장을 떠나갔으리라고 생각하기는 어려우니까. 확실히 그 대학생이 들은 발소리는 요시모토 히토미가 외출할 때의 발소리라고 생각하는 편이 앞뒤가 맞아. 그렇다고 하면……."

레이코는 이제까지의 추리를 일단 정리했다.

"토요일 오후 여섯시경, 요시모토 히토미는 귀가한 게 아니라 오히려 외출하려고 했다. 그런데 역으로 향하던 중에 깜빡 잊은 것을 기억해내고 몇 분 만에 다시 연립주택으로 돌아왔다는 얘기지. 하지만 만약 그렇다고 하면, 대체 그 여자는 뭘 잊었던 걸까?"

"글쎄요, 저도 그것은 확실하게 말씀드릴 수 없습니다."

그것은 무리도 아니다. 피해자가 평소에 뭘 가지고 다니며, 그날 무엇을 잊었을까. 그런 것을 추리할 수 있을 만한 정보는 레이코도 가지고 있지 않다. 지갑이나 휴대전화는 피해자의 소지품 중에 있었으니 그 밖의 물건이라는 것은 알겠지만……. 그런 생각을 하고 있는데 집사의 입에서 의외의 말이 나왔다.

"다만 한 가지, 아가씨의 이야기를 듣기로는 요시모토 히토미가 확실히 잊고 있었다고 생각되는 것이 있습니다. 그 여자는 아마도 그것을 위해 발길을 돌렸으리라고 생각됩니다."

"어, 뭐, 뭔데?"

레이코는 아주 당황했다. 내가 한 이야기의 어디에 요시모토 히토미가 잊은 것을 시사한 부분이 있었을까. 레이코는 짐작도 가지 않았다.

"잊은 것이 어디 있었다는 거야?"

"베란다에 있었습니다."

가게야마는 마치 직접 보고 왔다는 듯한 투로 말했다.

"베란다? 확실히 베란다에는 다양한 것들이 있었는데. 셔츠나 청바지하고 속옷들, 그리고 운동화. 그 여자가 잊은 물건이란 대체 어떤 거지?"

"그것들 전부입니다."

가게야마는 그렇게 말하며 레이코를 바라보았다.

"기억하지 못하십니까, 아가씨? 토요일 밤의 일기예보를."

"어, 일기예보? 확실히 토요일 밤에는 간토 지방 전역에 비가 내린다고 했지만 결국 내리지 않았는데……. 어, 그러면 그 여자가 잊었던 것이란!"

"그렇습니다. 요시모토 히토미가 잊은 것은 베란다의 빨래였습니다. 정확히 말하자면, 그 빨래 걷는 것을 잊었던 겁니다. 집을 나와서 역으로 걸어가던 요시모토 히토미는 수상쩍은 하늘을 보고는 일기예보를 떠올리고, 베란다에 널어둔 빨래도 떠올렸겠죠. 거기서 그 여자는 집으로 발길을 돌렸을 거라고 생각됩니다."

"그렇구나. 앞뒤가 맞아."

레이코는 일단 감탄했지만, 곧바로 근본적인 의문을 느꼈다.

"하지만 잘 생각해보면 당신의 추리는 별로 의미가 없는 거 아냐? 왜냐하면 피해자가 외출해서 돌아왔다가 살해되든, 빨래를 걷기 위해서 돌아왔다가 살해되든 마찬가지잖아."

"그런데 그렇지가 않습니다. 이건 그 부츠에 관련된 문제입니다."

"무슨 뜻이야?"

"입장을 한번 바꾸어서 생각해보십시오. 아가씨가 부츠를 신고 외출하던 중에 빨래 걷는 것을 잊은 걸 깨닫고 집으로 돌아왔다고 가정해보죠. 현관에 들어온 아가씨는 거기서 어떻게 하시겠습니까?"

"빤하잖아. 당신을 불러서 '빨래를 걷어'라고 명령하겠어."

"아……."

가게야마는 한순간 말문이 막혔다가 "아, 그렇군요. 확실히 아가씨라면 그러시겠죠" 하고 거의 감탄한 듯이 고개를 끄덕이고는 손끝으로 턱을 쓰다듬었다.

"요시모토 히토미에게 저 같은 집사는 없습니다. 그 여자라면 어떻게 했으리라고 생각하십니까?"

"어떻게 하고 말 게 있어? 부츠를 벗고 집 안에 들어가서 베란다의 빨래를 거는 거지. 그렇게 할 수밖에 없잖아."

그러나 가게야마는 천천히 고개를 가로저었다.

"확실히 그렇게 하시는 분도 많이 계실 겁니다. 그런데 한편으로는 상당한 수의 인간이 그러한 방법을 비효율적이라고 느끼고 다른 수단을 선택합니다. 어떤 의미에서 아가씨와는 가장 거리가 먼 방법이므로 떠오르지 않는 것도 무리는 아닙니다만."

"나하고 거리가 멀어?"

실제로 레이코는 전혀 떠오르는 것이 없었다.

"어떤 방법이야, 그거?"

"간단한 방법입니다. 우선 부츠를 신은 채로 바닥에 엎드립니다. 그리고 손바닥과 무릎으로 몸을 지탱하고, 발바닥이 바닥에 닿지 않도록 주의하면서 개처럼 네 팔다리로 엉금엉금 나아가는 거죠. 긴 거리를 가는 것은 힘듭니다만, 원룸 정도의 넓이라면 이 방법으로 충분히 이동할 수 있습니다. 보기 안 좋은 자세라는 점이 문제입니다만, 혼자 산다면 신경 쓰일 것도 없겠죠. 무엇보다, 이 방법을 쓰면 일부러 부츠를 벗을 필요가 없습니다. 아가씨도 말씀하셨듯이 부츠를 벗거나 신거나 하는 것은 아주 번거로운 일이므로 이 방법을 사용할 가치는 충분합니다. 아마 요시모토 히토미도 부츠 벗는 수고를 아까워해서 이 방법을 사용한 거겠죠. 그 여자는 엉금엉금 기는 자세로 짧은 복도를 나아가며 플로어링이 깔린 방으로 들어갔던 겁니다."

"아, 그러니까 요시모토 히토미는 스스로 플로어링이 깔린 방으로 들어간 거로구나, 살해된 뒤에 누군가에게 옮겨진 게 아니라."

"네. 살해된 뒤에 옮겨진 게 아닙니다. 요시모토 히토미는 스스로 플로어링이 깔린 방에 들어간 거고, 거기에 있던 누군가에게 갑자기 등 뒤에서 목이 졸려 살해됐습니다. 요시모토 히토미는 아마 깜짝 놀랐겠죠. 아무도 없어야 할 집에 누군가가 있었으니까. 그런데 어쨌든 그 여자는 엎드려 기는 자세였으므로 반격할 수 없었습니다. 따라서 그 여자는 비명을 지르지도 못하고 맥없이 살해됐습니다. 이렇게 '여성이 방 안에서 부츠를 신은 채로 살해됐'는 기묘한 상황이 생겨난 것입니다."

"그래, 그런 것이었구나."

레이코는 집사 가게야마의 추리에 혀를 내둘렀다. 과연 고용주의 딸을 멍청이라 부를 만하다. 어쩐지 화가 나지만, 그것은 인정하지 않을 수 없다.

"하지만 당신이라도 범인이 누구인지까지는 모르겠지?"

"아뇨, 이제까지의 제 추리가 올바르다고 가정한다면 범인도 대충 짐작이 갑니다. 아시겠습니까, 아가씨? 요시모토 히토미는 외출하려고 일단 집을 나섰다가 몇 분 뒤에 다시 집에 돌아왔습니다. 범인은 그 몇 분 사이에 그 여자의 집, 304호에 침입했다는 뜻이 됩니다. 여기까지는 아시겠죠?"

"응, 알아."

"그런데 그 연립주택의 열쇠는 방범 능력이 우수한 최신식 열쇠입니다. 빈집털이 도둑이 몇 분 만에 열 수 있는 게 아닙니다."

"응, 그 말대로야. 범인이 자물쇠를 따고 침입했다고는 생각할 수 없어."

"그러면 요시모토 히토미가 문 잠그는 것을 잊었던 걸까요? 그러나 아가씨의 말씀에 따르면 그럴 가능성도 낮다고 생각됩니다. 요시모토 히토미는 '남들 이상으로 문단속에 신경을 쓰는 사람이라 문 잠그는 것을 잊는 일은 절대 없다.' 첫 발견자인 스기무라 에리는 그렇게 단언했습니다."

"그래, 확실히 그러네. 요시모토 히토미는 외출할 때 문을 잠갔을 거야."

"그런데도 범인은 몇 분 사이에 아주 간단히 현장에 침입했습니다. 여기서 도출되는 결론은 한 가지. 범인은 304호 열쇠의 여벌을 가지고 있었다고 생각됩니다."

"여벌의 열쇠."

그 말을 듣자마자 레이코의 뇌리에 한 인물이 떠올랐다. 요시모토 히토미와 서로 열쇠를 교환할 만한 관계였던 남자.

"다시로 유야. 역시 그 사람이 범인이야? 아, 하지만 그건 불가능해, 가게야마. 그 남자에게는 완벽한 알리바이가 있으니까."

"네. 다시로 유야는 범인이 아닙니다."

"그러면 설마 집주인인 가와하라 겐사쿠? 그 사람이라면 열쇠를 가지고 있을 텐데."

"그렇지만 가와하라 겐사쿠는 우편함 앞에서 요시모토 히토미와 마주친 뒤에 곧바로 자기 집으로 돌아갔습니다. 그건 맞은편 과일가게 주인의 증언으로 명백합니다. 가와하라 겐사쿠가 요시모토 히토미보다 먼저 304호에 침입해서 그 여자를 습격하는 것은 불가능합니다."

"그러면 대체 어떻게 된 얘기야? 범인은 여벌의 열쇠를 가지고 있었던 인물이다. 그러나 여벌 열쇠를 가진 두 인물에게는 범행의 기회가 없었다. 이래서는 용의자가 없어지잖아."

"아닙니다, 아가씨, 용의자는 한 사람 더 있습니다. 여벌 열쇠를 사용할 수 있었던 인물이 또 한 사람 있습니다. 그리고 그 인물이야말로 요시모토 히토미를 죽인 진범입니다."

가게야마의 단정적인 말투에 레이코는 긴장했다.

"그게 누구야? 내가 모르는 사람이야?"

"아뇨, 아가씨는 그 인물을 이미 알고 계십니다. 정확히는 그 사람의 신발을 알고 계신다고 얘기해야 할까요."

"신발?"

"잊으셨습니까, 아가씨? 다시로 유야의 집을 방문했을 때, 현관에 젊은 여성의 것으로 여겨지는 신발이 있었던 것을."

곧바로 레이코의 뇌리에 다시로 유야의 집을 방문했을 때의 상황이 선명하게 떠올랐다. 남자 신발이 어지러이 흩어져 있던 현관 한구석에, 그 자리에 어울리지 않는 멋진 신발이 확실히 있었다.

"흰색 하이힐!"

레이코는 무심결에 외쳤다.

"그게 진범의 신발이라는 거야?"

"그렇습니다."

가게야마는 매우 침착한 어조로 말했다.

"아가씨도 상상하셨듯이 아마도 그 하이힐의 여성은 다시로 유야의 새 애인이겠죠. 그리고 애인이라면 그 남자의 집에 자유롭게 드나들 수 있을 겁니다. 그렇다면 그 여성은 다시로 유야가 집을 비웠을 때 그 남자가 가지고 있는 304호의 열쇠를 몰래 가지고 나와서 사용할 수 있었을 겁니다."

"그렇구나. 토요일 밤에 다시로는 낚시를 하러 외출해서 집을 비웠어! 흰색 하이힐의 여자는 다시로의 열쇠를 자유롭게 사용할 수 있었구나!"

"그런 것입니다. 이제부터는 저의 상상이 섞여 있으므로 그걸 감안하고 들어주십시오. 범인인 여성⋯⋯. 그렇죠, 이름을 알 수 없으므로 가칭 시라이 구쓰코라고 불러도 되겠습니까?"

"흰색 구두의 여자, 시라이 구쓰코(白井靴子)구나."

"다시로 유야의 새 애인인 시라이 구쓰코는 어떤 계기로 그 남자가 감추고 있는 여벌 열쇠를 발견했던 거겠죠. 물론 누구의 집 열쇠인지는 알 수 없습니다. 그러나 여자의 육감은 무서운 법입니다. 구쓰코는 그 열쇠를 발견하고, 다시로 유야가 자기 몰래 다른 여자와 사귀고 있는 것은 아닐까, 이 열쇠는 그 여자의 집 열쇠가 아닐까, 하고 의심을 품었겠죠. 그렇게 되면 당연히 구쓰코는 자기 애인이 누구와 바람을 피우는지 밝히고 싶다고 생각할 겁니다. 그리고 그 여자가 열심히 정보를 모았는지, 혹은 예전부터 그 존재를 알고 있었는지는 알 수 없습니다만, 어쨌든 요시모토 히토미라는 여성을 의심하기에 이른 겁니다. 그러면 히토미와 유야의 관계를 알려면 어떡해야 하는가. 거기에 좋은 방법이 있습니다. 유야가 집을 비웠을 때, 그가 가지고 있던 열쇠를 들고 나와서 히토미의 집 열쇠 구멍에 넣어보는 겁니다. 열쇠가 딱 맞으면 두 사람의 관계는 증명됩니다. 그리고 구쓰코는 그 생각을 실행에 옮긴 것입니다."

"그게 토요일이었구나."

"네. 구쓰코는 유야가 낚시하러 집을 비우는 것을 기다렸다가, 다시로의 집에서 여벌 열쇠를 꺼내들고 히토미의 집으로 향합니다. 그리고 길가에 세운 차 같은 곳에서 히토미의 집을 감시하며 그 여자가 외출하기를 기다렸겠죠. 집 안에 사람이 있는 상태에서는 열쇠 구멍에 열쇠를 꽂는 것은 부담스러우니까요. 이윽고 시간이 지나서 오후 여섯시가 되자 간신히 히토미가 집을 나갔습니다. 곧바로 구쓰코는 여벌 열쇠를 쥐고 연립주택으로 들어갑니다. 그리고 그 여자는 304호의 문 앞에 서서 열쇠 구멍에 열쇠를 꽂아보았습니다. 당연하게도 문이 열렸습니다. 이렇게 구쓰코는 애인의 바람 상대를 밝혀내는 데 성공했던 겁니다."

"목표 달성. 하지만 문제는 그다음이네."

"네. 여기서 그만두면 사건은 일어나지 않았을 겁니다. 그러나 당분간 히토미가 돌아오지 않을 것이라고 굳게 믿고 있던 구쓰코는 때는 이때라는 듯이 집 안에 멋대로 들어가버렸던 것입니다. 애인이 바람을 피운 상대가 어떤 집에 살고 있는지 흥미가 있었는지, 아니면 다른 부정의 증거를 찾으려고 생각했는지는 알 수 없습니다. 그러나 그곳에서 구쓰코가 예상하지 못했던 사태가 벌어졌던 겁니다."

"조금 전에 외출했던 히토미가 돌아왔다, 빨래를 걷기 위해서."

"불법 침입 중인데 집주인이 돌아온다. 그 사실만으로도 구쓰코가 혼란에 빠지기에는 충분했을 겁니다. 도둑이라고 의심받아도 어쩔 수 없는 상황이니까요. 게다가 상대는 애인이 바람을 피우는 상대입니다. 이런 모습을 들키다니 그저 굴욕일 따름입니다. 다시로 유야와의 교제도 끝장나겠죠. 그것뿐만 아니라 사회적 지위에도—물론 그 여자가 그런 지위일 경우의 이야기겠습니다만—문제가 생길지 모릅니다. 구쓰코는 어떻게든 이 궁지를 빠져나가려고 했을 겁니다. 하지만 원룸 형태인 이 집 안에서 도망칠 곳은 없습니다. 그런데 다음 순간, 당황하는 구쓰코 앞에 생각지도 못한 의외의 광경이 펼쳐졌습니다. 히토미가 부츠를 벗지 않고 엉금엉금 기어서 집에 들어왔던 것입니다. 완전히 무방비한 그 모습을 보고, 곧바로 구쓰코가 폭력이라는 긴급 수단에 의지한 것도 이상한 일은 아닐 겁니다."

"들켜서 소란이 벌어지기 전에 선제공격에 들어간 거구나."

"구쓰코는 가까이에 있던 끈을 집어들었습니다. 아마도 쌓여 있던 신문들 옆에 신문을 묶는 비닐 끈 같은 게 있었겠죠. 그리고 그 여자는 무아지경이 되어 히토미에게 덤벼들었습니다. 원래부터 계획적인 범행은 아니었으니까 살의가 있었는지 어땠는지는 알 수 없습니다. 그러나 질투의 마음도 곁들여져 힘이 너무 들어갔는지, 구쓰코는 히토미를 끝내 목 졸라 죽이기에 이르렀습니다. 사건의 개요는 대강 이런 것이라고 추측됩니다."

설명을 마친 집사 가게야마는 차분한 표정을 유지한 채로 레이코 쪽을 향했다.

"어떠십니까, 아가씨?"

"어, 그, 그러네. 썩 괜찮네. 확실히 범인은 흰색 하이힐의 여자 같아."

솔직히 말해서 '썩 괜찮은' 정도가 아니다. 레이코는 가게야마의 추리가 거의 완벽하다고 생각했다. 범인의 행동도 피해자의 행동도, 아마 가게야마가 이야기한 대로일 것이 틀림없다. 하지만 그렇게 순순히 인정하는 게 분해서, 레이코는 일부러 두세 가지 질문을 더 던졌다.

"살인 현장에서 수상한 지문은 발견되지 않았어. 범인은 장갑을 끼고 있었을까?"

"타인의 집 문을 멋대로 연다는 행위는 그것 자체가 이미 범죄입니다. 그러니까 범인은 304호의 문에 열쇠를 꽂은 단계에서, 이미 그것에 대비해 장갑을 끼고 있었겠죠. 결과적으로 범인은 살인을 저지를 때도 지문을 남기지 않을 수 있었던 겁니다."

"요시모토 히토미가 집에 돌아왔을 때, 현관에는 범인의 신발이 있었을 거야. 히토미는 그것을 깨닫지 못했을까?"

"아가씨의 말씀에 따르면, 히토미의 방은 정리정돈이 그리 잘 되어 있지 않은 눈치였지요. 분명히 현관도 어질러져 있었을 겁니다. 그러므로 히토미는 그곳에 남의 신발이 있어도 깨닫지 못했을 거라고 생각됩니다."

레이코의 모든 질문에 가게야마는 만족스러운 답을 준비해놓고 있었다.

"그래, 잘 알았어."

레이코는 크게 고개를 끄덕이고, "그러면 마지막으로 한 가지만" 하며 아까 전부터 가슴속에 품고 있던 의문을 오늘 밤의 마무리로서 가게야마에게 던졌다.

"당신, 대단한 추리력을 가졌는데, 대체 뭐하는 사람이야? 왜 집사 같은 걸 하고 있어?"

그러자 가게야마는 은테 안경을 가볍게 들어올리며 아주 진지한 얼굴로 이렇게 대답했다.

"원래는 프로야구 선수나 사립탐정이 되고 싶었습니다."

그건 대답이 되지 않는 거 아냐? 레이코는 그 대답만큼은 불만스러웠다.

두 번째 이야기

⋮

독이 든 와인은 어떠십니까

1

눈을 떴을 때, 침대에 부착된 아날로그시계의 바늘은 오전 일곱시 조금 전을 가리키고 있었다. 평소보다 삼십 분이나 이른 기상에 호쇼 레이코는 감격했다. 무엇보다, 자명종의 힘을 빌리지 않고 일어날 수 있었던 것 자체가 기적이다. 평소에는 자명종이 울려도 일어나지 않고, 일어난다고 해도 도로 자버리곤 한다. 그러다가 지각 직전에야 가게야마의 노크 소리에 벌떡 일어나는 것이 요즘 반복되는 아침 패턴이었다. 참고로 가게야마란 호쇼가의 저택에서 일하는 수많은 고용인 중 한 명이다. 삼십대의 젊은 나이이면서도 집사 겸 운전수라는 원숙한 역할을 수행하면서 인간 자명종도 되어주는 귀중한 남자다. 이러한 인물은 호쇼가 이외에서는 거의 찾아볼 수 없을 것이다.

'모처럼 일찍 일어났으니까 가게야마에게 자랑해야지.'

레이코는 자그마한 야심을 가슴에 품고, 잠옷에 얇은 가운을 걸치고 침실을 나섰다.

계절은 봄. 그렇다고 해도 사월의 아침은 아직 쌀쌀하다. 복도의 공기는 싸늘히 식어 있어서, 갓 잠에서 깬 머리를 상쾌하게 해준다. 때마침 복도에 가게야마의 모습이 보였다. 이른 아침부터 검은 슈트를 입고 있는 그의 모습은, 검은색 선글라스까지 쓰면 번듯한 '그쪽 사람'으로 보일 법하다. 실제로 가게야마는 조금 유행에 뒤처졌다고 할 수 있는 은테 안경을 애용하는 것으로 간신히 지적인 인상을 유지하고 있다. 집사는 레이코를 보더니, 큰 키를 굽히며 격식을 차려 아침 인사를 했다.

"안녕히 주무셨습니까, 아가씨. 어젯밤엔 편히 주무셨는지요."

"응, 평소보다 잘 잤어."

"정말 다행입니다."

집사는 무표정을 유지하며 고개를 끄덕이고, 안경테를 가볍게 들어올리는 몸짓을 하더니 이상한 질문을 했다.

"그런데 아가씨, 어젯밤에 혹시 곤란을 겪지는 않으셨습니까?"

"곤란한 일은 없었는데…… 무슨 일이라도 있었어?"

"폭풍이 있었습니다. 낙뢰의 영향으로 간밤에 한 시간 사십이 분 정도 정전이 되었던 모양입니다."

"그랬구나, 몰랐어."

한밤중의 정전이란 분 단위로 알 수 있는 건가?

"어떻게 그렇게까지 자세히 알고 있는 거야?"

"네. 제 침대에는 콘센트에 꽂는 타입의 아날로그시계가 달려 있습니다만……."

"그거라면 내 침대에도 똑같은 게 있어."

"오늘 아침에 일어나 보니 그 시계가 한 시간 사십이 분 정도 늦어 있었습니다."

"그렇구나. 시계가 멈춰 있던 시간이 바로 정전된 시간이라는 얘기구나."

레이코는 감탄하며 고개를 몇 번 끄덕였다. 그러고는 문득 진지한 얼굴이 되어서는 잠시 침묵했다. 그리고 느닷없이 가게야마의 넥타이를 두 손으로 잡아당기더니, 그의 몸을 붕 하고 돌리듯이 벽에 밀어붙였다.

"대답해, 가게야마. 지금은 오전 일곱시지!"

"아뇨, 일곱시가 아닙니다."

가게야마는 슬픈 듯 눈을 내리깔았다.

"아마도 여덟시 사십오분을 지나고 있지 않을까 합니다."

"여, 여덟시 사십오분!"

만화 속의 여고생이라면 식빵을 입에 물고 통학로를 달리고 있을 시간대다. 다행인지 불행인지, 레이코는 여고생이 아니라 이미 어엿한 사회인. 그런 사람이 평일 오전 여덟시 사십오분에 자택에서 잠옷 차림으로……. 큰일이다. 이미 일 초의 유예도 없다. 다급해진 레이코는 모든 지혜와 부자의 특권을 최대한 활용해서 눈앞의 집사에게 긴급 명령을 내렸다.

"가게야마, 지금 즉시 리무진을 현관 앞으로 가져와!"

호쇼 레이코는 금융과 전자산업, 의약품과 미스터리 출판물 등으로 전 세계에 이름이 알려진 '호쇼 그룹'의 총수 호쇼 세이타로의 외동딸이다. 금지옥엽으로 자라나 일류 대학을 우수한 성적으로 졸업한, 요컨대 어디 하나 흠 잡을 데 없는, 그야말로 귀한 집 '아가씨'다. 그렇지만 그런 귀한 집 아가씨라 해도 요즘 시대의 여성과 다를 게 없다. 아버지의 의향을 따라 여염집 규수처럼 신부 수업에 힘쓰는 것을 탐탁지 않게 여긴다. 그렇다고 임시로 일하듯이 호쇼 그룹의 기업에 취직하는 것은 더욱 싫었다. 그런 그녀가 선택한 직업은 결국 견실한 공무원……이라기보다는 경찰관.

호쇼 레이코는 도쿄 다마 지구 구니타치 경찰서에 소속된 젊은 여형사다.

다만 경찰서 안에서 그녀가 호쇼 세이타로의 딸이라는 사실을 아는 사람은 상층부의 일부뿐이다. 다른 동료들은 모두 그녀를 아주 평범하고 젊고 아름다운 여형사라고 생각하고 있을 것이다(사실이니까 어쩔 수 없다). 그러니까, 늦잠을 자고 지각한 것에 대해 특별대우는 받을 수 없다.

"서둘러, 가게야마! 도로교통법을 위반하지 않는 선에서 신나게 밟아!"

운전석의 가게야마에게 얼토당토않은 명령을 해놓고, 레이코는 리무진의 넓은 공간을 이용해서 잠옷에서 업무용 옷으로 재빠르게 갈아입었다. 시크하며 우아하고 섬세하면서도 기능적인, 능력 있는 여성의 팬츠 슈트. 버버리 긴자점에서 구입한 약 십만 엔 상당의 한정 상품이다. 다만 동료들에게는 마루이 백화점 고쿠분지 지점에서 산 삼만 엔 상당의 바겐세일 상품이라고 이야기해두었다. 명품에는 일자무식인 남자 형사들이라 모두 그것을 추호도 의심하지 않는다.

옷을 갈아입고 나면 머리 손질. 머리는 여자의 생명이므로 레이코의 머리도 형사로서는 조금 긴 편이다. 근무 중에는 머리를 수수하게 묶는다. 향기가 풍겨나는 찰랑찰랑한 머리가 남자 놈들의 쓸데없는 감정을 불러일으키지 않도록 하려는 극히 어른스러운 배려다.

손목에 찬 라도의 인테그랄 주빌리(요컨대 고급 손목시계)를 장식품으로 치지 않는다면, 레이코가 근무 중에 장신구를 몸에 걸치는 일은 없다. 그런데 레이코는 오늘부터 한 가지 장식을 더할까 생각하고 있었다. 레이코는 손에 든 상자에서 그것을 꺼내어 얼굴에 썼다.

아르마니의 안경……이라고 해도 도수는 없다. 이른바 패션을 위한 도수 없는 안경. 프레임은 샤프한 검은색. 날카로운 디자인이 패셔너블한 여성을 연출한다고 점원이 말했는데 정말일까? 조심조심 안경을 쓰고 룸미러 너머로 운전석의 반응을 살폈다.

"……왜 그래, 가게야마?"

거울에 보이는 집사의 표정에 미약하게나마 놀라움의 빛이 나타나고, 한순간 리무진이 좌우로 흔들렸다.

"어찌 된 일입니까, 아가씨. 확실히 눈만은 좋지 않았던가요?"

"장식이야, 장식. 도수 없는 안경이야. 근무 중에는 분위기를 바꿔볼까 하고. 하지만 그 왜, 형사는 지적인 이미지를 주는 편이 좋잖아……."

레이코가 갑자기 안경을 써보려고 생각한 것에는 이유가 있다. 실은 최근에 그녀를 면전에서 대놓고 멍청이라고 부른 세련되지 못한 남자가 있었는데, 그 남자는 과연 큰소리를 칠 만큼 대단한 추리력의 소유자였다. 그녀가 떠안고 있던 어려운 사건을, 이야기만 듣고도 멋지게 해결해버렸던 것이다. 그 남자의 의기양양한 코 위에는 보란 듯이 은테 안경이 얹혀 있었다. 그 이후로 레이코의 머릿속에서는 안경과 지성은 다소 관련이 있는 것이 아닐까 하는 생각이 떠나지 않았지만, 그것은 넘어가고.

"당신, 조금 전에 '눈만은'이라고 하지 않았어?"

"아뇨, 그런 말을 한 적은 없습니다. 잘못 들은 게 아니신지요?"

거울 안에서 가게야마가 시치미 떼는 얼굴로 은테 안경을 밀어 올렸다.

"어쨌든 아주 잘 어울립니다. 정말로 아름답습니다."

"너무 평범한 말이라 기쁘지 않아. 다른 감상은?"

"저하고 캐릭터가 겹치는 것 같습니다만……."

"그런 건 어떻게 되든 상관없잖아!"

안경 캐릭터는 가게야마만의 것은 아니다.

"아~아, 안경은 관둘까. 별로 안 어울리는 것 같고."

"흉악한 범죄자도 아가씨 앞에서는 무릎을 꿇고 스스로 참회를 시작하겠지요."

"그거, 매력적이란 의미야? 말을 너무 돌리잖아."

"죄송합니다. 저의 평범한 어휘로는 아가씨의 비범한 매력을 표현할 수 없습니다. 부디 용서해주시길."

"오!"

지금 것은 꽤 괜찮았다. 비범한 매력이라는 부분이 특히. "좋아, 용서해줄게."

운전석의 가게야마가 못살겠다는 듯이 작게 한숨을 쉬었다. 그때 마침 레이코의 휴대전화가 멜로디를 연주하기 시작했다. 전화를 받자마자 대뜸, "여어, 잘 잤나, 아가씨" 하는 목소리.

그 한마디만으로 상대방을 알 수 있었다. 가자마쓰리 경부. 구니타치 경찰서의 젊은 경부이자 레이코의 상사다.

"자네, 지금 어디서 뭐 하고 있는 거지?"

지금 막 리무진 안에서 옷을 다 갈아입은 참이다,라고 말할 수는 없다. 레이코가 대답을 망설이고 있자, 가자마쓰리 경부는 멋대로 말을 이어나가기 시작했다.

"뭐, 좋아. 그것보다 호쇼 형사, 구니타치 시 히가시 니초메 아사히 길 근처의 와카바야시 동물병원에서 사건이 발생했다. 원장이 자기 방에서 죽어 있는 것이 발견되었다는 신고가 들어왔어. 와카바야시 동물병원은 알지? 자네는 현장으로 직접 와줘. 나도 바로 갈 테니."

"네? (이 차로 현장으로 직행하라고?) 아, 네, 알겠습니다."

통화를 마치자마자 레이코는 "와카바야시 동물병원으로 서둘러 가"라고 운전수인 가게야마에게 명령했다. 그리고 경찰차와 구경꾼들이 북적이는 현장에 리무진으로 등장하는 자신의 모습을 상상하고 몸서리쳤다.

"역시 안 되겠어. 병원 백 미터 앞에서 내려줘. 거기서부터 걸어가겠어."

"알겠습니다."

가게야마는 크게 핸들을 꺾어서 리무진의 진행 방향을 바꿨다.

구니타치 역 앞은 로터리에서 방사상으로 뻗어나가는 세 개의 길이 유명한데, 실제로 지명도가 높은 것은 한가운데의 다이가쿠 길이다. 나머지 두 길은 '역을 나와서 오른쪽(혹은 왼쪽) 비스듬히 뻗어 있는 도로'라고 불리기도 한다. 아사히 길은 역을 나와서 왼쪽 비스듬히 뻗어 있는 도로다(참고로 오른쪽 비스듬히 뻗어 있는 도로는 후지미 길이라고 한다).

와카바야시 동물병원은 그 아사히 길로 쭉 나아가다 편의점과 맞닥뜨리기 조금 전에 간판을 내걸고 있다. 병원 앞은 예상대로 경찰차와 구경꾼들로 북적이고 있었다. 레이코는 무의식중에 은색 재규어를 찾았다. 재규어는 가자마쓰리 경부의 애차로, 구니타치의 살인 현장에서는 항상 이채로워 보이는 존재다. 가자마쓰리 경부는 국산 차는 타지 않는다. 이유는 '빈티 나니까.' 그런 경부 자신은 빈티 나는 국산 차를 제조하는 '가자마쓰리 모터스'의 도련님이니, 자기모순도 이만저만이 아니건만, 그것은 제쳐두고. 레이코가 둘러보기에, 근처에 재규어의 모습은 보이지 않는다.

"이상하네. 경부님은 아직인가?"

고개를 갸웃거리면서 레이코가 접근 금지 띠를 지나려고 몸을 굽힌 그때.

"어머!"

문득 레이코의 시야에 아침 햇살을 반사하며 유리처럼 반짝이는 수수께끼의 물체가 들어왔다. 폭음을 연주하면서 이쪽으로 접근해 온다. 그 정체가 경부가 운전하는 은색 재규어라는 것은 두말할 것도 없다. 재규어는 레이코를 치어 죽이려는 듯한 기세로 날아오나 싶더니, 레이코 바로 앞에서 '큐웅' 하는 귀에 거슬리는 소리를 내며 엉덩이를 흔들면서 급정거했다. 그리고 운전석 문이 열리더니 안에서 식빵을 물고 있는 가자마쓰리 경부가 나타나서는 "여어, 호쇼 형사, 좋은 아침이야" 하며 한쪽 손을 들었다.

"……"

네가 만화에 나오는 여고생이냐! 그렇게 말하고 싶은 것을 꾹 참고, 레이코는 부하로서 신중하게 말을 선택했다.

"아, 저기, 무슨 일이신가요, 경부님."

"이야기하면 길지만."

경부는 나머지 식빵 조각을 입속에 쑤셔넣은 뒤에 말했다.

"실은 내 침대에는 콘센트에 꽂는 타입의 아날로그시계가 달려 있는데 말이지……."

"아, 알겠습니다. 이제 됐어요."

레이코는 경부의 대답에 삼 초 만에 흥미를 잃고 차갑게 등을 돌렸다.

"그러면 얼른 현장으로 가죠."

"이봐, '무슨 일이신가요'라고 질문해놓고 '이제 됐어요' 하는 건 실례잖아, 자네! 그렇다면 이쪽도 묻고 싶은 게 있다고. 그 안경은 뭐야. 그건 누구의 취향에 맞춘 거야? 아니, 나도 결코 안경이 어울리는 미인을 싫어하지는 않지만, 어이, 호쇼 형사……."

아아, 정말 성가시다. 누구의 취향이라니, 그럴 리가 없잖아!

쫓아오는 상사를 무시하며, 화난 듯한 발걸음으로 레이코는 접근 금지 띠를 지났다.

2

사건이 있었던 것은 병원과 인접한 와카바야시가의 저택 이층의 어느 방이다. 초로의 남성이 자신의 방 창가에서 의자에 앉아 있다가 바닥으로 쓰러진 자세로 죽어 있었다. 경관 중 한 명이 경부에게 다가와서 상황을 설명했다.

"죽은 사람은 와카바야시 다쓰오, 육십이세. 첫 발견자는 이 집의 가정부였습니다. 아침에 와카바야시 다쓰오가 좀처럼 일어나지 않기에 수상해서 침실의 상태를 보러 갔는데, 이렇게 된 상태였다고 합니다."

호쇼 레이코는 안경 아래의 눈동자를 빛내며 재빠르게 현장의 기미를 살폈다.

와카바야시 다쓰오의 옷차림은 실내복에 얇은 가운. 방에서 편히 쉬고 있던 듯했다. 그러나 흉하게 일그러진 표정은 죽을 때의 괴로움을 여실히 드러내고 있다. 겉보기에 외상은 없고 피가 흐른 것 같지도 않다.

그의 오른손에서 십 센티미터 정도 떨어진 장소에는 튤립 형태의 와인글라스가 구르고 있다. 글라스 안은 텅 비어 있고, 그 글라스를 중심으로 넓은 범위에 붉은 얼룩이 카펫에 퍼져 있다. 다쓰오가 앉아 있었던 것으로 추정되는 의자 앞에는 작은 테이블이 있는데, 거기에는 마개를 뽑은 레드 와인 병이 쟁반에 놓여 있었다. 병 안에는 아직 팔 할 정도의 와인이 남아 있다. 쟁반 위에는 병 외에 코르크 마개와 코르크스크루, 그리고 병 주둥이 부분을 막고 있던 캡실◆이 벗겨져 있다.

"봐, 호쇼 형사."

가자마쓰리 경부가 외쳤다.

◆ cap seal, 병 음료 뚜껑에 붙이는 봉인지.

"와카바야시 다쓰오는 자기 전에 와인을 마시고 있었던 거야."

"……그러네요."

누가 봐도 알 수 있을 만한 것을 마치 자신이 발견한 것처럼 이야기하는 것은 가자마쓰리 경부의 특기다. 일일이 불평하고 있다가는 맡은 일을 할 수 없다.

"어라, 이건 뭘까요?"

레이코는 쟁반 위에서 한눈에도 눈에 띄는 물체를 가리켰다. 그것은 병원의 진찰실에서나 볼 수 있는 작은 갈색 유리병이었다. 라벨은 붙어 있지 않았다. 병의 내용물은 이미 없었다. 다만, 병 안쪽에 흐릿하게 미세한 알갱이가 붙어 있는 것이 보인다. 혹시 독약인가? 레이코가 그렇게 생각한 순간, "모르겠나, 호쇼 형사" 하며 가자마쓰리 경부가 빤한 해설을 덧붙였다.

"이건 아마도 독약일 거야. 이 상황으로 보면 틀림없겠지."

경부에게 듣지 않더라도 현장의 상황을 보면 와카바야시 다쓰오가 독을 마시고 죽었으리라는 점은 간단히 상상할 수 있다. 그리고 잠시 후 이루어진 검시 결과와 감식 보고는 그것을 뒷받침하는 것이었다.

우선 검시에 의해, 사인은 청산(靑酸)성 약물 중독사로 판정되었다. 시체에 눈에 띄는 외상은 없으며 누군가와 다툰 듯한 흔적도 찾아볼 수 없었다. 사망 시각은 오전 한시 전후로 추정되었다.

이윽고 감식 분석 결과, 와인 병 안에서는 독물이 검출되지 않았지만 섬유에 스며 있는 액체 속에서는 청산가리가 검출되었다. 또

한 작은 갈색 유리병에 부착되어 있던 작은 알갱이의 정체도 마찬가지로 청산가리라고 판명되었다. 병과 글라스, 작은 갈색 유리병 등에서는 와카바야시 다쓰오 본인의 지문이 몇 개나 나왔지만, 그 밖의 지문은 검출되지 않았다.

거기에 오늘 아침 현장 부근의 도로에서 평소에는 보이지 않는 수상한 리무진이 목격되었다는 정보가 몇 건 보고되었지만, 그것이 사건과는 관계없다는 점은 레이코 본인이 가장 잘 알고 있다.

"그렇군, 그런 거야."

그렇게 중얼거리며 가자마쓰리 경부는 기쁘다는 듯이 고개를 끄덕이더니, 재빨리 레이코를 돌아보며 질문을 던졌다.

"어떻게 생각하지, 호쇼 형사?"

레이코는 현장을 한눈에 본 순간부터 이것은 흉악한 살인 사건이라기보다는 초로에 접어든 남성에게 있을 법한 자살이 아닐까 하는 인상을 받고 있었다. 거기서 레이코는 그 점을 이야기하려고 입을 열려고 했다. 그런데 "내가 보기에, 와카바야시 다쓰오는 자살이야"라고 가자마쓰리 경부가 말했다.

결국 가자마쓰리 경부는 타인의 의견 따윈 처음부터 들을 생각이 없었던 모양이었다(그러면서도 레이코와 똑같은 의견이다).

"아마도 다쓰오는 레드 와인을 따른 글라스에 작은 병 안의 청산가리를 섞고 단숨에 들이켰던 거겠지. 청산가리는 병원의 약품 보관소 같은 곳에서 소량을 가지고 나온 것이 틀림없어. 원장인 그 사람에게 그 정도는 간단했을 거야."

"으음."

레이코도 거의 같은 의견이었으므로 딱히 반론할 생각은 들지 않았다.

"확실히 경부님께서 말씀하신 대로입니다. 이 상태에서 유서라도 나온다면 틀림없겠지만요."

"흠, 유서는 발견되지 않은 것 같군. 그렇지만 유서를 남기지 않고 자살하는 사람도 드물지는 않아. 어쨌든 유가족의 이야기를 들어보도록 할까."

이미 가자마쓰리 경부는 와카바야시 다쓰오의 죽음을 팔 할 정도는 자살로 결론을 내리고 있는 느낌이었다. 그렇다면, 반대로 자살이 아닐지도 모른다는 이야기도 된다. 레이코는 그렇게 생각하기 시작했다.

이윽고 대형 응접실에 와카바야시가 사람들이 모였다. 가자마쓰리 경부와 호쇼 레이코가 가운데로 나아가자 한 남자가 입을 열었다.

"형사님, 혹시 형은 자살한 것이 아닙니까?"

그 남자의 이름은 와카바야시 데루오. 죽은 다쓰오의 한 살 아래 남동생으로 이미 환갑을 넘겼다. 직업은 수의사. 원장인 형 다쓰오와 함께 와카바야시 동물병원을 꾸려온 인물이다. 독신주의자로, 와카바야시가에서 가까운 곳에 아파트를 얻어서 혼자 살고 있다. 다만 어젯밤에는 그도 이 집에서 하루를 묵었고, 그 결과 오늘 아침의 소동에 입회하게 되었다고 한다.

데루오는 일인용 소파에 깊숙이 앉은 채로 셜록 홈스가 애용할 것 같은 클래식한 파이프를 오른손으로 만지작거리고 있다. 아무래도 피우고 싶은 것을 필사적으로 참고 있는 것 같다.

"아뇨, 아직 자살이라고 결론 난 것은 아닙니다."

가자마쓰리 경부는 자신의 생각은 일단 치워두고 신중한 태도로 데루오의 질문을 받아넘겼다.

"자살이 아니라면, 이게 살인이라고 말씀하시는 겁니까?"

이인용 소파에 앉아 있다가 이야기에 끼어든 사람은 다쓰오의 장남인 와카바야시 게이이치였다. 게이이치는 서른여섯 살. 부인과의 사이에 자식 하나를 두었고 직업은 의사다. 다만 동물이 아니라 인간을 진료하는 의사다. 시내에 있는 종합병원에서 내과 전문의로 근무하고 있다.

"특별히 살인이라고는 말하지 않았습니다. 지금은 살인의 가능성도 부정할 수 없다,라고 말하고 있는 것뿐이죠."

"어머나, 형사님, 무슨 그런 무서운 말씀을 하시나요. 이 집에 아버님을 미워할 만한 사람은 한 사람도 없습니다."

게이이치의 부인인 하루에가 옆에 앉아 있는 남편을 지원사격하듯이 날카로운 목소리를 냈다. 하루에는 게이이치보다 한 살 연상으로 서른일곱 살. 게이이치가 근무하는 병원에서 간호사로 일하던 것이 계기가 되어 맺어졌다고 한다.

"어라, 부인. 저는 이 집안사람 중에 누가 다쓰오 씨를 살해했다고는 말하지 않았습니다. 혹시 뭔가 짐작이 가는 일이라도 있으십니까?"

가자마쓰리 경부는 일동을 도발하듯이 둘러보았다. 그러자 혼자 방 가장자리 벽에 몸을 기대고 있던 청년이 불만스럽다는 듯이 목소리를 냈다.

"형사님, 아버지가 죽은 건 자살이에요. 여기 있는 사람이라면 다들 알고 있는 일이라구요. 저기, 안 그래?"

청년의 목소리를 듣고 게이이치와 하루에 부부는 서로 난처하다는 듯한 눈짓을 했다. 데루오는 순식간에 얼굴을 찡그리며 "그만하지 못하겠냐, 슈지" 하면서 청년을 나무랐다.

슈지라고 불린 청년은 죽은 다쓰오의 차남으로 나이는 스물넷. 게이이치와 띠동갑인 남동생이다. 지금은 의대생이며 이 와카바야시가에서 학교를 다니고 있다.

일동에게 떠도는 어색한 분위기를 알아차린 듯이 가자마쓰리 경부가 추궁했다.

"아무래도 여러분들은 다쓰오 씨가 스스로 목숨을 끊을 만한 일이 짐작되시는 것 같군요. 혹시 어젯밤에 여러분과 다쓰오 씨 사이에 무슨 일이 있었습니까?"

경부의 물음에 연장자인 데루오가 일동을 대표하는 모습으로 대답했다.

"형사님, 실은 저희 집에서 어젯밤에 작은 가족회의가 열렸습니다. 형과 저, 게이이치와 하루에 그리고 슈지도 함께한 회의죠."

70

"호오, 그건 무슨 이유였습니까?"

"좀처럼 남에게 들려드릴 만한 이야기는 아닙니다만."

데루오는 백발이 섞인 머리를 긁으며 쓸어올리더니, 마치 쑥스러움을 감추려는 듯이 손에 들고 있던 파이프를 입에 물었다. 그리고 셔츠 안주머니에서 작은 성냥갑을 꺼내더니 매끄러운 동작으로 파이프에 불을 붙이고, 그런 뒤에 조금 늦게 아차 하는 얼굴을 했다.

"담배는 실례가 되지 않을까요?"

"아뇨, 상관없습니다."

가자마쓰리 경부는 시원한 얼굴로 데루오를 바라보면서, "별일이군요. 요즘 세상에 파이프라니. 뭐, 이렇게 말하는 저도 가끔씩은 궐련을 즐깁니다만" 하고 말하면서 이상한 데서 자기 자랑을 했다.

레이코는 퍼져나가는 연기를 가만히 경찰수첩으로 떨쳐냈다. 레이코는 담배 연기를 싫어했다.

"제가 이래 봬도 셜로키언◆이거든요. 환갑을 넘기면 파이프 담배를 피우겠다고 마음먹고 있었습니다. 꽤 괜찮더군요. 최근에는 완전히 손에서 뗄 수 없게 되고 말았습니다. 저기, 무슨 이야기를 하고 있었던가요?"

"궐련 이야기였죠."

◆ 셜록 홈즈를 좋아하는 사람들을 일컫는 말. 홈지언이라고도 함.

"아닙니다, 경부님. 가족회의를 열었다는 이야기였습니다."

"아, 그랬죠."

데루오는 일단 파이프에서 입을 떼더니, "형사님, 형에게 재혼 의사가 있다는 이야기를 듣는다면 어찌 생각하시겠습니까?"라고 오히려 질문을 해왔다.

"다쓰오 씨가 재혼? 그렇지만 그분은 이미 예순둘이셨죠?"

"네, 그런데 부인을 십 년 전에 병으로 잃은 이후로는 독신이었으니, 일단 누구와 결혼하든 문제는 없습니다."

"그러면, 다쓰오 씨에게 그런 상대 분이?"

"네. 우리도 아주 최근에야 알게 되었습니다만, 실은 형은 가정부인 후지시로 마사미와 재혼을 생각하고 있었던 겁니다. 어젯밤 가족회의의 의제가 그것입니다."

"호오, 가정부와……. 그래서 여러분은 그 결혼에 찬성하셨습니까?"

"찬성할 리 없잖습니까"라고 짜증스러운 목소리를 낸 사람은 장남 게이이치였다.

"아버지는 그 가정부에게 속고 있던 겁니다. 생각해보세요. 예순을 넘긴 아버지와 아직 삼십대인 후지시로 마사미 사이에 정상적인 연애 감정이 있다고 생각할 수 있습니까? 아버지는 단순히 마사미의 젊음에 정신이 팔린 것에 지나지 않습니다. 그리고 그 여자는 그것을 구실 삼아 아버지를 손에 쥐고 와카바야시 가문 안으로 비집고 들어오려 했던 겁니다."

"요컨대 재산을 노리고 있다는 말씀입니까?"

"당연하죠. 그것밖에 생각할 수 없습니다. 그래서 어젯밤은 상당히 거친 소리가 오갔습니다. '눈을 떠라'라든가, '아버지는 속고 있다'라든가 말이죠."

그렇게 말하면서 게이이치는 셔츠 주머니에서 꾸깃꾸깃해진 담뱃갑을 꺼냈다. 한 개비를 입에 물고 일회용 녹색 라이터로 불을 붙이려고 했다. 그러나 일회용 라이터는 부싯돌 부분이 마른 소리를 낼 뿐, 전혀 불이 붙지 않았다.

"어머, 가스가 다 떨어졌나 봐요."

옆에 앉은 하루에가 무표정하게 중얼거렸다.

"쳇!"

게이이치는 혀를 차면서 일회용 라이터를 주머니 안에 집어넣더니, 벽 쪽에 서 있는 슈지를 향해서 담배를 쭉 내밀었다.

"슈지. 너, 지포 가지고 있지. 불 좀 빌려줘."

"나 참, 형도 나름대로 벌고 있으니까 만날 일회용 라이터만 쓰지 말고 좀 괜찮은 녀석을 하나 갖고 다니라고."

슈지는 그런 말을 하면서도 지포의 오일 라이터를 꺼냈다. 몸통 부분에 뉴욕 양키스의 로고가 새겨진 한정품 지포 라이터였다. 슈지는 게이이치의 담배에 불을 붙여주더니, 그러는 김에 자신의 담배에도 불을 붙였다.

레이코는 묵묵히 응접실의 창문을 열고 다녔다. 아무래도 와카바야시가는 흡연율이 아주 높은 가족 같다.

"그래서, 후지시로 씨와의 결혼을 모두 반대하자, 다쓰오 씨의 눈치는 어떻든가요?"

"정말 크게 낙담하더군요."

데루오가 파이프에서 연기를 피워 올리면서 눈을 감았다.

"무거운 발걸음으로 방에 돌아갔습니다. 솔직히 저도 가슴이 아팠습니다. 후지시로 씨는 재산을 목적으로 했을지도 모르지만, 적어도 형은 그 여자에게 정말로 반했던 거겠죠."

"하지만 어쩔 수 없습니다. 저희도 아버지를 위해서 좋을 거라 생각하고 충고한 거니까요."

게이이치가 말하자, 옆에서 하루에가 연방 고개를 끄덕였다.

"그래요, 맞아요. 결과가 어떻든 저희가 한 일은 잘못되지 않았어요."

"하지만 설마 일이 이렇게 될 줄이야……."

담배 연기를 뻐끔 내뿜으며 슈지가 중얼거렸다.

"아버지도 참 바보 같은 짓을 했어."

아무래도 와카바야시 다쓰오의 죽음은 자살이라는 결론으로 가족이 일치단결하고 있는 듯했다. 아무도 그 사실에 이의를 제기하려고 하지 않았다. 그리고 모두가 침통한 얼굴을 하고 있지만, 사실은 어느 누구도 고인의 죽음을 진심으로 추도하지 않는 것이 명백해 보였다.

"그러고 보니 형사님."

데루오가 마지막 결정타라는 듯이 증언했다.

"현장의 테이블에 있던 와인을 보셨겠죠. 그건 그 방의 사이드 보드에 보관하던 와인입니다. 유명한 상표는 아닙니다만, 형은 병의 형태와 라벨의 디자인이 마음에 든다며 그것을 마시지 않고 일종의 오브제로서 선반에 장식해두고 있었습니다. '뭔가 특별한 날에 마실 생각이다'라는 말을 자주 했죠. 이건 이곳에 있는 모두가 아는 사실입니다. 그러니까 오늘 아침, 형이 죽은 현장에서 그 와인 병을 발견한 순간, 모두 형이 자살했다고 확신했던 겁니다. 자신의 목숨을 끊는 날, 이 이상 '특별한 날'은 없을 테니까요."

가족들의 이야기가 일단락된 것을 보고, 가자마쓰리 경부가 이제까지의 이야기를 정리했다.

"요컨대 여러분은 이런 생각을 하고 계시군요. 어젯밤에 여러분이 다쓰오 씨의 결혼 문제를 단호히 반대했다. 다쓰오 씨는 크게 낙담한 상태로 자기 방에 돌아갔다. 그리고 너무나 비관한 다쓰오 씨는 아껴둔 와인에 스스로 독을 섞어서 마셨다. 즉 이것은 자살이다, 라고 말이죠."

그 자리에 있던 모두가 묵묵히 고개를 끄덕였다. 레이코도 확실히 이건 자살이라고 봐야 할지도 모른다고 생각하던 그 순간.

"아뇨, 그건 아닙니다!"

힘차게 문을 열며 뛰어 들어온 사람은 앞치마를 두른 마른 체구의 여성, 가정부인 후지시로 마사미였다. 그녀는 굳은 표정으로 똑바로 가자마쓰리 경부 곁으로 걸어오더니, "주인어른은 자살하신

게 아닙니다!"라고 직접 호소했다.

생각지도 못한 가정부의 난입에 분노의 목소리를 낸 사람은 장남의 부인인 하루에였다.

"어쩜, 무슨 소릴 하는 건가요, 당신은! 주제넘게 나서는 것도 정도껏 하세요! 끽해야 가정부에 지나지 않는 당신이 아버님의 뭘 안다는 건가요! 아버님은 자살하신 거예요. 그것도 당신 때문에!"

하루에의 과장이 섞인 격렬한 어투. 긴장하면서 바라보는 일동. 추리극의 한 장면이었을 대형 응접실이, 지금은 장남의 부인과 가정부가 격렬하게 감정을 맞부딪치는 애증극의 무대로 변모해가고 있었다. 그런 가운데 후지시로 마사미는 한 걸음도 물러서지 않고, 강한 의지를 담은 눈동자로 하루에를 응시하면서 폭탄 발언을 날렸다.

"아뇨, 그렇지 않습니다. 주인어른은 누군가에게 살해된 겁니다!"

남자들 사이에서 갑자기 "오오" 하는 웅성거림이 일었다.

"조용히 하세요! 당신 자신이 무슨 말을 하는지 알고는 있나요? 아, 알았다. 당신, 재산을 목적으로 한 결혼이 도로나무아미타불이 되어서 자포자기한 거군요. 그래서 앙갚음으로 우리 가족에게 살인의 누명을 씌우려는 속셈이겠죠. 말도 안 되는 악녀예요! 당신은 와카바야시 가문의 재산을 가로채려고 하는 도둑고양이예요! 어디에서 굴러먹던 말 뼈다귀인지 개 뼈다귀인지도 모를 여자가, 어쩜 이리도 뻔뻔스러운지!"

다양한 동물을 빗대서 가정부를 매도하는 하루에. 그런데 고양이, 말, 개가 나오면 마지막에는 역시 그건가. 일동의 기대가 높아지는 가운데, 하루에는 더욱 눈초리를 끌어올리면서 후지시로 마사미에게 최대한의 매도를 퍼부었다.

"이제까지 누구 덕으로 살아온 거라고 생각하는 거야, 이 은혜도 모르는 암퇘지가!"

하루에의 '은혜도 모르는 암퇘지' 발언에 남자들 사이에서 다른 의미의 웅성거림이 흘러나왔다.

가자마쓰리 경부는 왼손에 찬 롤렉스에 눈길을 주더니 "어라, 벌써 시간이 이렇게 됐나" 하고 말하며 문자판을 레이코에게 보였다. 시곗바늘은 한시 오십팔분을 가리키고 있다. 낮 드라마는 이것으로 끝났다고 말하고 싶은 거겠지. 조금 더 보고 싶었는데, 약간 아쉽다.

레이코는 어쩔 수 없이 경부의 지도에 따라 "저기, 두 분 다 진정하세요"라고 말하며 서로 노려보는 두 사람을 갈라놓았다. 어쩐지 이러면 내가 낮 드라마에 등장하는 하찮은 조연 같잖아. 레이코는 그 점이 불만스러웠다.

소동이 일단락된 적당한 때를 보고, 가자마쓰리 경부가 다시 한 번 가정부에게 물었다.

"그런데 후지시로 씨. 당신은 다쓰오 씨가 살해되었다고 말씀하셨는데, 왜 그렇게 생각하십니까, 뭔가 근거라도 있습니까?"

"네. 이것을 보세요."

후지시로 마사미는 자신의 휴대전화를 꺼내서 화면을 열어 보였다.

"오늘은 아침부터 이런 소동이 벌어져서 문자를 체크할 짬도 없었습니다. 그렇지만 조금 전에 보니 어젯밤에 주인어른께서 제 휴대전화로 이런 문자를 보내셨어요."

레이코는 경부의 어깨너머로 휴대전화 화면을 들여다보았다. 발신자는 와카바야시 다쓰오, 수신한 시각은 오전 영시 오십분이었다. 사망 추정 시각은 오전 한시 전후이니, 이것은 와카바야시 다쓰오가 말 그대로 사망하기 직전에 발신한 문자라는 이야기가 된다. 내용은 극히 짧다. 가자마쓰리 경부가 전문을 소리 내어 읽었다.

"'간식 감사합니다. 기쁘게 먹겠습니다. 자세한 이야기는 내일 또.' 내일 또?"

그렇군. 확실히 이건 이제 자살하려는 사람이 보낼 메시지라고 생각되지 않는 내용이다. 레이코는 흥분하며 경부에게 말했다.

"마지막의 '자세한 이야기는 내일 또'라는 부분은 '가족회의의 자세한 내용은 내일 이야기하겠다'라는 의미겠죠. 즉 와카바야시 다쓰오 씨는 이때만 해도 죽을 생각은 하지 않았어요."

"확실히 그렇게 추측되는군. 그렇다면 이 '간식'이란 것은 무엇일까?"

가자마쓰리 경부는 휴대전화 화면에서 고개를 들고 후지시로 마사미 쪽을 보았다.

"당신은 어젯밤, 다쓰오 씨에게 뭔가 간식을 가져다주셨습니까?"

"아뇨, 저는 아무것도 가져가지 않았습니다. 아마도 누군가가 제 이름을 사칭해서 주인어른에게 뭔가 간식을 놓고 간 거라고 생각합니다. 그래서 주인어른은 저에게 이런 감사 문자를 보내신 거지요."

"그렇군. 그런데 대체 무엇을……."

생각에 잠기는 가자마쓰리 경부 옆에서 레이코는 "아!" 하고 외치며 무심결에 딱 하고 손가락을 울렸다.

"와인이에요, 경부님! 누군가가 다쓰오 씨에게 와인을 간식 삼아 놓고 간 거죠. 다쓰오 씨는 그 와인을 후지시로 씨가 갖다놓은 것이라고 착각하고 기쁘게 마셨어요. 그리고 죽은 거죠."

"그렇군, 독이 든 와인인가! 즉 와카바야시 다쓰오의 죽음은 자살이 아니라 살인이란 얘기야."

레이코는 안경의 브리지를 검지로 밀어 올리면서, 대형 응접실의 사람들을 둘러보았다. 피해자의 남동생인 데루오. 장남인 게이이치와 그의 부인인 하루에. 차남인 슈지. 이 네 명 중에 누군가가 후지시로 마사미인 척을 하고 독이 든 와인을 와카바야시 다쓰오에게 갖다준 것이다.

3

"잠깐만요, 형사님."

의심의 눈길을 피하려는 듯이, 슈지가 긴장한 목소리를 냈다.

"가정부인 척을 하며 와인을 갖다주다니, 대체 어떻게 한다는 겁니까. 변장이라도 하라고요?"

그 물음에 가자마쓰리 경부는, 그로서는 드물게도 냉정하면서도 이론적으로 대답했다.

"아뇨, 와인은 직접 전해진 것이 아닙니다. 그렇기 때문에 다쓰오 씨는 나중에 문자로 감사 인사를 한 거죠. 아마도 와인을 놓고 온 것은 다쓰오 씨가 목욕을 할 때라든가, 방을 비웠을 때 몰래 이루어졌을 겁니다. 쟁반 위에 와인 병과 와인글라스 그리고 후지시로 씨의 필적을 흉내 낸 메모 등을 준비해놓으면 틀림없이 가정부가 갖다놓은 간식으로 보일 겁니다. 범인은 그런 것을 몰래 다쓰오 씨의 방에 가지고 가서 테이블 위에 놓고 자리를 떴습니다. 그다음에는 방에 돌아온 다쓰오 씨가 와인을 마시기를 기다리기만 하면 되죠."

"하지만 그래서는 아버지가 죽은 뒤에도 쟁반 위에 독이 든 와인이 남아 있어야 합니다. 그것과, 필적을 흉내 낸 메모도."

"아마도 범인은 다쓰오 씨를 살해한 뒤, 밤중에 다시 한 번 현장을 방문해서 독이 든 와인 병과 메모를 회수했던 겁니다. 그리고…… 그렇죠. 사이드보드에 보관하던 그 와인, 그걸 개봉한 거죠. 그리고 글라스 하나 분량 정도를 직접 마셔서 내용물을 줄이고 쟁반에 놓습니다. 이러면 문제는 없겠죠."

"아니, 문제가 있습니다."

그렇게 새로운 문제를 제기한 것은 파이프를 물고 있는 데루오

80

였다.

"형사님. 아까부터 독이 든 와인, 독이 든 와인, 하고 반복하시는데, 그런 것은 어디에도 팔지 않습니다. 독이 든 와인을 간식으로 내놓기 위해서는 직접 와인 병 안에 독을 넣어야 하죠. 그렇지만 독을 넣기 위해서는 마개를 뽑아야 하는데, 마개를 뽑으려면 마개 주위를 덮고 있는 캡실을 벗겨야만 합니다. 범인은 그런 상태의 와인 병을 시치미를 떼고 간식으로 놓고 갔다는 말씀입니까? 그리고 형은 아무런 이상함도 느끼지 않고 기쁘게 그것을 마셨다고요? 아니, 생각할 수 없죠. 저라면 캡실이 벗겨져 있는 걸 보면 이 와인에는 뭔가 조작이 가해지지 않았는가 하고 의심할 겁니다. 그렇지 않습니까, 형사님?"

"아, 그렇군요. 확실히 와인 병에 조작을 가하기는 어렵겠죠. 그렇다면…… 그렇지! 범인은 디캔터를 사용했을 겁니다. 디캔터에 독이 든 와인을 담고 내놓은 거죠. 이렇다면 간단하고, 부자연스럽지도 않습니다."

그러나 가자마쓰리 경부의 생각은 하루에의 증언에 의해 간단히 부정되었다.

"저희 집 주방에 디캔터 같은 건 없습니다. 디캔터에 담아서 와인을 내놓았다면, 분명히 아버님은 부자연스러움을 느끼셨을 거예요."

"디캔터가 안 된다면 글라스는 어떻습니까! 독은 병이 아니고 디캔터도 아닌, 실은 와인글라스 안쪽에 발라져 있었던 겁니다. 이

거라면 되겠죠!"

"아뇨, 안 되겠군요."

이번에는 게이이치가 가자마쓰리 경부의 설을 박살 냈다.

"아버지는 결벽증 같은 구석이 있어서, 와인글라스뿐만 아니라 식기는 반짝반짝하게 닦여 있지 않으면 직성이 안 풀리는 분이었습니다. 만약에 범인이 와인글라스에 독을 발라두었다면 글라스는 흐려지거나 더러워져 있었겠죠. 그리고 결벽증인 아버지라면 분명히 그것을 깨달을 겁니다."

"……."

내놓은 추리를 전부 반박당하자, 가자마쓰리 경부는 끝내 부루퉁한 얼굴로 침묵했다. 아무래도 '독이 든 와인으로 죽인다'는 일은 말처럼 간단한 것이 아닌 모양이었다.

"역시 자살이 아닐까?"

새삼스럽게 슈지가 자살설을 들고 나왔다.

"아버지는 자살하기로 마음먹었어. 하지만 그냥 죽는 것은 한심하다고 생각하고, 전혀 죽을 생각이 없는 것처럼 가정부에게 문자 메시지를 남겼지. 그러면 아버지의 죽음은 살인 사건으로 취급되고, 우리 가족이 의심받게 돼. 그것이 아버지의 의도였어. 즉 아버지가 자살하면서 우리를 향해 작은 복수를 한 게 아닐까?"

슈지의 견해에 데루오, 게이이치, 하루에 세 사람이 모두 크게 고개를 끄덕였다. 아니라며 고개를 젓고 있는 사람은 후지시로 마사미 한 사람뿐이었다.

결국 대형 응접실에서의 참고인 조사는 확실한 결론을 내리지 못한 채 끝났다. 와카바야시 다쓰오는 자살인가 타살인가. 현장의 상황을 보면 자살로도 보이지만, 후지시로 마사미에게 보낸 문자 메시지의 문맥을 보면 타살로 생각된다. 다만 타살이라고 하면, 독을 마시게 하는 방법은 연구할 필요가 있어 보인다.

가자마쓰리 경부는 화가 난 듯 얼굴을 붉히면서, "범인은 유가족 중에 있어"라며 지금은 완전히 타살로 밀고 가고 있었다.

"그놈들, 전부 합세해서 내 추리를 부정했겠다! 절대 용서 못해. 최소한 누구 한 명은 반드시 체포하겠어!"

"……"

이 경부를 체포해줄 사람은 없나. 호쇼 레이코는 남몰래 생각했다. 누군가 누명을 뒤집어쓰는 사태가 벌어진 뒤에는 늦다.

"냉정하게 생각하죠, 경부님."

"나는 냉정해. 저 가족들은 전부 수상해. 너무 수상해. 자네도 그렇게 생각하지?"

"그건 그렇죠. 다쓰오가 죽으면 와카바야시 동물병원은 데루오가 경영하게 될 테고, 유산은 게이이치와 슈지에게 많이 넘어가겠죠. 게이이치의 부인인 하루에도 득을 보고요. 그렇게 생각하면 누구에게나 동기는 있습니다. 저도 타살의 가능성이 높다고 생각합니다."

"오오, 호쇼 형사!"

가자마쓰리 경부는 감동과 감사가 섞인 눈동자로 레이코를 바라보며, "역시 내 편은 자네뿐이야!"라고 독특한 견해를 보였다.

누가 당신 편을 들었다고 그래! 하며 진심을 말했다가는 남아나는 것이 없을 것이므로, 레이코는 어정쩡한 미소를 지으며 이야기의 궤도를 수정했다.

"문제는 누가 어떻게 다쓰오에게 독이 든 와인을 마시게 했는가입니다."

그러나 그것을 모르겠다. 레이코는 잠깐 쉬려는 듯 안경을 벗고, 검은 프레임을 손수건으로 닦으면서 머리를 굴렸다. 특별히 떠오르는 것은 없다. 역시 안경을 낀다고 갑자기 추리력이 올라가는 것은 아닌 모양이다. 아니면, 아직 뭔가 단서가 부족한 걸까.

바로 그때, "가자마쓰리 경부님!" 하며 제복을 입은 경관이 걸어와 경부 앞에서 경례를 했다.

"실은 중요한 증언을 하고 싶다는 인물이 있는데…… 열 살짜리 소년입니다."

몇 분 후. 호쇼 레이코와 가자마쓰리 경부는 열 살짜리 소년, 와카바야시 유타의 방을 방문했다. 유타는 게이이치와 하루에의 외아들, 바로 다쓰오의 손자다. 어쨌든 아직 어린아이이므로 사건의 중심인물이라고는 말하기 어렵다. 이 소년이 대체 어떤 중요한 증언을 한다는 걸까? 가자마쓰리 경부는 자세를 낮추고 어색한 미소를 지으며 소년에게 다가갔다.

"네가 유타로구나. 할 이야기가 있다고 들었는데, 무슨 이야기지?"

"저기요, 저기요."

소년은 고열에 시달리는 것처럼 어물어물 이야기하기 시작했다.

"봤어요, 제가요, 어젯밤에, 화장실에서요, 빛이요, 할아버지 방에서, 봤어요."

"그렇구나, 어젯밤에 화장실 불빛이 할아버지의 방에 보였구나……."

그리고 가자마쓰리 경부는 난처하다는 듯 머리를 끌어안았다.

"이 얼마나 초현실적인 광경이란 말인가……. 상상도 안 가."

"경부님, 이 남자애는 그렇게 말한 게 아니라고 생각합니다."

레이코는 경부를 옆으로 밀어내고, 다시 한 번 더듬더듬 이어지던 말의 의미를 추측했다.

"알았다. 유타가 어젯밤에 화장실에 갔을 때, 할아버지의 방에서 불빛이 보인 거구나?"

"응, 맞아요."

소년은 기쁘다는 듯 고개를 끄덕였다.

"그거, 몇 시쯤이었니?"

"한밤중이에요. 새벽 두시쯤."

소년은 손가락 두 개를 세우며 대답했다.

"마침 그 무렵에 번개가 쳐서 이 근처가 정전되었어요. 누나, 알아요?"

"아, 응. 물론 알고 있었지."

이렇게 말해도 레이코는 오늘 아침에 일어나서야 알았지만.

"유타는 어떻게 정전된 걸 알았어? 자고 있던 거 아니었어?"

"자다가 천둥소리 때문에 잠에서 깼어요. 그랬더니 갑자기 화장실에 가고 싶어져서, 무서웠지만 방을 나와서 화장실에 갔어요. 복도도 깜깜해서 저기 있는 회중전등을 들고요."

소년은 입구 쪽의 문손잡이 바로 옆을 가리켰다. 그곳에는 회중전등이 후크에 걸려 있었다. 그러고 보니 다쓰오의 방에도 이것과 같은 회중전등이 같은 위치에 걸려 있었다. 이 집에서는 문손잡이 바로 옆을 회중전등 놓는 곳으로 정해둔 것 같다.

"그래서요, 이 방에서 화장실에 가는 도중에 복도의 창문으로 바깥을 봤어요. 거기서는 안뜰 너머로 할아버지의 방이 보이는데, 거기서 불빛이 보였어요."

"어? 할아버지의 방에 불이 켜져 있었다고?"

"그럴 리 없잖아요, 정전이니까. 더 작은 불빛이에요."

"아, 그렇지."

레이코는 소년의 말 속에서 '누나, 바보 아녜요?'라는 뉘앙스를 느꼈지만, 감정을 얼굴에 드러내지 않고 질문을 계속했다. "그러면 할아버지의 방에서 누군가가 회중전등을 사용하고 있었던 걸까?"

"아뇨, 회중전등의 불빛이 아니에요. 그건 아마도 불이었을 거예요. 작은 오렌지색 불이 커튼 틈새로 살랑살랑 흔들리는 것처럼 느껴졌어요."

"불이라고?"

이제까지 묵묵히 듣고 있던 가자마쓰리 경부가 견딜 수 없다는 듯이 이야기에 끼어들었다.

"얘, 그거 잘못 본 것은 아니겠지?"

"절대 잘못 본 게 아니에요. 왜냐하면 나는 두 번 봤는걸요. 화장실에 갈 때 보고, 화장실에서 돌아올 때도 봤으니까."

레이코는 소년의 이야기가 구체적이라서 신빙성이 높다고 생각했다. 그리고 소년의 증언이 사실이라면, 그것은 와카바야시 다쓰오의 죽음이 타살임을 의미한다. 왜냐하면 오전 두시에 누군가가 다쓰오의 방에서 불을 사용했다면, 다쓰오 본인은 절대 아니다. 다쓰오는 오전 한시 전후에 이미 죽었다. 그렇다면 그 시간에 다쓰오의 방에서 불을 사용했던 인물이야말로 그를 살해한 범인이라고 봐야 할 것이다.

"봐, 호쇼 형사! 역시 내 추리는 옳았던 거야."

가자마쓰리 경부는 기쁨에 찬 표정을 지으며 레이코에게 어필했다.

"역시 범인은 한밤중에 현장으로 돌아왔던 거야. 독이 든 와인 병과 메모를 회수하기 위해서. 이 남자애가 본 건, 그때 범인이 손에 들고 있던 불빛이 틀림없어!"

가자마쓰리 경부는 그런 식으로 단정하더니 다시 유타와 정면으로 대치했다.

"얘야, 마지막으로 한 가지만 알려다오. 네가 본 불은 라이터의 불이었니? 아니면 성냥? 아니면 촛불인가?"

"에이, 멀리서 봤는데 그런 걸 어떻게 알아요. 아저씨, 바보 아
녜요?"

소년의 너무나 정직한 한마디에 가자마쓰리 경부는 어른스럽지
못하게도 눈초리를 치켜올리면서 "야, 임마!" 하고 소년에게 일갈
했다.

"'아저씨'라고 하지 말고 '형'이라고 불러야지!"

화내는 포인트는 거긴가요, 경부님? 레이코는 한숨을 쉬며 마음
속으로 소년에게 사과했다.

미안해, 유타. 네 말대로 이 아저씨는 바보야.

4

"보르도산, 샤토 쉬뒤로. 1995년산입니다."

소파에서 편히 쉬고 있는 레이코에게 집사가 고급 화이트 와인
의 라벨을 보여주었다. 레이코가 작게 끄덕이자, 그는 소믈리에 나
이프를 능숙히 사용해서 캡실을 벗기고 코르크 마개를 뽑았다. 깨
끗하게 닦인 와인글라스에 투명한 액체가 부어진다. 가게야마의
일련의 동작에는 전혀 군더더기가 없다.

야경을 전망할 수 있는 호쇼가의 응접실. 레이코는 낮 동안의 정
장 차림과는 전혀 다르게 여성스러운 니트 원피스 차림을 하고 있

다. 묶고 있던 머리는 늘어뜨리고, 물론 검은 테 안경도 벗었다. 지금의 그녀는 여형사가 아니라 호쇼가의 아가씨 그 자체다. 느긋한 기분이 된 레이코는 글라스를 들어올려 입술 앞까지 가져갔을 즈음, 문득 손을 멈췄다.

"설마 독이 들어 있다든가……."

"무슨 말씀이십니까, 아가씨."

집사는 감정을 억누른 듯한 낮은 목소리로 말했다.

"아가씨가 저에게 독을 타는 일은 있어도 제가 아가씨에게 독을 타는 일은 절대 없습니다. 부디 안심하시길."

"전혀 안심이 안 되네, 그 표현으로는……."

오히려 바닥에 악의가 느껴지기까지 하는 표현이었다. 이 남자는 나를 싫어하는지도 모른다. 레이코는 이따금씩 그렇게 생각하곤 한다.

"그렇다면 조금 더 이론적으로 말씀드리지요. 저는 아가씨의 눈앞에 새 와인 병을 내밀고, 아가씨의 눈앞에서 그 마개를 뽑고, 그것을 아가씨의 눈앞에 있는 글라스, 그것도 한 점의 얼룩도 없이 잘 닦인 글라스에 따랐습니다. 어디에 독이 들어갈 여지가 있을까요. 마술이라도 부리지 않는 한, 독을 넣는 것은 불가능합니다."

"그렇구나, 확실히 그래."

레이코의 생각은 지금 현재의 상황을 떠나서, 한낮에 수사했던 사건으로 이동했다.

"하지만 실제로 범인은 와카바야시 다쓰오에게 독이 든 와인을 마시게 하는 데 성공했어. 그것도 마술일까?"

레이코의 중얼거림에 집사 가게야마가 안경 아래의 눈동자를 반짝였다. 본래는 무표정한 남자가, 이런 때만큼은 엷은 미소까지 짓고 있다. 이 가게야마라는 남자는, 사실은 집사가 아니라 프로 야구 선수나 사립탐정이 되고 싶었다고 진지한 얼굴로 대답하는 괴짜다.

"아무래도 아가씨께서는 다행히…… 아니, 불행히도 어려운 사건 때문에 고민하시는 모양이군요. 그렇다면 어떠십니까, 이 가게야마에게 말씀해보시는 것이. 어쩌면 새로운 발견이 있을지도 모릅니다."

"싫어."

레이코는 픽 하고 고개를 돌렸다.

"어차피 또 나를 멍청이라고 부르며 재미있어할 거잖아. 됐어. 집사에게 멍청이 취급받을 바에야 미궁에 빠지는 편이 나아."

"그런 극단적인 말씀은 마십시오. 저는 아가씨께 도움이 되고자 하는 마음뿐입니다."

공손하게 고개를 꾸벅 숙이는 가게야마를 바라보면서 레이코는 에고고, 하고 중얼거리듯 고개를 젓고 글라스의 와인을 입으로 옮겼다. 꿀처럼 향기로운 과일의 단맛이 입안 가득히 퍼진다. 독은 들어 있지 않다. 확실히 고급 와인이다. 레이코는 글라스를 테이블에 내려놓고서 간신히 결심했다.

"알았어. 특별히 이야기해줄게."

역시 형사라는 입장에서 미궁에 빠지는 것은 좋지 않고, 실제로 가게야마의 추리력은 무시할 수 없다. 하다못해 독이 들어간 와인의 수수께끼만이라도 해결해주면 좋겠다는 것이 레이코의 솔직한 심정이었다.

"살해된 사람은 와카바야시 동물병원의 원장인 와카바야시 다쓰오 씨. 육십이세. 자기 방에서 독을 마시고 죽어 있는 것을 가정부가 발견했어."

가게야마는 레이코의 옆에서 단정한 자세로 조용히 그녀의 이야기에 귀를 기울이고 있었다. 그리고 레이코의 전체적인 이야기가 끝나자, "잘 알았습니다"라고 말하고 그 나름대로 문제점을 정리했다.

"요컨대 이런 것이군요. 와카바야시 다쓰오는 간식으로 받은 와인을 마시고 죽었다. 독은 와인 병 안에 섞여 있었든지, 와인글라스 안쪽에 발라져 있었든지, 어느 한쪽이다. 그런데 병 안의 와인에 독을 섞기 위해서는 캡슐을 벗기고 마개를 뽑아야만 한다. 이러면 오히려 조작이 가해졌는지 의심받게 되므로 범행이 어려워질 것이다. 한편 글라스에 독을 바르는 방법은 다쓰오의 결벽증을 생각하면 어렵다."

"그래, 그런 거야. 뭔가 그 밖에 괜찮은 방법이 있을까?"

"아뇨, 그밖에는 생각나지 않습니다."

가게야마는 바로 대답했다.

"역시, 와카바야시 다쓰오는 지금 이야기한 두 종류 중 어느 한 가지 방법으로 독을 마셨던 거라고 생각됩니다. 그러면 어느 방법인가? 저는 와인글라스에 독이 발라져 있을 가능성은 극히 낮다고 생각합니다."

"다쓰오가 결벽증이니까?"

"그것도 있습니다만, 또 한 가지 중요한 점이 있습니다. 그건 범인이 간식으로 일부러 와인을 선택했다는 점입니다. 만약 범인이 글라스 안쪽에 독을 바르는 방법을 생각하고 있었다면 와인은 결코 선택하지 않았을 겁니다. 왜냐하면 수많은 그릇 중에서 와인글라스만큼이나 투명함이 중요시되는 물건은 없기 때문입니다. 예를 들면 소주잔이 더럽거나 맥주잔이 흐려진 것에 구애되지 않는 사람도 와인글라스의 얼룩이나 더러움은 쉽게 깨닫는 법입니다. 쉽게 말해서, 독을 발랐을 때에 와인글라스만큼이나 들키기 쉬운 잔도 없습니다. 그런데 이 범인은 간식 삼아 보낼 술로 소주도 아니고 맥주도 아닌, 와인을 골랐습니다. 그것은, 즉 범인은 글라스 안쪽에 독을 바른다는 수단을 처음부터 생각하지 않았다는 이야기나 다를 바 없습니다."

과연 그렇다. 가게야마가 하는 말은 논리정연하다.

"그러면 당신은 범인이 병 쪽에 조작을 가했다고 생각하는구나. 하지만 글라스에 조작을 하는 것보다 병에 조작을 하는 쪽이 어렵지 않을까?"

"그거야말로 범인의 노림수겠죠. 설마 조작되었을 가능성은 없을 것이라고 생각하면 생각할수록 범인이 조작한 것을 알기 힘들어지니까요."

"그건 그렇지만……. 하지만 어떻게 조작한 건데? 마개를 한 번 뽑고 독을 넣고, 다시 마개를 닫는 방법은 안 돼. 캡실을 벗기고 나면 조작의 흔적이 남아버리니까."

"알고 있습니다. 마개는 뽑지 않고 캡실도 벗기지 않습니다."

"그러면 여전히 병은 밀폐된 상태잖아."

"아닙니다, 아가씨. 하신 말씀을 뒤집게 됩니다만, 원래 와인 병은 밀폐되어 있으면서 밀폐되어 있지 않기도 한, 그런 의미에서는 참으로 어중간한 용기입니다."

"밀폐되어 있으면서 밀폐되어 있지 않기도 하다……."

레이코는 고개를 갸웃거렸다. 가게야마는 이따금씩 이렇게 영문을 알 수 없는 표현을 해서 난처하다.

"무슨 말인지 설명해봐."

"와인 병의 경우, 확실히 병 자체는 유리로 만들어서 밀폐도가 높습니다. 그러나 마개 부분을 놓고 보면 단순한 코르크입니다. 이 코르크 마개 덕분에 와인은 밀폐되어 있으면서도 바깥 공기와 접촉할 수 있고, 그것에 의해 숙성이 진행되는 것입니다. 이 1995년산 보르도 와인처럼 말이지요. 코르크라는 것은 코르크스크루가 간단히 꽂힐 정도입니다. 본래 부드럽고 신축성이 있는 재질이며 결코 밀폐도 높은 물건은 아닙니다. 어떻습니까, 아가씨. 이 부분에 조작할 여지가 있다고 생각하지 않으십니까?"

"자, 잠깐만 기다려."

레이코는 가게야마의 말에서 걸리는 것을 느끼고 그에게 명령했다.

"마개를 뽑지 않은 새 와인을 하나 가져와줘."

"알겠습니다."

가게야마는 꾸벅 인사하고 물러가더니, 몇 분 뒤에 낯선 라벨의 와인 병을 가지고 돌아왔다.

"이 정도면 되겠습니까, 아가씨?"

"흐음, 이것도 보르도산?"

"아뇨, 이쪽은 이토요카도*의 1995엔짜리 와인입니다."

"정말로 가격표가 붙어 있네."

뭐, 때가 그러니 보르도든 요카도든 뭐든 상관없다.

"잠깐 이리 줘봐."

레이코는 병을 손에 들고 마개 부분을 바로 위에서 살펴보았다. 역시 생각대로다. 단 한순간 시선을 준 것만으로 레이코는 관찰을 끝냈다.

"이걸 봐, 가게야마."

레이코는 병의 끝부분을 집사를 향해 내밀었다.

"자, 코르크 마개의 머리 부분에는 동전 크기의 커다란 금속 캡이 덮고 있고 그 주위를 캡실이 감싸고 있잖아. 즉 코르크 마개는 노출되어 있지 않아. 이 상태라면 코르크 마개를 건드리는 것조차

◆ 일본의 식품, 잡화 판매 회사.

불가능할 거야. 조작할 여지 따윈 없어."

어떠냐는 듯이 우쭐하며 레이코는 의연한 몸짓으로 테이블의 와인글라스를 들어올리고 조용히 입가로 옮겼다. 그러나 가게야마는 조금도 동요의 빛을 보이지 않고 안경 아래서 불쌍히 여기는 듯한 시선으로 레이코를 쳐다보더니, "실례되는 말씀이지만, 아가씨"라고 운을 떼며 이렇게 말했다.

"눈은 멋으로 달고 다니십니까?"

자기도 모르게 힘이 들어간 레이코의 손안에서 와인글라스가 "찡!" 하는 마른 소리를 내며 금이 갔다. 쥐고 있던 레이코의 손가락 사이로 흘러 떨어지는 화이트 와인. 레이코는 가게야마가 내민 손수건을 묵묵히 받아들고 손가락의 와인 방울을 닦았다. 너무나 긴 침묵을 견디지 못한 듯이 가게야마가 말을 걸었다.

"저기…… 기분이 상하셨다면 죄송……."

"사과해서 끝날 거라면 경찰이 왜 필요하겠느냐고!"

레이코는 젖은 손수건을 둥글려서 집사를 향해서 던졌다.

"눈은 멋으로 달고 다니냐니! 말하긴 뭐하지만, 나는 어릴 적부터 눈만은 좋았다고!"

"그렇습니다. 멋으로 달고 다니느냐는 말은 확실히 지나친 말이었습니다."

집사는 내던져진 손수건을 얼굴 앞에서 냉정하게 받아내고는 말을 이었다.

"그렇지만 아가씨의 관찰력 부족은 부정할 수 없습니다."

그리고 집사는 1995엔짜리 와인 병을 오른손으로 쥐더니, 주둥이 부분을 다시 레이코의 얼굴 앞으로 내밀었다.

"자세~히 봐주십시오, 아가씨. 확실히 코르크 마개는 드러나 있지 않습니다. 코르크 마개의 머리 부분은 아가씨께서 말씀하신 대로 동전 크기의 금속 캡으로 덮여 있습니다. 하지만 자세히 관찰하면 그 캡에 바늘로 찌른 듯한 구멍이 두 개 정도 뚫려 있는 게 보일 겁니다."

"어어?"

생각지도 못한 지적에, 레이코는 다시 한 번 병을 위에서 살펴보았다. 그렇게 보니, 확실히 일엔 동전 크기의 금속 캡에는 두 개의 작은 구멍이 뚫려 있었다. 그리고 그 구멍 너머에는 코르크 마개의 표면이 보였다.

"어머, 정말이네. 이건 원래부터 이렇게 되어 있는 거야?"

"그렇습니다. 아마도 와인의 숙성을 촉진하기 위한 공기구멍이겠죠. 시판되는 많은 와인의 캡 부분에서 이러한 구멍을 찾아볼 수 있습니다. 깨닫지 못하셨습니까?"

"그래, 어차피 내 눈은 옹이구멍이니까."

레이코는 최대한 빈정거리며 대답할 수밖에 없었다.

"그래서, 이 구멍이 어떻다는 거야? 바늘 정도밖에 들어가지 않을 작은 구멍이야."

"그 말씀대로 범인은 그 구멍에 바늘을 집어넣었다고 생각됩니다. 물론 그냥 바늘이 아닙니다. 주삿바늘입니다. 동물병원에는 적당한 사이즈의 바늘이 있었을 겁니다. 이제는 아시겠죠?"

"아, 그렇구나!"

레이코는 손가락을 튕겼다.

"범인은 와인 병 안에 독을 주사했던 거구나!"

금속 캡에는 구멍이 뚫려 있고, 신축성이 있는 코르크 마개라면 주삿바늘을 집어넣는 것도 가능하다. 범인은 그 특성을 이용해서 물에 녹인 청산가리를 주사기로 병 안에 주입했다. 이런 방법이라면 캡실을 벗기거나 코르크 마개를 뽑지 않고도 겉으로 볼 때는 새 와인과 똑같은 상태로 내용물만 독으로 오염시킬 수 있다. 범인은 그렇게 해서 완성된 독이 든 와인을 후지시로 마사미가 보낸 간식인 척, 와카바야시 다쓰오의 방에 놓고 왔다. 다쓰오는 언뜻 보기에 특별히 이상한 점이 없는 와인 병을 보고 그것에 독이 들었다고는 티끌만큼도 생각하지 않았을 것이 틀림없다. 그래서 다쓰오는 마사미에게 감사 문자를 보내고, 그 뒤에 직접 마개를 뽑았던 것이다. 코르크 마개에 남은 주삿바늘 흔적은 작으니까 다쓰오가 깨닫지 못한 것도 무리는 아니다.

"무서운 생각을 했구나."

트릭의 정체가 밝혀지자 레이코는 다시 한 번 몸이 떨리는 듯한 공포를 느꼈다.

"그렇다고 해도 대체 누가 이런 짓을……."

레이코가 그렇게 중얼거리자 가게야마는 놀란 표정으로 레이코를 바라보았다.

"어라, 아가씨는 범인이 누구인지 깨닫지 못하고 계시는 겁니까? 이미 알고 계시리라고 생각했습니다만."

"그럴 리가 없잖아!"

범인을 모르니까 경찰이 고생하고 있고, 레이코도 집사의 폭언에 견디고 있다.

"그렇다면 뭐야? 당신은 범인을 안다는 거야?"

"네. 결코 어려운 문제는 아닙니다. 이론적으로 따져보면 풀리는 문제입니다."

이제 가게야마의 이야기는 범인의 추적으로 옮겨갔다.

"주목해야 할 점은 유타라는 소년의 증언입니다. 유타는 오전 두시경에 피해자의 방에서 오렌지색 불빛이 흔들리는 것을 보았다고 증언했습니다. 즉 그때에 피해자의 방에는 누군가가 있었다는 이야기입니다. 이 인물이야말로 범인이 틀림없습니다. 그러면 범인은 한밤중에 무엇을 위해서 다쓰오의 방을 방문했는가? 물론 다쓰오의 죽음을 확인하고 범행의 핵심인 독이 든 와인을 회수하기 위해서입니다. 여기까지는 아시겠죠?"

"물론이지. 가자마쓰리 경부도 같은 생각이었어."

"문제는 이 사후 처리들을 범인이 불을 켠 상태에서 했다는 사실입니다. 왜 범인은 그런 행동을 했을까요?"

"그야 정전 때문이지. 전기가 들어오지 않아서 범인은 그 대신 불을 켠 거야."

"그런데 현장에는 회중전등이 있었습니다. 입구 옆의 후크에 걸린 상태로. 그리고 그 장소에 회중전등이 있는 것은 와카바야시가 사람이라면 누구라도 알고 있을 겁니다. 그럼에도 이 범인은 회중전등이 아니라 불빛에 의지해서 작업을 했습니다. 즉 범인은 회중전등을 사용하려고 마음먹으면 사용할 수 있었는데도 사용하지 않았던 것입니다. 이것은 반대로 생각하면, 범인은 회중전등을 사용하지 않아도 별로 곤란하지 않았다는 이야기가 아닐까요?"

"알았다. 즉 범인에게는 좀 더 가볍고 손에 익은 조명기구가 있어서 그것만으로 충분했어. 요컨대 범인은 흡연자이며 라이터나 성냥을 가지고 다니는 인물이라고 말하고 싶은 거지?"

"그렇습니다. 다만 작업을 할 때, 성냥불로 충분하리라고는 생각할 수 없습니다. 작업하는 동안 몇 개비나 계속해서 성냥을 켜야만 하니까요."

"동감이야. 그러니까 평소에 성냥을 애용하는 데루오는 범인이 아니지. 그 사람이 만약 범인이라면 망설임 없이 회중전등을 사용했을 테니까."

"네. 마찬가지로 게이이치의 부인인 하루에도 범인은 아닙니다. 그 여자는 흡연자가 아니니까요."

"하루에가 흡연자가 아니라고 어떻게 말할 수 있지? 확실히 하루에는 우리 앞에서 담배를 피우지는 않았지만, 그렇다고 흡연자가 아니라고 단정할 수는 없어."

"아뇨. 떠올려보십시오, 아가씨. 게이이치의 일회용 라이터의 가스가 떨어졌을 때 말입니다. 그때 게이이치는 하루에가 아니라 일부러 남동생인 슈지에게 불을 빌렸습니다. 하루에가 흡연자였다면 게이이치는 곁에 앉아 있는 부인인 하루에에게 불을 빌리려고 하지 않았을까요? 그렇게 하지 않았던 점을 보면, 역시 하루에는 담배를 피우지 않는다고 생각됩니다."

"그렇구나."

남의 이야기를 들은 것만으로 용케 여기까지 꿰뚫어볼 수 있구나.

"그러면 나머지는 두 사람이네. 게이이치와 슈지 형제."

유산을 노린다는 동기는 충분하고, 두 사람 다 라이터를 가지고 있다. 두 형제 중 어느 쪽이 범인일까?

"범인은 슈지 쪽입니다."

가게야마는 의외로 간단히 결론을 말했다.

"잠깐만. 당신 설마 '게이이치의 라이터는 가스가 떨어졌으니까'라는 소릴 하는 건 아니겠지? 오늘 낮에 라이터의 가스가 떨어졌다고 해도 어젯밤에는 가스가 남아 있었을지도 몰라. 오히려 범인은 게이이치고, 라이터의 가스가 떨어진 것은 어젯밤에 살인 현장에서 가스를 낭비했던 증거라고 생각해야 하지 않을까?"

"아니오, 게이이치가 일회용 라이터를 한 손에 들고 한밤중에 사후 처리를 했다고는 생각할 수 없습니다. 잘 생각해보십시오, 아가씨. 범인은 어젯밤 오전 두시에 현장을 방문해서 독이 든 와인을 회수했습니다. 회수하는 것뿐이라면 라이터를 한 손에 들고 하더라도 충분히 가능했겠죠. 어려운 작업이 아니니까요. 하지만 그 뒤에 범인은 사이드보드에서 새 와인을 꺼내서 마개를 뽑고 테이블에 놓았습니다. 여기가 문제입니다. 다른 작업은 몰라도, 와인의 마개를 뽑는 작업은 한 손으로는 분명히 무리가 있다고 생각합니다. 이러한 작업을 라이터를 한 손에 들고 하려고 할까요? 바로 옆에는 회중전등이라는 편리한 도구가 있는데. 저는 생각할 수 없습니다."

"아…… 생각해보니 그러네."

확실히 어둠 속에서 와인의 마개를 뽑으려는 경우, 회중전등의 불을 켜두고 두 손으로 작업하는 쪽이 라이터를 한 손에 들고 작업하는 것보다 훨씬 쉬울 것이다. 그건 실제로 해볼 것도 없이 알 수 있다.

"하지만 그건 슈지도 같은 말을 할 수 있지 않나? 슈지도 라이터를 한 손에 들고 와인의 마개를 뽑는 것은 어려울 거 아냐?"

"그런데 슈지의 경우에는 그렇게 어렵지 않습니다. 왜냐하면 그 사람의 라이터는 지포의 오일 라이터니까요."

"오일 라이터도 일회용 라이터도 라이터는 라이터잖아. 똑같지 않아?"

가게야마는 유감스럽다는 듯이 고개를 좌우로 저었다.

"담배를 피우지 않으시는 아가씨께는 똑같이 보이는 것도 무리가 아닙니다만, 실제로 일회용 라이터와 오일 라이터 사이에는 큰 차이가 있습니다. 일회용 라이터라는 물건은 불을 붙일 때에 계속 버튼을 눌러서 가스를 내보내는 상태로 만들어야만 합니다. 버튼에서 손을 떼면 가스 공급이 끊겨서 그 순간 불은 꺼져버립니다. 요컨대 일회용 라이터란 물건은 한시도 손을 뗄 수 없는 구조로 되어 있습니다. 한편 오일 라이터 쪽은 어떤지 말씀드리자면……."

가게야마는 그렇게 말하며 양복 주머니에서 담뱃갑을 꺼내더니, 레이코의 눈앞에서 보란 듯이 한 개비를 입에 물었다. 이어서 가게야마는 아연실색하는 레이코 앞에서 자신이 애용하는 지포의 오일 라이터를 꺼내서 먼저 자신의 담배에 불을 붙이고, 그다음에는 불이 켜진 상태의 라이터를 레이코의 눈앞에 내밀었다.

"이처럼 오일 라이터의 경우에는 오일에 젖은 심지 부분에 불이 붙는 것이라서 한 번 불이 붙은 다음에는 뚜껑을 덮지 않는 한, 불은 계속 켜져 있게 됩니다. 그러므로……."

가게야마는 테이블 위에 오일 라이터를 놓았다. 라이터는 키 작은 촛불처럼 조용히 타오르고 있다.

"이렇게 오일 라이터는 손을 떼어도 불이 꺼지지 않습니다. 이렇다면 양손으로 와인의 마개를 뽑을 수 있죠. 즉 회중전등을 사용하지 않아도 딱히 곤란하지 않았던 인물. 그것은 일회용 라이터를 가진 게이이치가 아니라 오일라이터를 가진 슈지 쪽이라는 결론이 되는 것입니다."

그리고 가게야마는 큰일 하나를 마쳤다는 듯이 긴장을 푼 표정으로 담배를 피우면서 레이코에게 물었다.

"어떠십니까, 아가씨?"

가게야마의 추리에 낮게 신음하며, 레이코는 그저 천장으로 피어오르는 흐린 담배 연기를 바라볼 수밖에 없었다.

세 번째 이야기
:
아름다운 장미에는 살의가 있습니다

1

　오월 하순 어느 맑은 날의 이른 아침, 구니타치 시 남부에 있는 후지쿠라 저택의 정원.

　후지쿠라 후미요는 평소처럼 남편인 고자부로의 도움을 받으며 산책을 하는 중이었다. 원래 올해 일흔이 되는 후미요는 다리가 불편해서 걸어 다닐 수 없다. 그래서 산책이라고 해도 정확히는 휠체어로 하는 것이다. 휠체어를 미는 것은 고자부로의 역할이었다. 남편은 싫다는 내색 한 번 하지 않고 그녀의 산책을 거들어준다. 매일 반복되는 이 아침의 산책은 후미요가 가장 행복을 느끼는 시간이었다.

　참고로 후지쿠라가는 다마 지구에서는 유명한 '후지쿠라 호텔'의 창업 가문이다. 남편인 고자부로는 그곳의 전 사장이며, 현재는 명예회장이라는 이름으로 은거 생활을 하고 있다. 따라서 후지쿠라 저택은 규모가 아주 크고 정원도 광대하다. 휠체어를 탄 후미요가 산책하기에는 너무 넓을 정도다.

그런 정원 한구석에 별채 한 채가 있다. 최근에 그 별채에 새로운 거주자가 들어와 살게 되면서 후지쿠라가에 어색한 분위기가 떠돌게 되어, 후미요도 근심하고 있었다. 별채 앞을 지나갈 무렵, 휠체어를 밀던 고자부로가 문득 후미요에게 이렇게 말을 걸었다.

"다카하라 교코 씨 말이야. 도시오와의 결혼을 인정해줄까 하는데……."

"어머, 정말인가요? 그거 잘됐네요. 도시오도 기뻐할 거예요."

후미요는 자기 일처럼 환성을 질렀다.

"나하고 미나코는 물론 찬성이에요. 다만 마사히코는 어떻게 생각할지 모르겠네요."

"걱정 말구려. 내가 이야기하면 마사히코도 알아줄 거요."

후미요와 고자부로 사이에는 훌륭하게 성장한 두 자녀가 있다. 딸인 미나코는 서른다섯 살. 이미 결혼해서 지금은 유치원에 다니는 리카라는 딸이 하나 있다. 미나코의 남편 마사히코는 마흔다섯이라는 젊은 나이인데도 현재는 후지쿠라 호텔의 사장 자리를 맡고 있다. 고자부로가 경영에서 물러나고 사실상 은거 생활을 할 수 있는 것도, 마사히코라는 사위의 존재가 있기 때문이다. 지금 후지쿠라 가문은 미나코와 마사히코 부부가 중심이라고 할 수 있었다.

한편 아들인 도시오는 서른네 살로, 역시 후지쿠라 호텔의 사원이지만 현재는 독신이다.

그런 도시오가 검은 고양이를 기르는 한 여자를 후지쿠라가에 불러들여서 별채에 살게 한 것이 바로 보름 정도 전의 일이다. 도시오의 행동에는 그럴 만한 사정이 있었지만 고자부로는 그 여자, 다카하라 교코를 인정하려고 하지 않았다. 그런데 그런 고자부로가 태도를 간신히 누그러뜨린 모양이었다.

"어제저녁에 무슨 일이라도 있었나요? 그러고 보니 데라오카 씨가 와 계셨던 것 같은데."

데라오카 유지는 도시오의 대학 동기이며 후지쿠라 가문과는 친척 관계인 청년이다.

"마작을 했지. 나하고 마사히코하고 도시오 그리고 데라오카 군이 함께."

고자부로는 졸린 듯한 목소리로 말했다.

"데라오카 군은 결국 하루 묵고 간 것 같으니, 아직 그쪽에 있을 거야."

그러자 고자부로의 목소리가 마치 세기라도 된 듯이 정원 한구석에서 남자의 비명이 들려왔다. 이른 아침부터 마당에서 유령이라도 본 듯한, 그런 절박한 비명이다.

"어머나, 데라오카 씨의 목소리가 아닌가요?"

후미요는 자기 손으로 휠체어를 앞으로 밀면서 외쳤다.

"장미원 쪽에서 들린 것 같아요. 대체 무슨 일일까요?"

후지쿠라 저택의 한쪽 구석에는 고자부로가 정성 들여 만든 본

격적인 장미원이 있다. 오랫동안 일만 해왔던 고자부로에게 장미 가꾸기는 유일한 취미다.

"모르겠군. 일단 가봅시다."

고자부로는 후미요의 휠체어를 힘차게 밀면서 장미원으로 향했다. 그곳은 주위를 산울타리로 둘러싼 공간으로, 입구에는 장미 덩굴로 감싸인 문이 있다. 두 사람은 문 앞에서 사위인 마사히코를 만났다. 마사히코도 같은 비명을 듣고 달려온 듯했다.

"아, 아버님! 지금의 비명은 대체……."

"모르겠구먼. 데라오카 군의 목소리인 것 같은데…… 어쨌든 이 안이야."

고자부로와 마사히코는 게이트를 지나서 장미원으로 뛰어 들어갔다. 후미요도 스스로 휠체어를 조작하며 뒤를 따랐다.

장미원은 후지쿠라 저택 안에서도 특이한 공간이다. 그곳에는 장미 이외의 식물을 찾는 것이 곤란할 정도로 모든 것이 장미로 가득하다. '칵테일', '퍼레이드', '마리아 칼라스' 등 품종도 다양하다. 화분에 심은 것도 있거니와 화단에 우거진 것, 벽이나 기둥에 감기며 뻗어나간 것 등 형상도 가지가지다. 게다가 오월 하순인 이 계절은 장미가 꽃을 피우는 시기다. 지금 그야말로 꽃망울을 터뜨리기 시작하는 가지각색의 장미가 그 일대에 넘치고 있어서, 주위는 농후한 향기와 색채로 꽉 차 있다. 그 광경은 숨이 갑갑하게 느껴질 정도였다.

그런 화려하고 아름다운 공간 안에서, 데라오카 유지는 다리가 풀린 듯이 땅바닥에 주저앉아 있었다. 크게 벌어진 눈동자는 경악으로 물들어 있다.

"대체 무슨 일이야, 데라오카? 무슨 일이 있었던 거야?"

마사히코가 물었다.

"아, 아아…… 보세요, 저기를!"

데라오카 유지는 장미원의 한복판 부근을 손가락으로 가리켰다. 그곳에는 장미 침대가 있었다. 그렇게 말해도 진짜 침대는 아니다. 다다미 한 장 정도의 넓이의 받침대에 장미 덩굴이 얽혀 있는 것이다. 우거진 장미 덩굴은 말하자면 녹색의 침대 시트. 진홍색 꽃들이 여기저기에 색채를 더하고 있다.

그런 장미 침대 위에 한 여성이 조용히 누워 있었다. 다카하라 교코였다. 그 모습은 마치 장미에 둘러싸여서 새근새근 자는 듯 보였다. 그녀가 잠옷 차림이어서 더욱 그렇게 보였다. 하지만 장미 침대에서 편안하게 잘 수 있는 인간이 있을까. 만약 그렇다면 그것은 가시의 아픔을 느끼지 않는 죽은 사람 정도일 것이다. 설마 하는 생각에 후미요는 장미 침대에 누워 있는 미녀를 응시했다. 틀림없었다.

다카하라 교코는 장미 침대에서 자는 듯이 죽어 있었다.

2

구니타치의 옛날 분위기를 요즘 명소로 말하자면 야호텐만구(谷保天滿宮)다. 간토 지방에서 가장 오래되었다고 이야기되는 천신이다. 흔히 촌티 나는 사람을 바보 취급할 때 '야보텐'이란 말을 쓰는데, 그 말은 바로 이 야호텐만구에서 유래한다고 한다. 그런데이 속설은 정말일까? '야후'에서 검색해보면 자세한 것을 알 수 있을지도 모르지만, 호쇼 레이코는 지금 그럴 상황이 아니었다.

야호텐만구 인근에 있는 부자의 대저택에서 사건 발생. 급보를받고 현장에 달려온 레이코는 장미 침대에 잠든 변사체를 보자마자 자신도 모르게 숨을 삼켰다.

비칠 듯이 하얀 피부, 서양 인형처럼 단정한 얼굴, 물 흐르는 듯한 검은 머리칼은 녹색 덩굴과 얽히고, 활짝 피어난 장미가 색채를더하고 있다⋯⋯.

그 사체를 본 순간, 레이코의 머릿속에는 '아름답다', '수려하다' 혹은 '화려하다'라는 단어가 순식간에 떠올랐다. 그래도 그런말을 입에 담았다가는 형사로서 체면이 서지 않을 것이다. 레이코는 검은 프레임의 도수 없는 안경을 살짝 손끝으로 밀어올렸을 뿐, 묵묵히 시체를 계속 관찰했다. 장미에 감싸여 누워 있는 미녀의 시체. 마치 회화의 모티프 같다. 대체 누가 이런 짓을⋯⋯. 그런 생각을 하는 레이코의 등 뒤에서 낯익은 남성의 목소리가 들렸다.

"피해자는 다카하라 교코. 이십오세. 최근에 후지쿠라가에 신세를 지러 들어온 식객이라고 해. 그렇다고 해도 아름답군. 이렇게 수려하고 화려한 살인 현장은 좀처럼 보기 힘들어. 마치 회화의 모 티프 같지 않은가!"

레이코가 마음속으로 남몰래 생각하면서도 결코 입 밖에 내지 않았던 말을 아주 쉽게 떠벌리는 남자. 곧바로 레이코는 남자의 목 을 조르며 "이 야보텐!"이라고 일갈하고 싶은 충동에 휩싸였다. 하 지만 여기서 유감스러운 사실. 그 남자는 레이코의 상사이자 경부 란 직함을 가지고 있다. 그러니 목을 조를 수는 없다. 어쩔 수 없이 레이코는 안경 아래에서 차가운 시선을 상사에게 퍼부으며 부드럽 게 그 발언을 나무랐다.

"가자마쓰리 경부님, 신중하지 못하시군요. 아름답다니, 사람이 죽었는데 말입니다."

"신중하지 못하다고? 내가 말인가?"

그렇게 말하며 가슴에 손을 대는 가자마쓰리 경부는 서른두 살 의 독신. 그 정체는 유명 자동차 제조 회사 '가자마쓰리 모터스'의 도련님이다. 애차인 은색 재규어에 경광등을 얹고 거리를 질주하 는 소박한 꿈을 이루기 위해서 일부러 경찰관이 되었다는 소문이 진실처럼 회자되고 있는 구니타치 경찰서 최고의 괴짜 경부다.

"오해라고, 호쇼 형사. 나는 '아름다운 시체'라고 말한 것이 아 니야. 이 장소가 아름답다고 말한 것뿐이지. 이 멋진 장미원을 감 상했을 뿐이라고."

그렇게 말하며 레이코의 비난을 능숙하게 피한 가자마쓰리 경부는 이어서 "다만 우리 집의 장미원은 이곳의 두 배는 되지만"이라고 하며 여기서 할 필요 없는 자랑을 당당하게 늘어놓았다.

그것을 묵묵히 듣고 있는 레이코는 구니타치 경찰서의 젊은 형사. 그 정체는 '호쇼 그룹'의 총수인 호쇼 세이타로의 딸이다. 참고로 호쇼 그룹이란 금융, 부동산, 철도, 전기, 유통 및 미스터리 출판 등에 맥락 없이 손대고 있는 복합 기업이다. 그런데 보수적인 직장에서 지나치게 화려한 집안의 이름은 오히려 방해가 된다는 이유로 그녀는 그 사실을 감추고 근무하고 있다. 버버리 고급 팬츠 슈트는 "마루이 백화점 고쿠분지 지점에서 산 할인 상품이에요", 아르마니 안경은 "안경 할인점에서 싸게 맞췄어요" 등등 센스 없고 세상 물정에 어두운 남자 형사들은 지금도 그녀의 대담한 거짓말을 전혀 깨닫지 못하고 있다.

그런 조심성 있는 레이코이기에 가자마쓰리 경부가 아무리 자신의 집 장미원을 과시한들, 눈썹 하나 까딱하지 않는다. 다만, 망상속에서 가자마쓰리 경부의 목을 꽉 조르면서 가슴속으로 가만히 중얼거릴 뿐이다. 우리 집의 장미원은 당신 집의 세 배는 된다고!

"그런데 호쇼 형사."

가자마쓰리 경부는 레이코의 머릿속에서 자신이 어떤 짓을 당하고 있는지도 모르는 채로 물었다.

"이 아름다운 시체를 보고서 뭔가 깨달은 건 없나?"

결국 '아름다운 시체'라고 말하고 있다고요, 경부님.

하지만 그건 그렇다 치고. 레이코는 시체를 언뜻 본 순간부터 몇 가지 점이 신경 쓰이고 있었다. 우선 피해자가 얇은 잠옷 차림이라는 점. 그리고 맨발이며 주위에 신발이나 샌들 같은 것을 찾아볼 수 없다는 점. 이것들을 종합해서 생각하면 피해자가 살해된 것은 이 장미원이 아니라 어딘가 다른 장소, 그것도 실내일 것으로 추정되었다. 즉 범인은 이 저택 어딘가에서 피해자를 살해한 뒤에 일부러 시체를 이 장미원까지 옮겨와서 장미 침대에 눕힌 것이다. 그러나 왜 범인은 그렇게 귀찮은 짓을 했을까? 그 이유를 모르겠다. 그렇게 레이코가 여러 가지로 머리를 굴리고 있는데.

"어라, 모르는 건가? 그렇다면 알려주지. 범행 현장은 이 장미원이 아니라 실내야. 보라고, 피해자의 복장을. 게다가 피해자는 맨발이야."

가자마쓰리 경부는 레이코가 생각했던 추리를 그대로 다시 말해주었다. '뭔가 깨달은 거 없나?'라고 자기가 질문해놓고 '그렇다면 알려주지'라고 스스로 답한다. 이것은 그의 독특한 스타일이다. 뭐, 잘못된 추리는 아니므로 불평할 것도 없다. 부하이니 그저 그의 뻔한 이야기가 끝나기만을 기다릴 뿐이다. 이거야 원.

"경부님, 요컨대 실제 범행 현장, 그리고 시체를 옮긴 목적을 찾는 것이 중요하다는 거군요."

"그런 거라고, 아가씨. 역시 이해가 빠르네."

네, 아마도 경부님보다 빠를 거라고 생각합니다. 그리고 전부터 몇 번이나 말했지만, 기분 나쁘니까 '아가씨'라고 부르지 말라고! 나는 그런 아가씨가 아니라 진짜 '아가씨'란 말이야!

다카하라 교코의 시체가 신중하게 장미 침대에서 내려진 뒤, 검시가 이루어졌다.

사망 추정 시각은 오전 한시 전후. 목 주위에 뭔가로 졸린 흔적이 있으므로, 사인은 교살에 의한 질식사로 판정되었다. 흉기는 끈 같은 가느다란 것이 아니라 좀 더 굵은 것, 이를테면 수건 같은 것이 아닐까 하고 추정되었다. 살해 후에 시체가 이동되었다는 점에 대해서는 검시관도 레이코 일행과 같은 견해를 보였다.

검시가 끝나자, 레이코 일행은 장미원을 나와서 네 명의 인물에게서 시체를 발견할 당시의 상황을 들었다.

후지쿠라 호텔 명예회장인 후지쿠라 고자부로와 그 부인인 후미요, 사위이자 현 사장인 마사히코 그리고 어젯밤에 이 저택에서 묵었던 데라오카 유지까지 네 사람이다. 그중에서 가장 먼저 시체를 발견한 사람은 데라오카 유지였다. 그는 후지쿠라가의 친척이라고 한다.

"후지쿠라 가문의 친척이라지만 제가 이 저택을 방문한 것은 대학생 때 이후로 처음이니, 벌써 십이 년 만이 되네요. 그 무렵에는 이런 장미원 같은 게 없었기 때문에 한번 차분히 구경해보고 싶다고 생각했습니다. 그리고 오늘 아침에 웬일로 일찍 잠이 깨어서 장미원으로 발을 옮겼더니 장미 침대에 사람이 누워 있더군요. 가까이 와보니 다카하라 씨였습니다. 얼굴이 죽은 사람처럼 창백해서 깜짝 놀라 저도 모르게 비명을…… 정말이라니까요. 믿어주세요,

형사님."

의심하는 시선을 민감하게 알아차린 듯, 데라오카 유지는 손을 모으며 애원했다. 그 모습을 바라보는 가자마쓰리 경부의 눈썹이 움찔 움직인 것을, 레이코는 깨달았다.

"뭐, 좋습니다."

가자마쓰리 경부는 아무 일도 없었다는 듯이 고개를 끄덕이고, 다른 세 사람 쪽을 향했다.

"그리고 당신들은 장미원 쪽에서 들린 데라오카 씨의 비명을 듣고 달려왔다. 거기서 땅바닥에 주저앉은 데라오카 씨와 다카하라 교코 씨의 시체를 발견하고, 곧바로 110에 신고 전화를 했다. 그런 거죠?"

"네, 대충 그런 겁니다. 그렇죠, 아버님?"

"으응, 그랬지. 그 말대로라고 생각한다."

마사히코와 고자부로는 서로 고개를 끄덕여 보였지만, 그 어조는 어딘지 모르게 어색했다.

"그렇군요. 잘 알았습니다."

가자마쓰리 경부는 일단 고개를 끄덕이고서 물었다.

"그런데 이 장미원의 손질은 보통 어느 분이 하십니까?"

"남편입니다."

후미요가 대답했다.

"남편은 장미를 키우는 게 취미라, 낮이든 밤이든 틈만 나면 장미원에 틀어박혀 있답니다. 덕분에 남편의 손은 항상 상처투성이죠."

"그렇군요. 장미에는 가시가 있으니까요. 그러면 고자부로 씨에게 여쭙겠습니다. 오늘 아침에 장미원을 보셨을 때, 평소와 다른 점 같은 건 없었습니까? 물론 피해자의 시체 말고 다른 것이란 의미입니다."

"아니, 특별히 이상한 점은 없었지. 시체가 있는 것 말고는 평소대로였소."

"마사히코 씨는 어떻게 느끼셨습니까?"

"저는 평소에는 거의 장미원 쪽으로 가지 않아서 잘 모르겠습니다."

"그러십니까, 알았습니다. 그런데 만일을 위해 묻겠습니다만."

가자마쓰리 경부는 남자 세 사람을 향해 척 하고 물었다.

"혹시 여러분, 저 시체를 옮기지는 않았는지요?"

세 남자의 입에서 숨을 삼키는 소리가 흘러나왔다. 가자마쓰리 경부의 질문은 그들의 아픈 곳을 확실히 찌른 듯했다. 소 뒷걸음치다가 쥐 잡은 격이라고 할까, 레이코는 그렇게 생각했다.

"후훗, 전혀 놀라실 건 없습니다."

겸손한 말투와는 반대로, 경부의 얼굴은 '어떠냐!'라고 말하고 있었다.

"저는 아까 두 손을 모은 데라오카 씨의 오른손 손등에 갓 긁힌 상처가 있는 것을 깨달았습니다. 그리고 고자부로 씨의 손등은 들은 대로 양쪽 다 상처투성이입니다만, 자세히 관찰하니 그중에 아주 최근에 난 상처가 보이더군요. 미심쩍다는 생각이 들어서 마사히코 씨의 손등을 보니 역시 그곳에도 비슷한 상처가 있었습니다. 그러면 그 상처는 대체 어떤 상처인가? 물론 장미 가시에 긁혀서 난 상처로 보면 틀림없겠죠. 그런데 평소에 장미 손질을 하는 고자부로 씨의 손에 난 상처는 그렇다고 쳐도, 왜 마사히코 씨나 데라오카 씨의 손에도 같은 상처가 났을까요?"

세 남자는 경부의 말을 얌전히 듣고 있다. 경부는 계속해서 말했다.

"당신들 세 사람은 시체를 발견한 뒤에 곧바로 110에 신고했다고 말씀하셨지만 그것은 거짓말이군요. 당신들은 시체에 손을 대서 그것을 움직였습니다. 그때 장미 가시에 긁혀서 손등에 상처가 났죠. 아닙니까?"

과연 그렇군. 가자마쓰리 경부도 가끔씩은 날카로운 말을 하는구나 하고 레이코는 감탄했다. 하긴, 어쨌든 경부니까 이 정도는 보통일지도 모르지만.

가자마쓰리 경부의 날카로운 지적을 받고, 세 남자는 겸연쩍다는 듯이 손등의 상처를 가렸다. 아무래도 핵심을 찌른 것 같다. 경부는 추적의 고삐를 늦추지 않고 말을 이었다.

"그런데 다카하라 교코 씨의 시체는 살해 후에 장미원에 옮겨진 것으로 보입니다. 설마 당신들 세 사람이 시체를 저 장미 침대에 눕힌 것은⋯⋯."

"자, 잠깐 기다려주시오, 형사님. 그건 오해요."

당황하며 끼어든 사람은 고자부로였다.

"확실히 형사님이 꿰뚫어본 대로 우리 세 사람은 시체에 손을 댔소. 다소는 움직인 것도 사실이오. 하지만 시체를 장미원으로 옮겨 온 것은 우리가 아니오. 우리는 장미원의 시체를 발견한 것뿐이오."

"아버님이 말씀하시는 대롭니다."

마사히코가 고자부로에 이어 호소했다.

"우리는 처음에 저 여자가 정말로 죽었을까 하고 생각해서……어쨌든 저렇게 완전히 자는 듯한 상태였으니, 그래서 그 여자의 몸을 흔들어보거나 맥을 짚거나 했습니다. 누구나 그렇게 하겠죠. 그리고 확실히 죽었다는 것을 알고, 이번에는 그 여자를 받침대 위에서 내려주기로 했습니다. 마침 남자들이 모여 있었으니까요."

"그렇습니다."

데라오카 유지가 미안하다는 듯 고개를 끄덕였다.

"저런 식으로 장미 덩굴이 얽혀 있는 상태로 놔두면 여자가 불쌍하다는 기분이 들어서 무심결에……."

"으음, 그랬지."

고자부로는 그때의 정경을 떠올리듯이 중얼거렸다.

"그러나 실제로 해보니, 시체에는 생각한 것 이상으로 덩굴이 얽혀 있어서 어떻게 할 수가 없었어. 게다가 이쪽은 맨손이라서 가시가 손을 찌르니 아파서 견딜 수가 없었고. 그러고 있는 동안에 옆에서 보고 있던 아내가 이렇게 말하더군. '이건 살인 사건일지도 모르니까, 시체에 손을 대지 않는 편이 좋다'라고 말이야. 그래서 우리는 간신히 우리의 경솔한 행동을 깨달았다는 얘기일세."

그렇게 말하며 고자부로는 사죄를 하듯이 고개를 숙였다.

눈앞의 시체에 동요한 첫 발견자가 자기도 모르게 시체를 건드리거나, 그것을 움직이는 것은 이따금 있는 일이다. 대부분은 선의에서 나오는 행동이니 뭐라 하기도 어렵다. 현장 보존이라는 관점에서 보면 문제가 되는 일이지만.

가자마쓰리 경부는 한 번 헛기침을 하더니 휠체어의 후미요를 향해서 물었다.

"이분들이 이야기하는 것에 틀린 점은 없습니까?"

"네. 저는 남편 일행의 행동을 계속 보고 있었습니다. 틀림없습니다. 남편과 다른 사람들은 모두 교코 씨의 시체를 건드렸습니다만, 극히 짧은 시간입니다. 부디 용서해주세요."

"뭐, 그런 거라면 어쩔 수 없죠."

가자마쓰리 경부는 그렇게 말하며 이 화제를 끝내고, 새로운 문제점으로 이야기를 돌렸다.

"그런데 다카하라 교코 씨라는 여성은 최근에 이 집에 신세를 지러 들어온 식객이라고 하더군요. 그 부분의 사정은 나중에 천천히 듣기로 하고, 우선 그 여자가 묵고 있던 장소를 조사해도 되겠습니까?"

피해자는 잠옷 차림으로 살해됐다. 그러므로 그녀의 침실이 범행 장소일 확률이 높다. 가자마쓰리 경부의 질문은 일단 앞뒤가 맞는다.

"교코 씨는 별채에서 지내고 있었습니다. 저기, 저 건물입니다."

후미요는 그렇게 말하며 장미 정원에서 오십 미터 이상 떨어진 곳에 보이는 단층집을 가리켰다.

재빨리 레이코와 가자마쓰리 경부는 정원을 가로질러 문제의 별채로 향했다. 넓은 정원에는 장미 외에도 다양한 식물이 있었다. 화분에 심은 난이나 등나무 터널, 연못에는 연잎이 떠 있다. 화단에 심은 팬지나 스위트피 같은 것은 마침 꽃이 필 시기라 장미에 뒤지지 않는 멋진 색채를 자랑하고 있다. 그 옆을 걸으며 레이코가 한 가지 감탄한 것은, 후지쿠라 저택의 광대한 정원 전체가 완전한 배리어 프리◆로 이루어져 있다는 점이었다. 장미원에서 별채에 이르는 길에는 계단이 없거니와 급한 경사도 없다. 아마 저택 안도 동일한 배려로 이루어져 있을 것이다. 물론 휠체어 생활을 하는 후미요를 배려한 설계임이 분명하다.

두 형사는 별채에 도착했다. 가까이 와서 보니, 별채라고 불리긴 해도 상당히 훌륭한 건물이다. 현관 앞에는 철쭉이 마침 붉은빛 도는 자주색 꽃을 보일 무렵이었다.

후미요의 이야기에 따르면, 이 별채는 미나코와 마사히코 부부가 신혼 때 살던 곳이다. 그런데 아이가 생긴 뒤에는 살기가 좁아서 딸 부부는 현재 본채 쪽에서 살고 있다. 마침 비어 있는 집에 다카하라 교코가 신세를 지게 된 모양이다.

◆ barrier free, 장애인이나 고령자가 생활하기 편하게 장애물을 제거하는 것.

가자마쓰리 경부가 하얀 장갑을 낀 손으로 현관 문손잡이를 돌렸다. 문은 잠겨 있지 않았다. 문은 소리도 없이 열렸다. 두 형사는 집 안에 발을 들였다. 복도를 끼고 몇 개인가 있는 방 중 한 방의 모습이 두 형사의 관심을 끌었다. 그곳은 다카하라 교코가 침실로 이용하던 방인 듯했다. 간소한 방이었지만 그곳이 눈에 띄게 어질러져 있음을 알 수 있었다.

"오오! 이걸 보라고, 호쇼 형사."

"네. 저도 보고 있어요, 경부님."

벽 쪽에 놓인 침대 위에는 하얀 이불이 반쯤 흘러 내려와 있었다. 베개는 카펫 바닥에 굴러다니고 있다. 테이블 위에는 커피 잔이 쓰러져 있다. 의자 두 개 중 하나가 옆으로 넘어져 있다. 섀시창은 반쯤 열려 있었다.

"아무래도 누군가가 여기서 싸웠다고 봐도 되겠군."

가자마쓰리 경부는 그렇게 단정하며 멋대로 이야기를 진행해나갔다.

"어제 한시경, 이 방에서 다카하라 교코와 누군가가 있었어. 그 녀석은 열린 창문으로 침입했을지도 모르고, 다카하라 교코 자신이 불러들였을지도 모르지. 어쨌든 두 사람은 이 방에서 다툼을 벌였고, 그 누군가는 다카하라 교코를 목 졸라 살해했어. 즉 이곳이 범행 현장이야."

경부의 견해는 의외로 단순했다. 이 지점에서 레이코는 상사의 기분을 상하게 하지 않는 정도에서 자기 의견을 이야기했다.

"그렇군요. 경부님께서 말씀하시는 대로일지도 모릅니다. 그렇지만 경부님, 혹시 이 방이 흐트러져 있는 것이 범인의 위장이라고는 생각되지 않으십니까?"

"위장이라고?"

경부는 한순간 어리둥절한 얼굴을 하더니 "그래, 호쇼 형사. 물론이고말고! 물론 그 가능성은 고려할 필요가 있어. 물론 나는 처음부터 그것을 깨닫고 있었어"라고 말했다.

'물론'이 필요 이상으로 많은 점을 보아 하니 가자마쓰리 경부는 역시나 깨닫지 못했던 것 같다.

"그래, 마치 이 별채가 범행 현장인 것처럼 나중에 범인이 꾸몄을 가능성은 있어. 어쨌든 이 장소가 범행 현장이라고 가정하면 범인은 장미원까지 오십 미터 이상이나 시체를 운반했다는 이야기가 되니까. 시체를 짊어지고 오십 미터. 뭐, 피해자는 날씬한 여성이니까 체력이 있는 남자라면 어떻게든 옮길 수 있었겠지만, 그래도 상당히 힘들지. 음, 실제 범행 현장은 장미원에서 좀 더 가까울지도 모르겠군."

가자마쓰리 경부는 그렇게 말하고 이마에 배어난 땀을 손등으로 닦았다.

3

후지쿠라 저택의 응접실에 사건의 관계자들이 모였다. 이미 대면한 네 명, 노부부인 고자부로와 후미요, 마사히코, 데라오카 유지 외에 노부부의 장녀이자 마사히코의 부인인 미나코, 그리고 아들 도시오가 더해졌다. 도시오는 단정한 얼굴의 미남이지만, 울어서 부었는지 눈이 붉었다.

"우선은 피해자인 다카하라 교코가 후지쿠라가의 별채에 살게된 이유를 알려주셨으면 좋겠군요. 그 여자와 후지쿠라가는 어떤 관계입니까?"

가자마쓰리 경부가 일동을 돌아보자 붉은 눈으로 도시오가 천천히 고개를 들었다.

"교코는 제가 이 집에 데리고 온 여자입니다. 저는 그 여자와 결혼할 생각이었습니다."

도시오는 그렇게 말하면서 다카하라 교코가 후지쿠라가에 오게되기까지의 경위를 더듬더듬 이야기했다.

도시오가 다카하라 교코와 만난 것은 그가 일하다가 자주 이용하는 고급 클럽에서였다. 요컨대 그녀는 물장사 쪽의 여자였다. 빼어난 용모에 총명하고 배려 깊은 그녀에게 도시오는 금세 반했다. 도시오는 뻔질나게 그녀의 가게를 드나들게 되었는데, 그러던 중에 그녀가 일하는 클럽이 갑자기 장사를 접게 되었다. 그 때문에 그녀도 가게 측이 얻어준 집에서 나갈 수밖에 없게 되었다. 거기서 궁지에 빠진 가련한 여성에게 구원의 손길을 뻗은 사람이 도시오였다. 도시오는 다카하라 교코에게 자신의 집 별채에서 살도록 권했다. 물론 장래에 다카하라 교코와 함께 사는 것이 도시오의 목적이라는 것은 본인도 부정하지 않는 부분이었다.

그리하여 다카하라 교코는 약간의 짐과 검은 고양이 한 마리를 데리고 후지쿠라가의 별채로 들어왔다. 그것이 지금으로부터 보름 정도 전의 일이라고 한다.

"흠, 검은 고양이라."

가자마쓰리 경부는 의외로 별것 아닌 점에 흥미를 보였다.

"그러고 보니 별채에 고양이는 없었습니다. 여러분은 피해자가 기르던 고양이가 어디 갔는지 모르십니까?"

"그러고 보니 오늘 아침부터 한 번도 못 봤네요."

후미요가 말했다.

"누구 보신 분 안 계십니까?"

후지쿠라가의 일동이 모두 고개를 저었다. 고양이가 행방불명이라는 것을 레이코는 만일을 위해 기억에 담아두었다.

가자마쓰리 경부는 "뭐, 그건 됐습니다"라고 말하며 핵심을 건드리는 화제로 넘어갔다.

"그런데 이렇게 말하기는 뭐합니다만, 물장사하는 여성을 갑자기 후지쿠라가에 데리고 온 것에 대해 가족분들의 반발은 상당하지 않았습니까? 어떻습니까, 도시오 씨?"

"네, 그건 그랬죠. 처음에는 그 사람이 별채에서 지내는 것에 모두가 반대했습니다. 그것을 제가 박박 우겼죠. 같이 살면 언젠가는 그 사람의 인성을 알게 될 거라고 생각해서."

"그렇군요. 그래서 실제로는 어땠습니까? 보름 정도 지났는데."

가자마쓰리 경부가 일동을 돌아보자 미나코가 손을 들었다.

"저와 어머니는 금방 친해졌어요. 여자끼리라서 편한 점도 있었지만, 단 며칠 정도 같이 지내는 것만으로 아주 가까워졌죠. 그 사람, 아주 이야기를 재미있게 하는 좋은 여자였어요. 도시오와 결혼한다면 그것도 좋지 않을까 하고 생각하고 있었죠. 다만 남편은 거부감이 있었던 모양입니다만."

"호오, 그랬습니까, 마사히코 씨?"

"무리도 아니잖습니까, 형사님."

마사히코는 벌레 씹은 얼굴을 하고 말했다.

"어디서 굴러먹던 말 뼈다귀인지도 모를 여자가 갑자기 후지쿠라가에 들어온 겁니다. 그런 상황에서 간단히 결혼을 인정할 수는 없습니다. 아버님도 같은 생각이셨을 겁니다."

"그랬지"라고 고자부로는 고개를 작게 끄덕이더니 입을 열었다.

"형사님, 나는 확실히 처음에는 두 사람의 결혼을 완고히 반대했소. 그렇지만 보름 동안 그 여자와 지내다 보니 조금은 두 사람의 결혼을 허락할 기분이 들었다오. 아니, 나는 어젯밤에 확실히 두 사람의 결혼을 인정하려고 결심했었소."

"어라, 그러셨습니까, 아버님? 그건 몰랐군요."

"아, 그렇지."

뭔가를 떠올렸다는 듯이 후미요가 휠체어에서 등을 쭉 폈다.

"어젯밤에 남자들끼리 마작을 했죠. 그때 뭔가가 있었던 건가요?"

후미요의 물음에 도시오가 힘없이 대답했다.

"마작 자리는 제가 마련했습니다. 데라오카에게 지원 사격을 받으려고 했던 거죠."

"데라오카 씨에게 지원 사격이라뇨?"

가자마쓰리 경부가 데라오카 유지에게 시선을 주었다. 데라오카는 머리를 긁으면서 설명했다.

"저기, 실은 저와 다카하라 교코는 학창 시절부터 아는 사이입니다. 그 여자의 가게에 도시오를 데리고 간 것도 접니다. 말하자면 두 사람을 이어준 장본인이죠. 그런데 도시오가 그 여자와의 결혼이 반대에 부딪히고 있으니까 도와달라고 말하지 않겠습니까. 어젯밤에 마작 자리가 마련된 것은 그런 이유에서였습니다."

"즉 마작을 하면서 당신이 고자부로 씨와 마사히코 씨에게 다카하라 교코에 대해 좋은 말을 했다는 겁니까?"

"뭐, 그런 거죠. 마작을 하는 사이사이에 제가 그 여자의 인성이 얼마나 좋은가, 결혼 상대로서 얼마나 이상적인가 하는 이야기를 했던 겁니다. 특별히 과대광고를 한 것도 아닙니다. 실제로 물장사 쪽의 여자라는 색안경을 끼고 보지만 않으면 그 여자는 아주 평범하고 밝은 여자였으니까요."

그렇다면 데라오카의 지원 사격은 적어도 고자부로에게는 효과가 있었다는 뜻이다. 교코와 도시오의 결혼은 현실이 되려 하고 있었다. 그런 때에 다카하라 교코가 살해된 것이다. 그렇다면 이 일은 그녀와 도시오의 결혼을 인정하고 싶지 않은 인물이 저지른 사건일까?

그렇게 생각하면 수상한 사람은 두 사람의 결혼을 마지막까지 반대했던 마사히코가 된다. 그렇지만 물론 단정할 수는 없다. 겉으로는 찬성이어도 속으로는 두 사람의 결혼을 좋게 생각하지 않는 인물이 있을지도 모르기 때문이다.

"참고로, 그 마작은 어디에서 몇 시까지 하셨습니까?"

"이층의 오락실에서 자정 무렵까지였던가."

고자부로가 대답했다.

"술을 마시면서 했지. 자정 무렵이 되니 도시오가 꾸벅꾸벅 졸기 시작했고, 그것으로 자연스럽게 자리를 파하게 되었소. 도시오는 그대로 그 방의 소파에 쓰러져서 잠들어버렸던 것 같고, 나와 마사히코는 각자 자신의 방으로 돌아갔다오. 데라오카 군은 손님용 방에서 묵게 했고."

"그러면 범행이 있었다고 여겨지는 오전 한시 무렵에는 모두 혼자였다는 이야기군요."

"그렇지. 나와 후미요의 침실은 따로 떨어져 있고 마사히코와 미나코도 각자 침실을 쓰지. 오전 한시라면 모두 혼자 자고 있지 않았을지."

고자부로의 말에 후지쿠라가의 관계자 모두가 고개를 끄덕였다. 그러자 그때 "저기……" 하고 머뭇거리며 미나코가 입을 열었다.

"어머니께 잠깐 묻고 싶은 게 있는데……."

후미요는 의아하다는 얼굴로 딸 쪽을 쳐다보았다.

"어머나, 뭐니, 미나코? 지금 여기서 이야기해야만 할 일이니?"

"네, 아마도."

미나코는 그렇게 말하며 의외의 질문을 어머니에게 던졌다.

"어머니, 밤 한시쯤에 정원을 산책하지 않았나요? 아버지와 함께."

후미요와 고자부로 부부는 영문을 모르겠다는 듯이 서로의 얼굴을 마주 보았다.

"아니, 나는 그런 늦은 밤에는 산책하지 않는단다. 그렇죠, 여보?"

"그렇고말고. 나하고 네 어머니가 산책하는 건 아침이야. 밤중에 산책을 나가지는 않아."

"자, 잠깐만요, 밤 한시쯤이라면."

흘려들을 수 없다는 듯이 가자마쓰리 경부가 이야기에 끼어들었다. 무리도 아니다. 밤 한시쯤이라면 다카하라 교코의 사망 추정 시각과 일치하는 시간대다.

"미나코 씨, 당신은 그 시간에 뭔가를 보신 겁니까?"

"네. 실은 어젯밤에 저는 좀처럼 잠을 이루지 못했습니다. 그래서 한밤중에 이층의 침실 창문을 열고 정원을 바라보면서 담배를 한 대 피웠죠. 그게 오전 한시를 조금 지났을 무렵일까요. 누군가가 휠체어를 밀면서 정원을 가로질러 장미원 쪽으로 향하는 모습을 봤습니다. 저는 어머니와 아버지가 같이 정원을 산책하는 줄로

만 알았는데……."

미나코의 의외의 말에 마사히코가 안색을 바꾸었다.

"무슨 소리야, 여보. 그런 시간에 아버님하고 어머님이 정원을 산책할 리가 없잖아."

"하지만 잠이 안 오는 밤에는 그럴 수도 있지 않을까 싶어서."

"그러면 혹시."

데라오카 유지가 모두의 가슴에 오가는 마음을 대변했다.

"미나코 씨가 본 것은 범인? 그건 범인이 장미원으로 시체를 운반하는 장면이었던 거 아닙니까!"

관계자 일동은 일제히 가자마쓰리 경부 쪽으로 시선을 던졌다.

"그렇군요."

경부는 무겁게 고개를 끄덕이고는 휠체어의 주인인 노부부에게 질문했다.

"후미요 씨의 침실은 일층에 있죠."

"네, 그렇습니다. 그래야 이동할 때 힘이 들지 않으니까요."

"그러면 어젯밤에 당신이 자고 있는 동안, 휠체어는 침대 곁에 놓여 있었겠죠?"

"네, 물론이죠. 항상 그렇답니다."

"그렇다면 어젯밤 당신이 자고 있는 동안에 누군가가 당신의 침실에 침입해서 휠체어를 가져가려고 했을 경우, 그 일은 가능했을까요?"

"참으로 기분 나쁜 상상이군요."

후미요는 소름 끼친다는 듯이 얼굴을 찡그렸다.

"하지만 그건 가능했을 거라고 생각합니다. 어젯밤에 저는 깊이 잠들어서 아침 해가 뜰 때까지 중간에 한 번도 깨지 않았으니까요."

"그렇습니까. 참고로 이 저택에 다른 휠체어는 없습니까? 예비용이라든가, 옛날에 사용하던 것이라든가."

"아뇨, 없습니다. 휠체어는 이것 한 대뿐입니다."

"그렇습니까. 그렇다면 아무래도 틀림없어 보이는군요."

가자마쓰리 경부는 부랴부랴 결론을 입 밖에 냈다.

"범인은 다카하라 교코 씨를 살해한 뒤에 후미요 씨의 휠체어를 잠시 빌렸습니다. 그리고 그 휠체어에 시체를 싣고 장미원으로 운반했겠죠. 휠체어를 사용하면 시체를 운반하기가 훨씬 쉬워지니까요."

가자마쓰리 경부의 말을 듣자, 후미요가 기분 나쁘다는 듯이 휠체어에서 몸을 들썩였다.

4

참고인 조사를 마친 형사들은 대형 응접실에서 뒷문 쪽으로 향했다. 뒷문에도 현관과 같은 형태의 슬로프가 설치되어 있다. 가자마쓰리 경부는 그 슬로프를 가리키면서, 아주 별난 것이라도 발견했다는 듯이 레이코에게 말했다.

"호쇼 형사, 자네는 눈치채고 있었나? 이 후지쿠라 저택의 본채, 별채, 정원 모두 완전한 배리어 프리가 이루어져 있다고. 나는 이미 깨닫고 있었지만."

"……."

레이코도 이미 깨닫고 있었으므로 대답할 말이 없었다.

"그야말로 안성맞춤이야. 그야말로 휠체어로 시체를 운반하기 위해 만들어진 듯한 저택이야!"

"그건 말씀이 지나친 것 아닌가요?"

시체를 운반하기 위해서 만들었을 리는 없다.

"어쨌든 이것으로 시체를 옮긴 수단은 알았어. 남은 문제는 목적이야. 범인은 어째서 고생하며 시체를 장미원으로 옮겼는가? 그 수수께끼를 풀면 이 사건의 진상을 알 수 있을 것 같은 기분이 드는데…… 어라, 뭐지, 이 소리는?"

가자마쓰리 경부는 뒷문을 나와서 나누던 이야기를 끊고, 주위를 둘러보았다. 뒤뜰 한구석에 작은 목조 오두막이 보였다. 여닫이문과 창문의 상태로 보아, 사람이 사는 공간은 아닌 듯했다.

"저건 창고인가? 안에 누군가 있는 것 같은데……."

경부는 흥미가 생겼는지 오두막 쪽으로 걸어가기 시작했다. 레이코도 뒤를 따랐다. 오두막 입구의 여닫이문이 아주 조금 열려 있었다. 안을 들여다보니, 그곳은 역시 창고였다. 쌓여 있는 골판지 상자, 스키와 캠프 용구, 지금은 이미 사용할 일이 없는 듯한 아기 침대와 목마, 완구 등이 난잡하게 흩어져 있었다.

그런 가운데, 머리에 빨간 리본을 맨 유치원생 정도 되어 보이는 여자아이의 모습이 보였다. 마사히코와 미나코 사이에는 유치원에 다니는 딸이 있다고 들었다. 이 아이가 그 아이인 듯하다.

여자아이는 골판지 상자에 앉아서 아기침대 안을 들여다보고 있었다. 침대 안에는 뭔가 검은 것이 꿈틀거리고 있다. 그것은 새까만 고양이였다.

"그러고 보니 피해자의 고양이가 행방불명이었지. 이런 곳에 있었나."

가자마쓰리 경부는 그렇게 중얼거리면서 여닫이문을 활짝 열었다. 한껏 밝은 미소를 지으면서 "안녕, 꼬마 아가씨. 이름이 뭐니?" 하고 말하며 여자아이에게 다가갔다.

"……."

여자아이는 한순간 겁먹은 듯한 얼굴을 하더니 "저기요, 모르는 아저씨하고는 이야기하면 안 된다고 엄마가 그랬어요"라며 그 나이의 여자아이로서는 백 점 만점의 모범 답안을 말했다.

"그렇구나……. 하지만 그거라면 괜찮아. 나는 '아저씨'가 아니라 '오빠'니까. 자, 꼬마 아가씨. 이름은? 나이는 몇 살?"

"저기, 후지쿠라 리카, 다섯 살."

"아앗, 경부님, 무슨 짓을……!"

레이코는 자기도 모르게 머리를 끌어안았다. 당신, 이 아이가 가까운 장래에 '오빠'니까 괜찮을 거라며 모르는 사람을 졸졸 따라가기라도 하면 어떻게 책임질 거야! 레이코는 눈앞의 위험한 오빠를 옆으로 밀어내고 직접 리카와 마주했다.

"리카는 이런 곳에서 뭐 하고 있었니?"

"저기요, 창고 앞을 걸어가는데 안에서 탱고의 목소리가 들렸어요. 그래서요, 리카가 문을 열고 안을 보니까 탱고가 있었어요. 그래서 치료해주고 있었어요."

"탱고?"

레이코는 한순간 생각하고, 탱고가 검은 고양이의 이름이라는 것을 이해했다.

"그런데 치료라니?"

"탱고는 다쳤어요."

"오호, 어디, 어디."

레이코는 아기침대 안의 검은 고양이를 다시 한 번 살펴보았다. 검은 고양이인 탱고는 오른쪽 앞다리를 가볍게 든 자세로, 세 다리로 비틀비틀 걷고 있다.

"정말이네. 오른쪽 앞다리를 다친 것 같네, 불쌍하게."

"뭣이! 고양이가 다쳤다고!"

가자마쓰리 경부가 한층 커다란 소리를 지르며 아기침대 안의 검은 고양이를 들여다보았다.

"으음, 확실히, 그렇다는 건, 어쩌면……."

그러자 경부의 큰 목소리를 들었는지, 창고 입구에서 미나코가 가볍게 얼굴을 보였다.

"어머, 리카. 이런 곳에 있었니? 게다가 형사님들도 같이. 무슨 일인가요, 형사님? 여기는 평소에 거의 안 쓰는 잡동사니를 넣어두는 창고인데요."

"아아, 부인. 마침 잘됐습니다. 잠깐 질문을 드리겠습니다. 이 검은 고양이가 다카하라 교코 씨가 기르던 그 고양이입니까?"

"어머나, 이런 곳에 있었네요. 네, 그래요. 이게 교코 씨의 고양이예요. 교코 씨는 고양이를 아주 좋아해서 항상 안고 잘 정도였어요."

"안고 잤다고요? 그렇다면 어젯밤에도 이 고양이는 그 사람의 침실에 있었겠군요."

"글쎄요. 직접 본 게 아니니 확실히 말할 수는 없지만, 아마도 그렇지 않았을까요?"

"잘 봐주세요, 부인. 이 고양이, 오른쪽 앞다리를 다쳤어요. 이 고양이는 전부터 이런 식으로 다리를 절었습니까?"

"어머, 그렇지 않아요. 어젯밤에 제가 봤을 때는 말짱했어요. 교코 씨도 고양이가 다쳤다는 말은 하지 않았고요."

"그렇습니까. 협력해주셔서 정말 감사합니다."

가자마쓰리 경부는 만족스러운 듯한 미소를 지으면서 레이코 쪽을 돌아보고, 의기양양하게 아기침대 안의 검은 고양이를 가리켰다.

"보라고, 호쇼 형사. 이것이야말로 움직일 수 없는 증거야."

레이코는 시키는 대로 고양이를 보았다. 검은 고양이 탱고는 작은 이불에 누워서 오른쪽 앞다리를 핥고 있다. 이것이 움직일 수 없는 증거라고 해도…….

"이 고양이, 움직이는데요?"

"'움직일 수 없는 증거'는 단순한 비유야. 그야 당연히 고양이는 움직이지. 그렇지만 이 고양이는 다리를 다쳤어."

"피해자가 기르던 고양이가 다친 것이 어쨌다는 말씀이죠?"

"다카하라 교코가 살해된 것은 역시 저 별채의 침실이야."

경부는 느닷없이 단언했다.

"다쳤던 흔적이 있었잖아? 그건 범인의 위장 같은 게 아니야. 실제로 그 침실에서 살인이 이루어졌던 거야."

가자마쓰리 경부는 미간에 주름을 만들면서 열변을 토하기 시작했다.

"어젯밤, 다카하라 교코가 누군가에게 살해됐다. 한편 같은 날 밤에 그 여자가 기르던 고양이가 앞발을 다쳤다. 이것이 완전히 개별적으로 일어난 일이라고 생각할 수 있을까? 자기 주인이 살해된 밤에, 그 고양이가 전혀 다른 일로 우연히 앞다리를 다쳤다고. 물론 그럴 가능성도 없는 것은 아니야. 그러나 확률은 극히 작을 거야. 오히려 이 검은 고양이는 자기 주인과 범인과의 싸움에 휘말려서 다쳤다고 생각하는 편이 훨씬 납득이 가. 인간들에게 다리를 밟혔다든가 깔렸다든가 걷어차였다든가 했던 거겠지. 요컨대 이 고양이는 살인 현장에 우연히 같이 있다 휘말려 다쳤던 거야. 그러면 범행이 있었던 오전 한시경, 이 고양이는 어디에 있었는가. 별채지! 이 고양이는 피해자와 함께 별채의 침실에서 자고 있었을 거야! 만약 별채의 침실 외의 장소가 범행 현장이라면 이 고양이가 다치는 일은 없었을 테니까! 즉 별채의 침실이 범행 현장이라고 생각해도 된다는 말씀! 어떤가, 호쇼 형사! 내 추리에 틀린 점은 없어!"

"엄마아! 이, 이 오빠 무서워."

가자마쓰리 경부의 기괴한 박력을 접하고 리카는 울면서 미나코에게 달라붙었다.

다행이다. 이 여자애는 더 이상 모르는 오빠가 말을 걸어도 대답하지 않을 거야.

5

그날 밤, 호쇼 저택에 돌아온 레이코는 묶었던 머리를 풀고 업무용 검은 테 안경과 검은색 정장을 벗어던진 다음 순백의 원피스로 갈아입었다. 밤은 레이코에게 중요하다. 그것은 그녀가 형사의 직무를 잠시 잊고 극히 평범한 대부호의 딸로서 행동할 수 있는 귀중한 시간이다.

레이코는 저녁식사로 오리고기를 즐긴 뒤, 오래간만에 정원 한구석에 있는 장미원으로 향했다. 호쇼 저택의 정원은 정원사도 길을 잃을 정도로 광대함을 자랑하지만, 장미원 하나를 놓고 봐도 그 넓이는 보통이 아니다. 게다가 초여름에 접어드는 이 계절, 장미는 개화기를 맞이해서 장미원은 눈부실 정도의 색채와 짙은 향기에 감싸여 있다.

"아아, 어쩜 이리도 아름다울까. 게다가 이 향기. 마치……."

마치 오늘 아침의 시체 발견 현장 같다. 문득 현실로 끌려나온 기분이 들어서 레이코는 자신도 모르게 한숨을 쉬었다. 역시 지금은 아직 순수하게 꽃을 즐길 기분은 아닌 것 같다.

그러자 "확실히 아름답습니다." 그녀 옆에 단정히 서 있던 집사 가게야마가 은색 프레임의 안경 아래서 영리한 눈동자를 반짝이며 레이코에게 최대한의 찬사를 날렸다.

"그렇지만 제아무리 아름다운 장미라도 오늘 저녁에는 아가씨의 아름다움 앞에서 빛을 잃겠지요."

"어머나, 가게야마는 정직하다니깐."

"감사합니다."

가게야마는 새침한 얼굴로 공손히 고개를 숙였다.

이 가게야마라는 남자는 호쇼가에서 일하는 집사 겸 운전수다. 레이코에게는 충실한 하인이다. 집사라고는 해도 아직 젊다. 아마도 가자마쓰리 경부와 비슷한 나이일 것이다. 훤칠한 키에 은테 안경. 겉보기에는 충분히 신용할 만한 분위기지만 실제로는 그렇지만도 않다. 고용인 신분이면서도 때때로 아주 불쾌한 행동과 폭언으로 레이코를 괴롭게 만드는 난처한 일면을 가지고 있다. 그래도 레이코가 그를 해고하지 않는 것은 그가 지니고 있는 특이한 능력 때문이다.

"저기, 가게야마. 잠깐 물어보고 싶은 게 있는데."

레이코는 장미원을 걸으면서 아주 자연스럽게 본론으로 들어갔다.

"만약에 말이야, 만약에 살인 사건이 벌어졌는데 피해자의 시체가 살인 현장에서 오십 미터 이상이나 떨어진 장미원 안에서 발견되었다면, 범인의 목적은 대체 뭘까?"

"아가씨."

곧바로 집사의 눈동자가 안경 렌즈 너머에서 요사스럽게 빛났다.

"그것은 대체, 언제 어디에서 벌어진 사건입니까?"

"그러니까 만약의 이야기라고 말하고 있잖아!"

"실례되는 말씀입니다만, 그렇게까지 이야기가 구체적이면 어딘가에서 실제로 일어난 사건이라고밖에 생각되지 않습니다. 아가씨는 거짓말에 능숙하신 편이 아니니까요."

가게야마는 그렇게 단언하더니 표정 하나 바꾸지 않고 정곡을 찔렀다.

"또 새로운 사건이군요."

"뭐, 그, 그런 거야."

역시 '자연스럽게 작전'은 처음부터 무리였나.

"오늘 아침에 막 시체가 발견된 사건이야. 실제 범행이 벌어진 것은 한밤중이지만."

"역시 그렇습니까."

가게야마는 이거야 원 하고 말하듯이 한숨을 쉬었다.

"아가씨가 형사가 되신 뒤로 이 근방도 상당히 시끄러워졌다며 주인어른께서 한탄하셨습니다."

"아, 그래?"

정말 아버지도 무슨 소릴 하는 거람.

"동네가 시끄러워진 건 내 탓이 아니니까 걱정하지 마시라고 아버님께 말씀드려."

"알겠습니다."

가게야마는 깊이 고개 숙여 인사를 하고 고개를 들었다.

"그런데 조금 전의 이야기로 돌아가겠습니다만, 아무래도 신기한 사건으로 고민하시는 것 같군요. 어떠십니까, 이 가게야마에게 한번 자세히 말씀을 해보시……."

"싫어! 절대 안 해!"

레이코는 고개를 돌리며 강하게 거절을 표했다.

"또 어차피 '아가씨는 멋으로 눈을 달고 다니십니까' 같은 소리를 할 거잖아. 그런 건 이제 사양하겠어. 당신의 힘 같은 걸 빌리지 않아도 이 정도의 사건은 우리가 해결할 수 있어. 이쪽은 프로니까!"

"물론 그러시겠죠. 일본의 경찰은 우수합니다. 관계자의 참고인 조사와 주위의 탐문 수사를 오십 번이고 백 번이고 반복하고, 시민들이 선의로 보내오는 수백 건이 넘는 정보를 살펴보고, 현장에서 채취한 증거를 며칠이고 몇십 일이고 과학적으로 분석하고, 몇 명의 용의자에게 출두를 요구하고, 조사하고 조사하고 또 조사해서 어느 날 단 하나의 진실에 반드시 도달할 것이 틀림없습니다. 확실히 저 같은 아마추어가 나설 자리가……."

"자세히 말할 테니까 잘 들어!"

"알겠습니다."

결국 레이코는 가게야마의 지혜를 빌리고 싶어진다. 그래서 해고할 수 없는 것이다.

그리고 잠시 시간이 지난 뒤.

레이코가 전체적인 사건의 상세 사항을 다 이야기하자 가게야마는 곧바로 자신의 견해를 이야기하기 시작했다.

"가자마쓰리 경부의 추리는 아마도 정답이겠죠. 확실히 다카하라 교코는 별채에서 살해됐고 검은 고양이는 그 다툼에 휘말려서 다치고 말았습니다. 그리고 그 뒤에 범인은 시체를 장미원으로 옮겼습니다. 여기서 제가 이상하게 생각하는 것은 '왜 장미여야만 했는가'라는 점입니다."

"왜 장미여야만 했냐니 무슨 소리야?"

"네. 말씀을 듣기로는 후지쿠라가의 정원에는 장미 외에도 다양한 꽃이 활짝 피어 있다고 하셨습니다. 그런 가운데 왜 범인은 우거진 철쭉 덤불이 아니고 팬지나 스위트피 화단도 아니라 일부러 장미원을 선택한 걸까요? 별채에서 보았을 경우, 장미원은 상당히 멀리 있습니다. 왜 별채 근처에 있는 화단이나 철쭉 덤불은 안 되었던 걸까요? 거기에는 무슨 일이 있어도 장미여야만 하는 이유가 있었던 겁니다. 그러면 다른 꽃에는 없고 장미에는 있는 것은 대체 무엇일까요?"

"다른 꽃에는 없고 장미에만 있는 것…… 아, 그건!"

주위에 활짝 피어 있는 진홍빛 꽃들을 바라보는 동안 레이코의 뇌리에 번뜩인 것이 있었다. 장미라고 하면 그것은 물론…….

"'정열'이야! 뜨겁게 불타오르는 '정열'의 붉은색! 몸도 마음도 불태우는 '사랑'의 불꽃이야! 분명히 범인은 다카하라 교코를 사랑하고 있었던 거야! 범인은 사랑하기 때문에 다카하라 교코를 죽이고 말았고, 그리고 그 시체를 장미 침대에 눕힌 거지! 그래, 활짝 피어 있는 장미는 부족하나마 '사랑'의 증표로서……."

집사 가게야마는 "어흠!" 하는 어색한 헛기침으로 레이코의 망상을 끊었다.

"유감스럽게도 '정열'이나 '사랑' 같은, 그런 관념적인 이야기를 하고 있는 것이 아닙니다. 좀 더 구체적인 이야기를 하고 있습니다."

"뭐야, 아니었어? 모처럼 로맨틱한 사건이 되어가고 있었는데. 그럼, 대체 뭐라는 거야?"

"실례되는 말씀입니다만, 아가씨."

가게야마는 레이코의 곁에 다가와서 아주 진지한 말투로 이렇게 말했다.

"이런 간단한 것도 이해하지 못하시다니, 그래도 아가씨가 프로 형사이십니까? 솔직히 아마추어보다 수준이 낮으십니다."

레이코는 굴욕과 부끄러움에 어쩔 줄 몰랐다. 또 이 남자에게 듣고 말았다. 이번에는 '형사로서 실격인 아마추어 이하' 발언. 이런 식의 폭언을 경계하고 있었던 만큼, 더욱 분한 마음이 고개를 쳐든다. 레이코는 마음의 동요를 엿보이지 않겠다며, 마치 아무것도 듣지 못했다는 듯이 조용히 장미를 감상하는 척했다. 그러나 그 등은 분노로 와들와들 떨리고 있었다.

"저기…… 화가 나셨다면 죄송합니다, 아가씨."

가게야마가 주뼛주뼛하며 사과했다.

"저기, 저는 정직한 사람이라……."

"정직하게 말해도 될 말과 안 될 말이 있다고!"

레이코는 이 집사를 눈앞에 있는 장미 덤불에 머리부터 내던지고 싶은 충동에 휩싸였다. 분명히 얼굴과 옷이 수많은 가시에 찔려서 비참한 꼴을 당하겠지. 아, 그렇다. 가시다. 다른 꽃에는 없고 장미에 있는 것이라면, 가장 먼저 거론되어야 할 것은 가시. '정열'이나 '사랑'은 그다음이다.

"알았어. 당신이 말하고 싶었던 건 가시였구나."

"그렇습니다."

집사는 공손하게 고개를 숙였다.

"과연 아가씨는 프로 형사이신 만큼 이해가 빠르시……."

"그런 뒤늦은 칭찬은 됐으니까 그다음 얘기나 계속해봐. 장미 가시가 어쨌다는 거야?"

"네. 장미 가시가 이 사건에서 어떤 역할을 했는가. 그것은 아가씨의 말씀을 듣기로는 한 가지밖에 없습니다. 장미 가시는 시체를 발견한 남자들의 손등에 상처를 냈다. 이것뿐입니다. 그리고 실제로 그것이 범인의 목적이었다고 생각됩니다."

"무슨 소리야?"

"제가 생각하기로는, 이것은 장미 가시를 이용한 교묘한 위장입니다."

"위장?"

"그렇습니다."

가게야마는 안경테를 가볍게 들어올리며 말을 이었다.

"즉 범인의 손등에는 남에게 알리고 싶지 않은 상처가 있었습니다. 그러나 손등의 상처는 장갑이라도 끼지 않는 한 감출 수 없지요. 그렇지만 지금은 장갑을 낄 계절이 아닙니다. 거기서 범인은 한 가지 계획을 짜내서 시체를 장미원에 있는 장미 침대로 옮긴 겁니다. 그리고 다음 날 아침, 범인은 시체를 발견했을 때의 혼란 속에서 아주 자연스럽게 시체를 건드릴 기회를 얻습니다. 그때 범인은 시체를 건드리는 척을 하고 있었지만 사실은 스스로 적극적으로 장미 덩굴 속에 자기 손을 찔러 넣었던 것입니다. 그러면 장미 가시에 손등은 당연히 상처투성이가 되겠죠. 그리고 원래 손등에 나 있던 남에게 알리고 싶지 않은 상처는 나중에 생긴 많은 상처 탓에 눈에 띄지 않게 됩니다. 그것이야말로 범인의 목적이 아니었을까 하고 생각합니다."

"호오."

어디까지나 상상의 영역을 넘지 않는 추론 같은 기분도 들지만,

확실히 가게야마의 생각대로라면 범인이 장미원으로 시체를 옮길 이유가 설명된다. 레이코는 흥미를 가지고 물었다.

"그래서, 대체 뭐야? 범인의 손등에 원래 있던 '남에게 알리고 싶지 않은 상처'란 거."

"당연한 이야기지만, 그것은 장미 가시에 긁힌 상처와 아주 비슷한 상처입니다. 그리고 범인에게는 문자 그대로 치명상이 될지도 모르는 상처. 그 인물이 살인 현장에 있었던 것을 증명하는 상처입니다. 모르시겠습니까?"

"살인 현장에 있었던 것을 증명하는 상처……."

가게야마의 말을 듣는 동안, 레이코의 뇌리에 어렴풋이 떠오르는 것이 있었다. 범행 당시에 현장에 있던 것은 피해자와 범인과…… 그것이다.

"혹시 그 검은 고양이? 검은 고양이가 다친 것은……. 그렇구나, '남에게 알리고 싶지 않은 상처'란 고양이가 할퀸 상처구나!"

장미 가시와 검은 고양이의 발톱. 생긴 것은 전혀 다르지만, 긁힌 상처만을 놓고 보면 구분이 가지 않는다.

"그렇습니다. 범인의 손등에는 피해자가 기르던 검은 고양이가 할퀸 상처가 있었습니다. 거기서, 이 범인은 '나무를 숨길 때는 숲에 숨겨라'란 격언대로 고양이 발톱에 긁힌 상처를 장미 가시에 긁힌 상처 속에 감추려고 했던 것입니다."

6

"요컨대 검은 고양이가 살인 사건에 휘말려서 앞다리를 다친 한편, 범인 역시 다카하라 교코를 살해하던 도중 검은 고양이에게 손등을 긁혔던 겁니다. 범인은 이거 난처하게 되었다고 생각했겠죠. 고양이가 할퀸 자국은 특유의 상처가 남습니다. 게다가 난처하게도 범인은 범행 직전까지 마작을 하고 있었습니다. 함께 탁자를 둘러싸고 있던 이들은 아무 상처 없는 그 남자의 손등을 보았을 테지요. 다음 날 다카하라 교코의 시체가 발견되고, 한편으로 그 남자의 손등에 어제까지는 없었던 고양이가 할퀸 상처가 발견되면 어떻게 될까요? 다카하라 교코가 고양이 애호가이며 매일 밤 검은 고양이를 안고 잔다는 것은 후지쿠라가 사람이라면 모두가 알고 있습니다. 그 남자의 손등에 난 상처와 다카하라 교코의 죽음은 곧바로 연결되겠지요. 그 남자가 범인이라는 것은 순식간에 밝혀지게 됩니다."

"그것을 피하기 위해서 범인은 시체를 장미원으로 옮기고 장미 침대에 눕혔다. 그렇게 해두고 다음 날 아침에 시체 발견자 중 한 명으로서 시체와 장미를 건드리면서 일부러 손등을 상처투성이로 만든 거구나. 멋진 추리야, 가게야마! 집사로 놔두기에는 아까울 정도야."

"황송합니다."

집사는 긴 몸을 접듯이 고개 숙여 인사했다.

"그러면 용의자는 손등에 상처가 있는 남자 세 사람, 후지쿠라 고자부로, 마사히코 그리고 데라오카 유지네. 진범은 누구야?"

결론만을 재촉하는 레이코에게 가게야마는 철저하게 순서를 밟아가며 설명을 계속했다.

"우선 후지쿠라 고자부로는 아닙니다. 왜냐하면 고자부로의 경우에는 장미원에 시체를 운반할 필요가 없었기 때문입니다."

"무슨 말이야?"

"고자부로는 원래부터 장미 재배가 취미여서 평소에도 두 손에는 상처가 끊이지 않았습니다. 그렇다면 가령 검은 고양이가 할퀴었더라도 그 상처는 그리 눈에 띄지 않았을 겁니다. 만약 눈에 띄었다면 '장미꽃을 건드리다가 또 상처가 났다'라고 말하면 의심할 사람은 없을 겁니다. 어쨌든 고자부로는 언제든지 틈만 나면 장미원에 틀어박혀 있었다고 하니, 이 정도의 거짓말은 간단히 할 수 있는 입장입니다. 그 사람의 경우에는 일부러 고생해서 시체를 장미원에 옮길 것도 없습니다."

"그러네. 확실히 고자부로는 아닌 것 같아. 그러면 나머지 두 사람, 마사히코와 데라오카 유지야."

"네. 범인은 둘 중에 있습니다. 아직 모르시겠습니까, 아가씨?"

"모르겠어."

레이코는 두 손 들었다는 듯이 고개를 좌우로 저었다.

"시체를 운반할 수고로 보면 체력 면에서 젊은 데라오카 유지 쪽이 유리할지도 몰라. 하지만 마사히코도 아직 사십대고……. 게

다가 범인은 시체를 운반할 때 후미요의 휠체어를 사용했다고 하니 체력 차이는 결정적인 의미를 갖지 않지."

"그렇습니다, 바로 그 점입니다."

집사는 손가락을 하나 세웠다.

"범인은 정말로 후미요의 휠체어를 시체를 운반하는 데 이용했던 것일까요?"

"그것은 틀림없어. 미나코의 증언이 있었으니까."

"그렇지만 미나코는 한밤중에 저택 이층 창문에서 정원을 가로지르는 휠체어를 봤다고 말한 것에 지나지 않습니다. 가까이에서 자세히 본 것은 아닙니다. 따라서 그 증언에는 모호한 점이 남습니다. 실제로 미나코는 휠체어를 타고 있는 사람이 후미요, 그것을 미는 것이 고자부로라고 오해했을 정도니까요."

"그것은 그렇지만. 당신, 대체 무슨 말을 하고 싶은 거야?"

"저는 후미요의 휠체어는 시체 운반에는 사용되지 않았다고 생각합니다."

"어, 하지만 그런 일은……."

"잘 생각해보십시오, 아가씨. 범인이 후미요의 휠체어를 빌리기 위해서는 직접 후미요의 침실에 숨어들어야만 합니다. 그때 후미요가 곤히 자고 있을지 잠들지 않은 채로 침대에서 눈을 뜨고 있을지, 그것은 범인도 알 방법이 없는 일입니다. 그런 불확실한 상태에서 범인이 모 아니면 도라는 식으로 후미요의 침실에 숨어들리가 없습니다. 왜냐하면 이 범인에게 휠체어라는 도구는 있으면 있는 대로 편리하지만 없어도 별 상관없는 물건에 지나지 않으니까요."

"그렇구나. 휠체어가 없으면 시체는 짊어지고 운반해도 되고, 끌고 가도 되지. 마사히코든 데라오카든 그 정도의 체력은 있을 테니까 일부러 위험을 감수하면서까지 후미요의 휠체어에 구애될 필요는 없다. 그렇지만 이상하네. 그러면 미나코가 새벽 한시에 봤던 휠체어는 대체 뭐야? 미나코가 환상이라도 봤다는 거야?"

"아뇨, 환상은 아닙니다. 미나코가 봤던 것은 확실히 범인이 시체를 장미원으로 운반하는 광경입니다. 다만, 범인이 밀고 있던 것은 후미요의 휠체어는 아닙니다."

"후미요의 것이 아니면 누구의 휠체어라는 거야? 후지쿠라 저택에는 휠체어가 하나밖에 없어."

"그 수수께끼를 푸는 열쇠도 역시 그 검은 고양이입니다."

"……"

그 검은 고양이가 그렇게까지 중요한 존재인 줄은 미처 몰랐다.

"무슨 뜻이야?"

"말씀에 따르면, 사건 다음 날 아침부터 검은 고양이가 계속 행방불명이었다고 하셨지요. 그리고 그 고양이가 뒤뜰의 창고 안에서 울고 있던 것을 리카가 발견했습니다. 여기서 문제입니다. 그 검은 고양이는 어떻게 창고 안에 들어갔던 걸까요? 설마 스스로 창고의 여닫이문을 열고 닫았을 리도 없습니다."

"어머, 그건 모르는 일이야. 똑똑한 고양이는 자기 힘으로 능숙하게 문을 열 수 있다고 텔레비전의 동물 방송에 나오곤 하잖아. 게다가 창문으로 들어갔을지도 모르고."

"아아, 아가씨……."

가게야마는 안경 아래에서 불쌍히 여기는 듯한 시선으로 레이코를 바라보았다.

"검은 고양이는 오른쪽 앞발을 다친 상태였습니다. 세 다리로 걷는 것이 고작인 고양이가 어떻게 능숙하게 문을 열 수 있을까요. 어떻게 창문으로 들어갈 수 있을까요. 그런 것도 간파하지 못하시니 아가씨는 '그래도 프로 형사냐, 아마추어보다 못한 수준'이라고 모욕당하며 불쾌한 경험을 하시는 겁니다."

"나를 모욕하고 불쾌하게 만드는 건 당신이라고!"

"그것은 어쨌든."

가게야마는 레이코의 절규를 완전히 무시하고 담담하게 말을 이었다.

"다리를 다친 고양이는 자기 혼자 창고에 들어갈 수 없습니다. 그렇게 되면 생각할 수 있는 건 누군가가 고의로 고양이를 창고에 가둬놓든가, 혹은 누군가가 창고에 출입하는 틈에 고양이가 멋대로 침입하든가, 그 둘 중 하나라고 생각됩니다."

"……확실히 그러네."

담담하게 레이코는 끄덕였다.

"하지만 고양이를 일부러 창고에 가두는 것이 무슨 의미가 있어? 손을 긁힌 범인이 화가 나서 벌을 주려고 가뒀다는 거야? 설마 그럴 리가. 무의미한 짓이야."

"저도 그렇게 생각합니다. 그렇다는 것은 두 번째 경우가 진실이겠죠. 즉 누군가가 창고에 들러서 문을 여닫을 때, 검은 고양이가 멋대로 창고에 들어갔던 겁니다. 그 경우 고양이가 다리를 다친 것으로 미루어 생각하면, 그것은 범행이 있었던 오전 한시 이후여야만 합니다. 그리고 다음 날 아침 계속 검은 고양이가 행방불명이었던 것으로 미루어보건대, 아마도 그것은 밤중의 일이었으리라고 여겨집니다."

"즉 밤중에 창고에 들렀던 누군가가 있었다. 그것이 진범이라는 거구나."

"그렇습니다. 주인을 잃은 검은 고양이는 몰래 범인을 쫓아다니다, 창고에 숨어들어서 몸으로 그것을 전하려고 했던 겁니다. 여담입니다만 검은 고양이는 무서운 존재라서, 에드거 앨런 포가 그렸던 대로 자신을 상처 입힌 자에게 의외의 형태로 복수를 하기도 합니다. 아마도 다카하라 교코의 검은 고양이도 그 자손이 아니었을지……."

"그만해, 괴담은 싫어하니까."

레이코는 두 손으로 자신의 어깨를 끌어안으며 가게야마의 말을 막았다.

"그런데, 대체 범인은 어떤 목적으로 창고에 들렀을까?"

"어디까지나 추측입니다만, 창고에는 시체 운반에 이용할 수 있는 물건이 존재했을 거라 생각됩니다. 범인의 목적은 아마도 그것이 아니었을까요."

"시체 운반에 이용할 수 있는 물건? 그런 게 창고에 있었던가?"

"네. 말씀을 듣자 하니 아가씨께서 후지쿠라가의 창고 안을 들여다보았을 때, 그곳에 아기침대나 목마 같은 것을 보셨다고 하셨지요."

"응, 봤어. 그게 왜? 아기침대나 목마로는 시체를 운반할 수 없잖아."

레이코는 영문을 모르겠다는 듯 되물었다. 그러자 가게야마는 진정으로 아쉽다는 듯이 천천히 고개를 저었다.

"아가씨는 아주 아까운 행동을 하셨습니다. 모처럼 거기까지 보셨다면, 창고를 조금 더 구석까지 조사해보셨으면 좋았을 텐데. 그러면 분명히 발견할 수 있으셨을 겁니다. 범인이 운반에 이용한 유모차를."

"유모차라고?"

"그렇습니다. 유모차는 원래 아기를 태우는 물건입니다만, 그런 물건은 생각보다 튼튼하게 만들어집니다. 날씬한 여성을 한 명 태웠다고 금방 부서져버릴 정도로 약하게 만들지 않습니다."

"그건 그럴지도 모르겠지만, 창고에 그런 물건이 있었는지. 아아, 그렇구나, 그러네. 아마도 있었을 거야."

레이코는 납득하지 않을 수 없었다. 후지쿠라 리카는 다섯 살. 그렇다는 이야기는 그 아이는 단 몇 년 전까지만 해도 유모차 신세를 지고 있었다는 뜻이다. 그리고 미나코는 아직 서른다섯. 앞으로 둘째를 가지는 것도 충분히 생각할 수 있다. 그러니까 아기침대나 완구를 버리지 않고 창고에 보관하고 있는 것이다. 그렇다면 유모차도 마찬가지로 그 창고 어딘가에 있을 것이다. 그리고 범인은 그것을 꺼내서 시체 운반에 사용하려고 했다.

"하긴 후미요의 침실에서 휠체어를 꺼내는 것보다 창고의 유모차를 사용하는 편이 범인에게는 안전하고 확실하겠지. 그럼 미나코가 목격했던 건 범인이 리카의 유모차에 다카하라 교코의 시체를 싣고 장미원으로 운반하는 장면이었던 거구나."

"네. 멀리서 실루엣만 보면, 범인이 유모차를 밀고 가는지 휠체어를 밀고 가는지 분간하기 어렵습니다. 후미요가 휠체어를 탄 모습을 보는 데 익숙한 미나코에게는 유모차의 실루엣이 휠체어처럼 보이는 것도 무리는 아닙니다."

"확실히 당신의 말대로인 거 같아."

레이코는 전부 납득한 듯이 고개를 끄덕이고, 그리고 아직도 해결되지 않은 현실을 깨달았다.

"그래서, 결국 범인은 누구야?"

용의자는 두 명. 마사히코와 유지. 이 상황에 변함은 없다.

"어라, 아직 모르시겠습니까, 아가씨? 이미 범인이 누구인지 확실할 텐데 말입니다."

가게야마는 여유 있는 포즈로 마지막 설명을 했다.

"범인은 고양이 발톱에 긁혀 손등에 상처를 입고, 그것을 위장하기 위해서 시체를 장미원으로 옮겼습니다. 이것은 범인으로서는 계산 밖의 상황이 틀림없습니다. 그런 상황에서 곧바로 기지를 발휘해서 창고 안에 잠자고 있던 유모차를 꺼내서 시체의 운반을 이용한다. 이런 일을 데라오카 유지가 할 수 있을까요? 아뇨, 무리입니다. 데라오카 유지가 후지쿠라가의 친척이라고는 해도, 그 저택을 방문한 것은 대학생 때 이후로 십이 년 만이라고 했습니다. 그런 인물이 유모차가 보관되어 있던 장소를 파악하고 있었다고는 도저히 생각할 수 없습니다. 만약 유지가 범인이라면 어디에 있을지 알 수 없는 유모차를 의지하느니, 직접 시체를 짊어지고 운반했을 겁니다. 유지는 범인이 아닙니다."

"그렇다는 얘기는 범인은 마사히코. 그 사람이라면 자기 딸이 썼던 유모차를 어디에 두었는지 잘 알고 있을 테니까."

레이코가 중얼거리듯이 말하자, 그 옆에서 가게야마가 조용히 고개를 끄덕였다.

"말씀대로입니다, 아가씨."

그리고 가게야마는 '어디까지나 상상에 지나지 않습니다만'이라고 운을 떼고서 동기에 대해서 이야기했다.

"다카하라 교코는 물장사를 하던 시절에 마사히코와 부적절한 관계였던 것이 아닐까요? 그런 그 여자가 후지쿠라 가문의 일원이 되는 것은 사위인 마사히코에게는 위협이었겠죠. 그것이 어젯밤에 별채에서의 다툼으로 이어지고 생각지 못한 살인으로 발전했다……. 이것은 그런 사건이었을 거라고 생각됩니다."

집사의 말을 지우듯이 오월의 바람이 장미원을 훑고 지나가며 향기로운 꽃향기를 실어왔다.

　내일은 가자마쓰리 경부와 함께 창고 안의 유모차를 찾아봐야지. 장미 향기에 감싸이면서 레이코는 그런 생각을 했다.

네 번째 이야기

⋮

신부는 밀실 안에 있습니다

"준 브라이드(June bride), 유월에 신부가 되면 행복해진다는 이야기는 영국에서 전래된 것이라고 들었어. 날씨가 안 좋은 영국은 유월에 비교적 맑은 날이 많거든. 그래서 유월에 결혼식을 올릴 수 있는 커플은 행복하다는 이야기지. 하지만 그건 일본에는 해당되지 않아. 유월의 일본은 장마철이야. 일 년 중에 가장 날씨가 안 좋은 시기지. 일부러 그런 유월을 골라 결혼식을 올리는 사람들이 끊이지 않는다는 것은 정말로 이해하기 어려워. 게다가 그 유리가 결혼한다니."

　"기분은 이해합니다, 아가씨."

　운전석의 가게야마는 앞을 보는 채로, 모든 것을 이해했다는 말투로 대답했다.

"요컨대 아가씨는 친구 분께서 자기보다 먼저 결혼하는 것이 도무지 납득이 안 된다는……."

"아무도 그런 식으로는 말하지 않았습니다!"

뒷좌석에 앉아 있던 호쇼 레이코는 부루퉁한 얼굴이 되어서 룸미러 너머에 있는 가게야마의 얼굴을 노려보았다. 은테 안경을 낀 장신의 삼십대 남성. 블랙 턱시도에 나비넥타이라는 고풍스러운 스타일은 마치 결혼식 하객처럼 보이지만, 실제로는 그렇지 않다. 사와무라 유리의 결혼식에 초대받은 것은 레이코 한 사람. 가게야마는 레이코를 차로 바래다주는 집사 겸 운전수에 지나지 않는다. 그의 턱시도 차림은 결혼식을 위한 의상이 아니라, 집사로서 평소에 입는 정장이다.

"그러면 아가씨는 무엇이 불만이십니까? 아까 전부터 뒷좌석에서 침울해하시는 듯 보입니다만."

"누가 침울하다는 거야, 누가!"

레이코는 창문 쪽으로 고개를 팩 돌리고 유월의 비에 젖은 거리의 경치를 바라보았다.

"나는 그저 비 오는 날의 결혼식은 싫다고 말한 것뿐이야."

그렇게 말하며 얼버무리긴 했지만, 가게야마의 지적은 그야말로 정곡을 찌르고 있었다. 레이코는 유리가 자신보다 먼저 결혼하리라고는 생각하지 않았던 것이다. 유리는 레이코보다 세 살 아래로, 같은 대학을 나온 후배다. 둘 다 자산가의 딸이라는 비슷한 처지였지만, 객관적으로 봐서 레이코 쪽이 유리보다 다소 성적이 우수하고 다소 겉모습이 아름답고, 그리고 다소, 아니, 상당히 단연코 인기가 많았는데! 그런데도, 왜?

역시 졸업 후 진로에 문제가 있었던 걸까. 레이코는 문득 그렇게 생각했다. 어쨌든 저쪽은 가사를 돕고 있고 이쪽은 구니타치 경찰서의 형사다. 평소에 레이코 주위에 있는 남자라면 잘난 체하고 싶어서 몸이 근질거리는 가자마쓰리 경부나 그 밖에 험상궂은 동료 형사 혹은 흉악한 범죄자 그리고 수다스러운 집사.

"⋯⋯."

"왜 그러십니까, 아가씨?"

"아니, 아무것도 아니야."

레이코는 당황하며 고개를 젓고, 아가씨로서의 위엄을 드러내듯이 말도 안 되는 명령을 내렸다.

"자, 가게야마. 안전 운전하며 신나게 밟아. 꾸물꾸물하다간 결혼식에 늦을 거야."

가게야마는 들은 대로 가속 페달을 밟았다. 두 사람을 태운 리무진은 속도를 올리며 중앙고속도로를 타고 도심을 향해 질주했다.

목적지는 미나토 구의 시로카네다이. 그러나 결혼식장으로 향하는 것은 아니다. 날아온 초대장에는 결혼식장 대신 시로카네다이에 있는 유리의 자택 주소가 적혀 있었다. 돈은 있지만 시간에 여유가 없는 젊은 여형사에게는 부러우면서도 괘씸하기 짝이 없는 취향이다.

"사와무라가의 저택은 결혼식을 열 수 있을 정도로 넓습니까?"

"아니, 아주 좁아. 우리 집의 절반 정도지."

"호쇼 저택의 절반이라면 충분히 광대한 저택입니다, 아가씨."

그렇게 가게야마가 레이코의 비뚤어진 감각을 지적했다. 어쨌든 레이코의 아버지, 호쇼 세이타로는 재벌 '호쇼 그룹'의 총수다. 구니타치 시에 있는 그 저택은 어이가 없어 웃음이 나올 정도로 넓다.

"사와무라가의 저택은 원래 사이온지가의 저택이야. 사이온지 가문, 알아? 그 왜, '사이온지 제철'이라는 철강 회사가 옛날이야기에 자주 나오잖아. 회사는 이미 다른 회사와 합병되어서 다른 이름이 되었고 사이온지 가문도 경영에서 물러났지만 저택은 옛날 그대로라서 꽤 훌륭해."

"그렇지만 그 저택에 사와무라 가문 분들이 살고 계시는 것이 아닌지요?"

"사와무라가는 사이온지가의 친척이야. 그리 큰 목소리는 낼 수 없지만, 사이온지가는 말하자면 몰락한 명가지. 사이온지란 이름을 잇는 것은 지금 와서는 고토에 씨라는 예순을 넘긴 여자 한 명뿐이야. 그 사람은 이제까지 한 번도 결혼하지 않았고 자식도 없는, 정말로 고독한 사람이야. 하지만 이래서야 저택을 유지하기 곤란하니까, 친척인 사와무라가 사람들이 같이 살게 된 거지. 그래서 지금은 사이온지가 저택이라고 불리기보다 사와무라가 저택이라고 불리는 것 같아."

"그 사와무라가는 무엇을 하는 집안입니까?"

"레스토랑 경영이야. 유리의 어머니 다카코 씨가 고급 레스토랑을 몇 군데나 가지고 있었어. 우리 아버지는 그곳의 단골이었지. 사와무라가 사람들과는 가족끼리 알고 지냈어. 다카코 씨에게는 자식이 셋 있는데, 유리는 장녀야. 그 아래에 장남인 유스케라는 대학생이 있고, 막내가 고등학생인 미유키지."

"아버님의 이름이 나오지 않았습니다만."

"유리가 어릴 적에 돌아가셨대. 그래서 저택에 사는 것은 사이온지의 고토에 씨를 포함해도 다섯 명뿐이야. 아, 다만 같이 사는 집사가 있다고 들었어."

"집사입니까. 그것 참 훌륭하군요. 꼭 한 번 뵙고 싶습니다!"

멸종 직전의 희귀 동물이 우연히 동료를 발견하면 분명히 이런 느낌으로 기뻐하겠구나 하고 레이코는 절절히 생각했다.

"듣기로는 그 집사는 사이온지가에서만 오십 년간 일해온 베테랑 중의 베테랑이래."

그런 이야기를 하는 동안, 레이코를 태운 리무진은 고속도로에서 일반도로로 접어들었다. 빌딩 사이를 가르듯이 달리는 동안, 어느새 주위의 풍경은 차분한 분위기를 빚어내는 고급 주택가로 변해 있었다. 완만한 언덕을 따라 멋진 저택이 경쟁하듯이 늘어서 있다. 가게야마는 지도가 머릿속에 있는 것처럼 망설임 없이 리무진을 몰았다. 이윽고 언덕을 다 올라온 부근에 한층 커다란 대문이 있는 저택이 홀연히 모습을 드러냈다. 문기둥에는 '사와무라'와 '사이온지'라는 두 개의 표찰이 걸려 있다.

"이 저택이군요."

가게야마는 열린 문을 지나 안으로 차를 몰았다. 주차장에는 이미 몇 대의 차들이 세워져 있다. 그 어느 것이나 뒤떨어지지 않는 고급 차들이지만, 레이코의 리무진은 캐딜락이므로 그 위압감에는 비교가 되지 않는다. 가게야마는 차를 정차하자마자 재빠른 몸놀림으로 운전석에서 나와, 우아한 동작으로 뒷좌석 문을 열었다.

"내리시지요, 아가씨."

"고마워."

레이코는 얼굴 가득히 미소를 지으면서 차에서 내렸다.

"어머, 비가 그친 것 같네. 다행이야, 드레스가 젖지 않겠어."

광택이 있는 와인레드의 미니드레스에 리본이 달린 펌프스는 둘 다 새로 맞춘 물건이다. 신부보다 매력적으로 보이지 않도록 화려함을 억제하느라 고심했다. 뭐, 아무리 억제한들 그 계집애보다 눈에 띄는 것을 피할 수는 없겠지만. 그렇게 레이코가 불손한 생각을 하고 있는데……

"기다리고 있었습니다."

갑자기 등 뒤에서 소리도 없이 나타난 검은 형체. 그쪽을 보니 턱시도 차림의 남성의 모습이 보였다. 아름다운 백발을 지닌 마른 체구의 노신사였다.

"사이온지가의 집사, 요시다라고 합니다."

백발의 집사는 공손하게 인사했다. 그 행동거지는 아주 부드럽고 표정도 온화했다. 그리고 그 목소리는 듣기만 해도 마음에 안정을 가져다주는 수수한 저음이었다.

"호쇼 님이시지요? 소문은 진작부터 들었습니다. 참으로 잘 오셨습니다. 식장까지 제가 안내해드리도록 하겠습니다."

"이거 정말 감사……. 아, 잠깐 기다려주시겠습니까?"

레이코는 그렇게 말하며 자신의 집사에게 명령했다.

"가게야마는 차에서 대기해."

"알겠습니다."

하지만 대답과는 반대로 그의 표정에는 '에, 여기 있으라구요?' 라고 말하고 싶은 듯한 불만의 빛이 엿보였다. 이런 부분이 그의 집사답지 못한 부분이다. 그러자 요시다가 당황하며 덧붙였다.

"아뇨, 부디 함께 와주십시오. 이런 장소에서 기다리시게 할 수는 없습니다."

"어머, 상관없어요. 이 사람이라면 대여섯 시간은 기다려도 괜찮으니까요."

실제로 레이코는 쇼핑할 때에 가게야마를 최고 여덟 시간 정도 차에서 대기시킨 적도 있다.

"저기, 괜찮지, 가게야마?"

"네, 괜찮습니다."

그러나 그 얼굴은 '제발 좀 봐주세요!'라고 호소하고 있었다.

그런 가게야마를 보고 동업자의 비애를 느낀 것인지, 요시다가 재빨리 구원의 손길을 뻗었다.

"아뇨, 그래서는 제가 아가씨에게 야단맞습니다. 게다가 결혼식이라 해도 딱딱한 자리가 아니니 두 분이 함께 와주십시오."

그러자 가게야마는 고맙다는 눈치로 "모처럼의 연회에 저 같은 미천한 인간이 들르는 것은……" 하며 형식이나마 사양하는 척을 했다.

"어떠십니까, 아가씨?"

그리고 천천히 레이코를 돌아보며 결단을 기대하는 표정을 지었다.

"차에서 대기해."

레이코는 쌀쌀맞게 말한 뒤, "농담이야, 따라와"라고 다시 말했다.

가게야마는 살았다는 듯이 작은 숨을 내쉬었다.

"그러면 식장으로 안내하겠습니다. 이쪽으로 오시지요. 발밑을 주의해주십시오."

집사 요시다는 등을 꼿꼿이 펴고 두 사람 앞에서 걷기 시작했다. 그 모습을 황홀하게 바라보면서 레이코는 한숨 섞어 중얼거렸다.

"역시 사이온지가의 집사네. 차분하면서도 세련되고 예의바른 것이 아주 멋져. 역시 진짜는 다르구나."

"저기, 아가씨."

반걸음 뒤를 걷는 가게야마가 레이코의 말에 날카롭게 반응했다.

"혹시 그것은 제가 가짜라는 의미입니까? 너무하시군요. 그건 너무 심한 말씀입니다."

"딱히 그런 의미로 말한 것은 아니야. 그저 말을 하다 보니 나온 표현이지."

이윽고 레이코와 가게야마는 요시다의 인도로 한 채의 서양식 건물에 도착했다. 담쟁이덩굴이 얽혀 있는 그 벽돌 건물은 좋게 말하면 문화재적인 가치를 지닌 저택, 나쁘게 말하면 낡아가는 과거의 유물 같았다.

커다란 현관을 지나 안으로 들어갔다. 먼저 눈에 날아든 것은 옛날 영화의 세트로 오인할 정도로 멋진, 붉은 카펫이 깔린 큰 계단이었다. 그 위로 계단 끝까지 올라간 곳에 오래간만에 보는 얼굴이 있었다.

아직 소녀티가 남아 있는 하얀 얼굴. 검고 긴 머리를 양쪽으로 갈라 묶고 있다. 순백의 블라우스에 발목까지 오는 롱스커트라는 노출이 적은 차림. 그야말로 귀한 집 아가씨 차림을 한 그녀가 오늘의 주인공인 사와무라 유리다. 유리는 계단 아래 있는 레이코를 알아차리자마자 표정을 어린아이처럼 빛냈다.

"와, 레이코 씨! 와주셨군요."

그렇게 말하자마자 힘차게 뛰기 시작한 유리는, 큰 계단을 황급히 뛰어 내려오다가 중간쯤에서 긴 스커트 자락을 밟고 앞으로 넘어졌다. 앗! 하고 생각할 틈도 없이 사와무라가의 영애는 그대로 계단의 마지막 대여섯 계단 정도를 앞구르기로 단숨에 굴러떨어졌다.

"꺄아아!"

갑작스러운 참극에 레이코는 곧바로 고개를 돌렸다.

"유리 님!"

냉정해야 할 요시다도 역시나 입에 거품을 물고 그녀 곁으로 달려갔다.

"괘, 괜찮으십니까!"

"네, 네에, 괜찮아요, 요시다 씨."

"허어."

노집사는 가슴을 쓸어내리며 말했다.

"무사하셔서 정말 다행입니다!"

"네, 아무렇지도 않아요. 발을 약간 부딪히고 머리를 삔 것뿐이에요……."

"벼, 병원에 가시죠! 지금 당장 병원에서 뇌 검사를!"

노집사의 안색이 변했다.

"괜찮다니까요. 걱정하지 마세요."

유리는 초점이 맞지 않는 미소를 지으며 일어나서, 다시 레이코 앞으로 걸어왔다.

"잘 와주셨어요, 레이코 씨."

유리의 우아한 인사를 보면서 레이코는 어색한 미소를 지을 수밖에 없었다.

"아, 안녕, 유리. 여전하네."

특별히 비꼬는 것이 아니라 사와무라 유리는 학창 시절부터 이런 느낌이었다. 지금까지 죽지 않았던 것이 이상할 정도다. 그런 만큼 레이코는 유리의 결혼이 도무지 현실로 느껴지지 않았다.

"너, 정말로 결혼하는 거야? 누구하고? 어떻게?"

레이코의 관심은 우선 그 부분에 집중되었다.

"얼른 소개해줘, 어서어서!"

하지만 유리는 레이코의 이야기는 전혀 듣지 않으며 옆에 서 있는 가게야마를 찬찬히 바라보더니 물었다.

"저기, 레이코 씨, 이 멋진 분은 누구인가요?"

이것도 여전하다. 어쩔 수 없이 "우리 집 집사야"라고 설명하자, 유리는 납득한 표정을 지었다. 그리고 가게야마 쪽을 보며 "처음 뵙겠습니다" 하고 인사하며 허리를 굽혔다. 공손한 인사 또한 일급이다.

"저야말로 처음 뵙겠습니다, 가게야마라고 합니다. 결혼을 축하드립니다."

인사라면 지지 않는다는 듯이 가게야마도 깊이 고개를 숙였다. 처음 대면하며 인사를 마친 유리는 아주 시간에 쫓기고 있다는 눈치로 말했다.

"두 분 다 즐거운 시간 보내세요. 그러면 저는 신부 의상으로 갈아입어야 하니, 이만 실례할게요. 나중에 다시 이야기 나눠요, 레이코 씨."

"그럼 나중에…… 아, 유리!"

레이코는 계단을 뛰어 올라가려고 하는 후배에게 말을 걸었다.

"웨딩드레스 자락에 주의해!"

"그럴게요, 레이코 씨!"

유리는 레이코를 향해서 브이 사인을 해 보이더니 황급히 이층으로 사라졌다. 그 눈치로는 모처럼의 충고가 효과를 거둘지 어떨지 수상했다. 불안을 느끼는 레이코의 옆에서 가게야마가 아주 감탄한 듯 신음 소리를 냈다.

"으음, 저분이 사와무라 가문의 아가씨이십니까? 과연 진짜는 다른 법이군요."

"……."

저게 '진짜'라면 나는 가짜라도 괜찮아. 레이코는 진심으로 그렇게 생각했다.

2

결혼식은 일층의 대형 응접실에서 사제의 입회하에 가족과 친구, 지인만이 참가하는 조촐한 것이었다. 신랑 신부 입장 때에 웨딩드레스 자락을 밟고 넘어진 유리가 눈앞에 있던 주례에게 안기는 바람에 하마터면 주례와 신부 사이에 언약의 키스가 이루어질 뻔한 해프닝이 있었지만, 결혼식은 전체적으로 막힘없이 진행되었다. 신랑 신부는 혼인의 증표로 반지를 교환하고, 결혼식은 온화한 분위기 속에서 무사히 끝이 났다.

결혼식에 이어서 이루어진 피로연은 스탠딩 형식의 가벼운 파티였다. 이 파티에만 초대받은 사람도 많은지 손님의 수가 단숨에 늘었다. 피로연장이 된 대형 응접실에 사람들이 넘쳐날 듯했다.

"레이코 씨, 남편을 소개할게요."

웨딩드레스에서 가벼운 파티드레스로 갈아입은 유리가 하얀 턱시도 차림의 남편을 데리고 왔다.

"호소야마 데루야 씨예요. 데루야 씨는 변호사인데, 사와무라가와 사이온지가의 법률 관련 일들을 전부 맡고 있어요. 데루야 씨, 이쪽은 호쇼 레이코 씨예요. 직업은 형사로, 구니타치 부근의 범죄자를 전부 맡고 있어요."

사람을 그렇게 소개하는 법이 어디 있어? 레이코는 유리를 가볍게 쏘아보고 어색한 미소를 지으면서 호소야마에게 인사했다. 그리고 차분히 그의 얼굴을 관찰하고서 "잠시 실례합니다"라고 양해를 구한 뒤에, 유리를 벽 쪽으로 끌고 가서 귓속말 하듯 그녀에게 물었다.

"어째서 아저씨인 거야?"

실은 결혼식 중간부터 신경이 쓰였다. 신랑인 호소야마 데루야는 아마도 마흔 살은 넘었을 것이다. 수수한 얼굴은 결코 나쁘지 않다. 옛날 미남 배우 같다. 그렇지만 동안의 유리와 나란히 선 모습은 얼른 보기엔 신랑 신부라기보다는 신부와 그 아버지처럼 보인다.

하지만 유리는 태연한 얼굴로 "아저씨라뇨" 하며 정면으로 부정했다.

"그 사람, 저보다 열여덟 살 정도 연상일 뿐이에요."

"그러니까 일반적으로 말해서 그게 아저씨라고. 너, 원래 연상을 좋아했었어?"

"네, 그래요."

그렇게 말하며 유리는 시원스레 인정했다.

"저는 아버지가 일찍 돌아가셨잖아요. 아마도 그 영향이라고 생각하는데, 저는 연상이 좋아요. 십대나 이십대 남자는 안중에도 없어요. 서른 이상의 남자분이 아니면 싫어요."

"어허, 그렇구나."

몰랐다. 그래서 그녀에게 가게야마가 '멋진 분'으로 비친 거구나. 과연, 그렇군.

"잘 알았어. 딱히 너의 결혼에 트집을 잡을 생각은 없어. 다만 너무 나이 차이가 나서 놀랐거든."

"어머, 저는 그리 대단한 것도 아니에요. 자요, 저기 어머니를 보세요, 레이코 씨."

그렇게 말하며 유리는 피로연장의 중앙에 서 있는 자신의 어머니 다카코를 가리켰다. 다카코는 쉰 중반 정도의 나이로는 조금 무모하다고 생각되는 새빨간 드레스를 걸치고 독특한 존재감을 풍기고 있다. 그리고 그녀 뒤에는 찰싹 붙어 다니는 서른 전후로 보이는 남성이 있었다.

"저 남자, 누구라고 생각하시나요?"

"혹시 다카코 씨의 애인이야?"

"네."

유리는 이 질문에도 시원스레 고개를 끄덕이고 말했다.

"하마자키 씨라는 분인데, 우리가 경영하는 레스토랑에서 일하는 우수한 요리사예요. 보면 아시겠죠? 어머니는 하마자키 씨에게 푹 빠졌어요. 얼마 안 가 정말로 결혼할지도 몰라요."

"오호라, 그렇구나."

다카코는 독신이니까 있을 수 없는 일은 아니다. 만약 결혼이 실현된다면 나이 차이는 스무 살 이상일 것이다. 확실히 저 두 사람에 비하면 유리와 호소야마 데루야의 나이 차이 정도야 놀랄 것은 없을지도……가 아니라, 그런 문제가 아니란 기분이 들지만 어쨌든 그건 됐다. 오이를 거꾸로 먹어도 제멋*이라고 했다. 그녀가 뭘 어떻게 하든 알 바 아니다.

"어쨌든 행복해야 해, 유리."

레이코의 축복에 유리는 "고마워요"라고 말하고는 사랑하는 달링을 향해 돌아갔다.

그 모습을 보는 레이코의 등 뒤에서 갑자기 말을 거는 목소리가 들렸다.

"저기, 레이코 씨. 결혼식 때 왜 가장 행복한 사람에게 '행복해야 해'라는 말을 하는 거죠? 이상하다고 생각하지 않으십니까?"

깜짝 놀라서 돌아보자 그곳에는 와인글라스를 손에 든 청년이 있었다. 유리의 남동생 사와무라 유스케다. 이미 상당히 알코올이 들어갔는지 뺨 주위가 불그스름했다. 주정뱅이를 꺼려하는 레이코

◆ 남이 어떻게 하든 상관하지 말라는 뜻의 속담.

가 어정쩡한 미소를 짓고 있자, 유스케는 계속해서 지껄였다.

"물론 모든 결혼이 잘되는 것은 아니죠. 불행해지는 결혼도 있습니다. 그렇기에 '행복해야 해'라고 하는 거겠죠. 그렇다면 '행복해야 해'라는 축복은 이미 '불행하고 파탄 난 결혼 생활'을 상정하고 있는 게 아닌가요? 그렇게 생각하면 '행복해야 해'란 말은 정말로 불길한 말입니다. 그래, 좋았어. 저 녀석에게 내 입으로 말해줘야지, '행복해야 해'라고. 빈정거림을 담뿍 담아서."

그렇게 말하며 신랑인 호소야마 데루야 쪽으로 달려가려고 하는 유스케를 옆에서 한 여자아이가 멈춰 세웠다. 가느다란 몸에 청초한 하얀 원피스를 입은 그녀는 유스케의 여동생 사와무라 미유키다.

"안 돼, 오빠. 모처럼의 피로연이니까 순수하게 축하해주라고."

미유키는 유스케의 목덜미를 쥐고서 레이코가 있는 곳까지 돌아왔다.

"죄송해요, 레이코 씨. 오빠가 취해서 평소보다 더 바보가 됐어요."

레이코는 평소의 유스케를 잘 모르지만, 여동생이 하는 말이니 평소에는 조금 더 똑똑한 모양이다.

"유스케는 이 결혼을 찬성하지 않는 모양이네. 아, 누나를 빼앗기는 것이 아쉬운 건가?"

"아니에요. 오빠는 재산을 빼앗기는 게 분한 걸 거예요. 그렇지, 오빠?"

"당연하지."

유스케는 여동생의 말을 부정하지 않았다.

"레이코 씨, 저 호소야마라는 남자의 목적은 사와무라가의 재산이에요. 원래부터 저 녀석은 사이온지가의 고토에 씨에게 환심을 사서 고문 변호사가 되었던 거였어요. 그런데 사이온지가에 변변한 재산이 없다는 걸 알자, 이번에는 사와무라가의 재산으로 목표를 바꾼 겁니다. 그래서 저 녀석은 누나를 꾀어서 끝내 결혼하기에 이른 거죠. 이 결혼에 사랑은 없습니다. 아아, 그런데도 누나는 자기가 저 남자에게 이용당하고 있는 걸 모르고 있어요. 바보니까!"

"바보는 오빠야. 드라마를 너무 봤어."

"그렇지만 은근히 드라마 같은 일이 실제로 일어난다고, 우리 집 같은 부자가 되면……. 아니, 그건 됐어. 그것보다 미유키, 너 내일 시험이잖아. 이층에 가서 공부해. 자, 어서. 민폐 끼치지 말고. 얼른 가, 쉭쉭!"

개를 쫓는 듯한 유스케의 행동에 미유키는 "알았어, 알았다고"라고 불만스러운 대답을 하면서 응접실을 나갔다. 여동생의 뒷모습을 바라보던 유스케는 새삼스럽게 이쪽을 돌아보더니, "레이코 씨, 방해꾼은 사라졌습니다"라며 뻔뻔스러울 정도로 레이코에게 얼굴을 가까이 들이밀었다.

"누나의 결혼에는 불만이지만, 덕분에 레이코 씨와 오랜만에 만날 수 있었습니다. 이제부터는 둘만의 이야기를 하지 않으시겠습니까?"

"상관없기는 한데…… 누나의 이야기는 괜찮은 건가?"

"사실 누나 같은 건 어떻게 되든 상관없어요. 그것보다 저는 당신이……."

몹쓸 남동생이다. 레이코는 눈앞의 이 남자야말로 민폐를 끼치고 있다고 생각했지만, 따귀를 날릴 정도의 단계는 아니다. 함부로 몸을 건드리려고 한다면 체포해버려도 되겠지만. 그런 생각을 하고 있는데, 접근하는 둘 사이에 갑자기 턱시도 차림의 남자가 끼어들었다. 가게야마였다. 그는 우연히 발을 잘못 디딘 것처럼 유스케의 몸을 밀쳐내고는, 억지로 레이코의 팔을 끌고 구석으로 데려갔다.

"잠깐, 뭐하는 거야, 가게야마."

"주인어른께서는 걱정하고 계십니다."

가게야마는 타이르듯이 이야기를 시작했다.

"호쇼가의 재산을 노리는 나쁜 남자가 아가씨를 속이고 결혼하려 하지는 않을까, 그리고 아가씨는 그 남자에게 이용당하는 것을 깨닫지 못하고 사랑도 없는 결혼을 약속하지나 않을까 하고 말이죠."

"어머, 아버님도 의외로 드라마를 좋아하시나 보네. 정말 골치 아픈 분이셔."

레이코는 작게 숨을 내쉰 뒤에 큰 목소리로 말했다.

"애초에 그런 걱정을 하면 나더러 어떡하란 거야. 나보고 남자와는 일절 이야기도 나누지 말라는 거야? 그리고 만약에 내가 혼기를 놓치고 마흔이 되고 쉰이 되어도 독신이라면 대체 어떡할……

앗!"

레이코는 그 순간, 자신도 모르게 입을 누르고 빙글 몸을 돌려서 벽을 보았다. 그런 레이코의 모습을 가게야마가 의아하다는 듯이 등 뒤에서 들여다보았다.

"무슨 일이십니까, 아가씨?"

"가게야마, 나 대신에 봐주겠어?"

레이코는 자신의 등 뒤를 가리켰다.

"벽 쪽에 기모노 차림의 품위 있는 부인이 계시지? 그분, 이쪽을 노려보고 있지 않아? 불쾌하다는 눈치 아냐?"

"아뇨, 혼자서 조용히 음료를 마시고 계십니다. 어떤 분이시죠?"

레이코는 가슴을 쓸어내리고, 다시 앞을 향했다. 그리고 벽 쪽에 조용히 서 있는 노부인의 모습을 곁눈질하면서 말했다.

"저분이 사이온지가의 고토에 씨야. 차 안에서 이야기했잖아?"

"아하, 사이온지 가문의 마지막 한 명. 환갑을 넘긴 나이에도 여전히 독신이라는……."

"우왓, 바보! 목소리가 커!"

레이코의 제지도 헛되이, 가게야마의 목소리는 사이온지 고토에의 귀에 닿은 듯했다. 사이온지 고토에는 쏘아보는 듯한 차가운 시선을 두 사람에게 퍼부었다.

레이코와 가게야마는 함께 벽 쪽으로 몸을 돌렸다.

이러저러해서 파티가 시작되고 한 시간 정도가 경과했을 무렵,

레이코는 문득 이상한 기분이 들었다. 오늘의 주인공인 신부 사와무라 유리의 모습이 언젠가부터 피로연장에서 보이지 않는 것이다. 수상함을 느낀 레이코는 집사인 요시다를 붙잡고 물어보았다.

"어라, 방금 전까지는 계셨습니다만."

그렇게 말하며 요시다도 의아한 표정을 지었다.

"호소야마님께 여쭈어볼까요?"

"그게 좋겠어요."

레이코는 고개를 끄덕이고 요시다와 함께 신랑인 호소야마 데루야 곁으로 걸어갔다. 신랑은 혼자 손님들에게 둘러싸여서 담화 중이었다. 많은 이들이 술을 권한 듯, 얼굴이 벌겋게 되어 있었다. 레이코가 유리의 모습이 보이지 않는 것에 대해 질문하자, 호소야마에게서 돌아온 것은 의외의 대답이었다.

"유리는 술 때문에 몸이 안 좋아서 지금은 자기 방에서 쉬고 있습니다. 뭐, 괜찮을 겁니다. 잠깐 술을 깨고 있는 것뿐입니다. 다시 금방 돌아오겠지요."

호소야마 데루야는 그리 심각하게 생각하지 않는 눈치로, 다시 손님들과의 이야기로 돌아갔다.

그러나 레이코는 걱정이 되었다. 정말로 술 때문일까? 어쨌든 유리는 몇 시간 전에 현관의 큰 계단에서 심하게 굴러떨어졌다. 그때는 괜찮아 보이는 얼굴이었지만, 시간이 지난 뒤에 몸 상태가 안 좋아질 수도 있다. 불안을 이기지 못한 레이코는 옆에 서 있는 노 집사에게 물었다.

"저, 상태를 보고 올게요. 유리의 방은 어디죠?"

"그러면 저도 함께 가겠습니다. 이쪽입니다."

레이코는 요시다와 함께 대형 응접실을 나왔다. 일단 현관홀을 나와서 큰 계단을 올라 이층으로.

"이 계단을 올라가서 바로 오른쪽에 있는 방이 유리 님의 방입니다…… 음?"

요시다의 말을 막듯이 비명 비슷한 여자의 소리가 들렸다. 레이코는 한순간에 유리의 목소리라고 판단했다. 레이코는 요시다를 밀치듯이 계단을 뛰어 올라가서 바로 오른쪽 방의 문을 주먹으로 두드렸다.

"유리, 무슨 일이야! 유리!"

그런데 튼튼한 나무 문은 둔탁한 소리를 낼 뿐, 안쪽에서는 대답이 없다. 문손잡이를 돌려보았지만, 안에서 문을 잠갔는지 문은 꿈쩍도 하지 않았다. 레이코는 요시다에게 여벌의 열쇠가 없는지를 물었다.

"열쇠는 제 방의 금고에 있습니다. 가져올 테니 잠시만 기다려주십시오!"

요시다는 나이를 잊은 듯한 재빠른 몸놀림으로 계단을 뛰어 내려갔다. 혼자 복도에 남아 있던 레이코는 계속 문을 두드리고, 그 너머에 있을 친구에게 말을 걸었다. 그러나 역시 대답하는 목소리는 없었다. 속이 타들어가는 시간이 흐르고, 간신히 한 벌의 열쇠를 든 요시다가 다시 모습을 드러냈다. 레이코는 그의 손에서 열쇠를 낚아채듯이 받아들고서 곧바로 열쇠 구멍에 꽂아 넣었다. 열쇠는 딱 열쇠 구멍에 들어갔고, 레이코는 답답한 마음으로 문을 열었다.

방 전체로 시선을 던졌다. 크게 열린 창문과 바람에 나부끼는 커튼이 눈에 들어왔다. 그리고 창가에 놓인 침대, 그곳에 쓰러져 있는 유리의 모습.

"아앗!"

자신도 모르게 레이코는 외쳤다. 유리의 하얀 드레스의 등에 새빨간 얼룩이 지도를 그리듯이 퍼져 있다. 레이코는 영문을 모른 채로 유리에게로 쏜살같이 달려갔다. 가까이에서 보니 그녀의 등에 퍼져 있는 것은 틀림없이 붉은 피였다. 머리맡 주위에는 칼날 부분이 붉게 물든 한 자루의 나이프가 떨어져 있었다.

"아가씨, 어찌 된 일이십니까!"

레이코의 등 뒤에서 요시다가 정말로 놀란 듯 외치고 있었다. 냉정하고 침착한 노집사도 동요를 감출 수 없었던 모양이다.

레이코는 기도하는 마음으로 유리의 손목을 잡았다. 다행스럽게도 맥박은 또렷했다.

"다행이야! 죽지 않았어. 살 수 있어."

레이코는 축 늘어진 유리의 몸에 손을 대고 흔들었다.

"정신 차려, 유리! 무슨 일이야! 누구에게 당한 거야!"

"……어, 라, 레이코 씨…… 저, 저는…….."

"말하면 안 돼! 너, 크게 다쳤어!"

"……그러면…… 질문, 같은 거…… 하지 마세요……."

"……."

미안해. 네 말이 맞아. 너무 흥분해서 지리멸렬한 행동을 하고 말았다.

레이코는 이런 장면에서야말로 형사인 내가 냉정해야 해, 하고 정신을 바짝 차렸다. 우선 레이코는 지혈을 위해 담요로 유리의 등에 난 상처를 눌렀다. 등의 상처는 치명상에는 이르지 않았지만 중한 상처임은 틀림없다. 재빨리 휴대전화로 110에 전화해야겠다고 생각하긴 했지만, 드레스를 입은 레이코에게 휴대전화 같은 세련되지 못한 물건은 없다.

그러자 마침 그때, 그녀의 등 뒤에서 여러 사람의 발소리와 목소리가 들려왔다.

레이코가 입구 쪽을 돌아보았다. 입구에서 조금 들어온 곳에 두 명의 부인과 한 남자의 모습이 보였다. 사이온지 고토에와 사와무라 다카코 그리고 다카코의 아들인 유스케였다.

"무슨 일인가요?"

유스케가 거친 숨을 내쉬면서 물었다.

"무슨 일이 있었나요?"

유스케는 유리의 모습은 보여도 그 상처는 담요에 가려져서 보이지 않는다. 그는 아직 사건의 중대함을 모르는 듯했다.

그곳에 조금 늦게 가게야마의 모습이 보였다.

"무슨 일이십니까?"

빨리 소동을 알아차리고 달려온 듯했다. 방 안에는 사람들이 순식간에 늘었다.

"저기, 무슨 소동이야? 시끄러워서 공부를 못하겠어. 고토에 아주머니에게 무슨 일이라도 있었어?"

사와무라 미유키다. 유리의 방 옆방에서 여동생인 미유키가 시험 공부 중이었던 것 같다.

"바보, 고토에 아주머니가 아냐. 누나 쪽이야."

여동생의 착각을 정정한 유스케가 레이코 쪽으로 다가오면서 물었다.

"무슨 일인가요, 레이코 씨? 누나의 몸 상태가 그렇게 안 좋은가요?"

상황을 전혀 파악하지 못한 유스케는 경솔하게도 방 가운데 부근까지 들어왔다. 레이코는 범행 현장을 손상하면 좋지 않다고 판단하고, 큰 목소리로 한껏 위엄을 담아 외쳤다.

"이 이상 다가오지 마, 유스케! 복도로 나가! 다른 여러분들도요! 아무래도 사건이 일어난 것 같습니다. 자세한 일은 나중에 설명할 테니까, 자아, 어서!"

레이코의 박력이 효과를 거두었는지, 유스케는 두세 걸음 후퇴했다. 사람들에게 이제까지와는 다른 긴장이 퍼졌다. 그 순간, 요시다가 중요한 역할을 떠올렸다는 듯이 아차 하는 얼굴을 하더니, 몸을 빙글 돌리며 두 손을 넓게 펼쳤다.

"여러분, 호쇼 님이 말씀하시는 대로 하죠. 호쇼 님은 경찰이십니다. 이 자리는 맡겨두는 편이 좋을 것입니다."

일동은 요시다에게 떠밀리는 듯한 모습으로 방에서 복도로 나갔다. 레이코는 요시다의 협력에 감사하면서, 자신의 충실한 하인을 방으로 불러들였다.

"가게야마, 잠깐 와봐!"

민첩한 동작으로 침대 옆까지 달려오는 가게야마. 레이코는 재빨리 명령했다.

"유리의 상처를 누르고 있어. 그리고……."

레이코는 가게야마의 윗옷 가슴주머니에 한 손을 집어넣고 휴대전화를 빼냈다.

"이거, 빌릴게."

가게야마가 승낙을 하기도 전에 레이코는 이미 110번을 누르고 있었다.

3

레이코는 구급차를 부르는 한편, 독단으로 경찰에도 연락했다. 가게야마는 계속 피해자 곁에서 상처를 누르고 있었다. 레이코는 현장 보존에 노력하면서, 그러는 한편으로 현장의 상태를 자세히 관찰했다. 넓은 방 안에 가구는 침대 외에 테이블과 책장, 옷장에 소파 정도. 여성의 방답게 깔끔히 정돈되어서 청결감이 느껴진다.

열려 있는 창문 밖을 내다보니, 그곳에는 정원 쪽으로 튀어나온 모습의 발코니가 있다. 이미 비는 멈춰 한 방울도 내리지 않는다.

이윽고 구급차와 경찰차가 거의 동시에 도착했다. 그러자 복도에 있던 다카코가 분연히 외쳤다.

"어머나, 누가 경찰을 불러도 좋다고 했어! 결혼식 피로연이 한창인데!"

"경찰은 제가 불렀습니다, 부인."

레이코는 복도로 얼굴을 내밀고 사와무라가의 여주인에게 단호하게 말했다.

"이것은 상황으로 보아 틀림없는 상해 사건, 아니, 어쩌면 살인 미수 사건입니다. 피로연이 한창이든 뭐든 관계없습니다. 부디 조사에 협력 부탁드립니다."

"……."

다카코는 분하다는 듯 등을 돌리면서 내뱉었다.

"이래서는 사와무라 가문의 체면이 말이 아니군요."

울분에 찬 듯한 다카코를, 복도에 서 있는 유스케와 미유키가 "어머니, 진정하세요" 하며 달랬다. 아무래도 사와무라 다카코는 딸이 상처 입은 것보다 사와무라 가문의 체면을 우선시하는 것 같다. 참으로 몹쓸 부모구나 하며 레이코는 한숨을 내쉴 수밖에 없었다.

이윽고 구급대원과 경관 양쪽이 저택에 밀려들었다. 유리가 들 것에 실려 나갔다. 현장이 된 방이 봉쇄되고 파티에 몰려들었던 손님은 전부 발이 묶였다.

조사의 지휘를 맡은 것은 미우라라고 하는 성실해 보이는 중년의 경부였다. 그 모습을 보자마자 레이코는 이곳이 시로카네다이라서 정말로 다행이라고 진심으로 생각했다. 만약 구니타치였다면 지금쯤 상사인 가자마쓰리 경부가 은색 재규어를 타고 달려와서 의기양양하게 들어왔을 참이다. 그러나 가자마쓰리 경부라고 해도 시로카네다이의 사건에 참견할 수는 없다.

마찬가지로 구니타치 경찰서의 형사인 레이코에게도 시로카네다이에서 벌어진 사건을 조사할 권한은 없다. 따라서 레이코는 그 밖의 관계자와 함께 경찰에게 조사를 받는 입장이 되었다. 이번 사건에서 레이코는 수사관이 아니라 첫 발견자 중 한 명이다. 혹은 용의자 중 한 명이라고 말해도 좋을지도 모른다.

미우라 경부는 저택의 거실에 관련자들을 모았다. 사이온지 고토에와 사와무라 다카코, 다카코의 아들인 유스케, 딸인 미유키, 오늘 막 피해자의 남편이 된 호소야마 데루야, 사이온지 가문의 집사인 요시다. 그리고 호쇼 레이코와 가게야마였다. 레이코와 가게야마는 단순한 손님에 지나지 않지만, 우연히 사건 발생 직전과 직후에 그 자리에 있었으므로 관련자 명단에 오른 것이다.

"우선은 사건의 발견 경위에 대해 설명을 듣고 싶습니다. 신고자는 호쇼 레이코 씨죠?"

레이코는 분명하게 고개를 끄덕였다. 그런 뒤에 레이코는 칼에 찔린 신부를 발견하고 경찰에 신고할 때까지의 일련의 상황을 간

소하게 이야기했다. 그것을 들은 미우라 경부는 곧바로 의문을 입에 담았다.

"호쇼 씨와 요시다 씨가 현장에 뛰어든 직후에 어째서 몇 명의 사람들이 같이 달려온 겁니까? 피해자의 비명이 파티 회장까지 울려퍼진 것도 아닐 텐데."

"그건 단순한 우연입니다."

그렇게 대답한 사람은 유스케였다.

"나하고 어머니는 사건 같은 건 모르고, 그냥 누나의 상태가 나빠졌다고 들어서 상태를 보러 간 것뿐입니다."

"아들이 말한 대로입니다. 그런 사건이 일어났다고는 생각도 하지 못했습니다."

다카코는 그렇게 말하고 살짝 몸을 떨었다.

"그렇군요. 그러면 사이온지 고토에 씨는 어떠십니까? 역시 유리 씨의 상태가 걱정이 되어서?"

"아뇨, 제 경우에는 그냥 이층에 있는 제 방으로 돌아가려고 하던 것뿐이었습니다. 파티는 저 같은 나이 든 사람에게는 오래 있기 거북하니까요. 사건과 맞닥뜨린 것은 우연이었고……."

사이온지 고토에는 경찰 앞이라는 점 때문에 긴장했는지 주뻣주뻣하는 눈치였다.

"아, 그래요, 확실히 그랬어요."

유스케가 고토에의 이야기를 이어받듯이 말했다.

"고토에 아주머니는 저와 어머니의 조금 앞을 걷고 있었습니다.

그런데 고토에 아주머니가 계단을 올라가는 도중에 이층에서 커다란 소리가 들려왔어요. 처음에는 레이코 씨의 목소리로 '아앗!' 하고 외치는 소리가 들렸어요. 그리고 요시다 씨가 '아가씨, 어찌 된 일이십니까!'라고 말하는 소리가 들려왔죠. 그래서 누나의 상태가 상당히 나쁜가 보다 하고 생각해서 나하고 어머니는 같이 계단을 뛰어올라갔습니다. 물론 고토에 씨도 비슷한 행동을 취했으니, 결국 세 사람이 함께 현장에 도착했다…… 뭐, 그런 느낌이 아니었던가요? 고토에 아주머니."

"아, 그랬지. 확실히 저도 그런 비명 소리를 들었어요."

"그렇군요. 잘 알았습니다."

미우라 경부는 납득한 눈치로 고개를 끄덕이더니, 구석에 자리하고 있는 남자를 돌아보았다.

"그러면 당신의 경우는 어떻습니까, 가게야마 씨?"

"네, 저는 아가씨의 모습이 보이지 않아서 찾고 있었습니다. 아, 아가씨라는 건 사와무라 유리 님이 아니라, 그쪽에 계신 호쇼 레이코 님입니다."

그렇게 말한 가게야마는 레이코 쪽을 손으로 가리켰다.

"아무래도 피로연장에는 안 계신 것 같아서, 저는 나와서 일층 복도를 걸어 계단 쪽으로 가던 도중이었습니다. 그런데 조금 전에 유스케 님이 말씀하셨던 대로, 남녀의 비명이 흐릿하게 제 귀에 들렸습니다. 거기서 재빨리 큰 계단을 올라가서 이층으로 향했던 것입니다."

"그러면 당신이 현장에 도착한 것은 유스케 씨 일행의 조금 뒤가 되는군요."

"그렇습니다."

가게야마는 미우라 경부를 향해서 공손히 고개를 숙였다. 상대가 누구든 공손하게 고개를 숙이는 것은 집사의 슬픈 습성인 모양이다.

"그렇군요. 그러면 마지막으로 현장에 도착한 사람이 옆방에 있던 사와무라 미유키 씨였다는 건가."

여기서 미우라 경부는 이상하다는 듯이 고개를 갸웃거렸다.

"유리 씨의 방에서 가장 가까운 곳에 있던 미유키 씨가 가장 나중에 등장했다는 건 납득이 안 가는군요. 오히려 가장 먼저 얼굴을 내밀었어야 했을 텐데."

"어머나, 형사님, 지금 우리 딸을 의심하시는 건가요! 실례입니다!"

성난 기색을 보이는 다카코를 당사자인 미유키가 어른스럽게 달랬다.

"참으세요, 어머니. 여기는 제가 설명할게요. 형사님, 바로 옆방에 있었던 제가 가장 늦게 현장에 나온 이유를 설명할게요. 실은 제가 시험 공부를 하고 있었다는 건 새빨간 거짓말이에요. 사실은 헤드폰을 쓰고 음악을 듣고 있었어요. 그것도 상당히 시끄러운 곡을요. 그래서 저는 레이코 씨가 언니 방의 문을 노크하는 것도 깨닫지 못했어요. 분명히 드럼 같은 시끄러운 소리에 섞여버렸던 거겠죠. 제가 언니 방에서 벌어진 이변을 깨달았던 것은 느린 발라드 곡으로 바뀌었을 때였어요. 요시다 씨의 목소리가 들리기에, 무슨 일일까 하고 생각하고 있었는데 점점 시끄러워지기 시작하더라고요. 그래서 헤드폰을 벗고 복도로 나갔더니 옆방에 난리가 나 있지 뭐예요."

"뭐야? 너, 그러면 '시끄러워서 공부를 못 하겠어'라고 했던 건 연극이었어?"

아연실색하는 유스케에게 미유키는 주눅 들지도 않고 "응, 그랬어"라고 천진하게 고개를 끄덕였다.

"그렇군요. 사건 당시의 상황은 어느 정도 이해했습니다."

미우라 경부는 그렇게 말하고 일동을 둘러보았다.

"그러나 조사는 이제 막 시작했을 뿐입니다. 앞으로도 여러 가지로 물어보는 일이 있을 테니, 부디 협력해주시기 바랍니다."

"잠깐만요, 형사님. 한 가지 알려주셨으면 하는 게 있습니다."

사와무라 다카코가 정중한 말투로 다짜고짜 물었다.

"유리는 범인의 모습을 보지 못했습니까? 그 애가 범인의 모습을 보았다면 그것으로 사건은 해결되잖아요?"

확실히 다카코가 하는 말대로다. 그러나 일동이 지켜보는 앞에서, 경부는 유감스럽다는 듯 고개를 저었다.

"유리 씨는 범인의 모습을 보지 못했던 것 같습니다. 병원에서 그런 보고가 들어왔습니다. 뭐, 침대에 누워 있는데 등 뒤에서 찔렸으니, 그것도 어쩔 수 없겠죠."

경부의 말에 일동 사이에서 한숨 같은 소리가 흘러나왔다. 그러자 이제까지 침묵을 지키고 있던 호소야마 데루야가 진지한 말투로 호소했다.

"대체 누가 유리에게 저런 짓을! 형사님, 빨리 범인을 찾아주십시오. 그렇지! 범인은 파티 손님 중에 섞여 있지 않을까요?"

"물론 그 가능성은 저희도 생각하고 있습니다. 그러나 발이 묶인 파티 손님만 해도 쉰 명 이상. 중간에 돌아간 사람도 있을 테니 실제 수는 더 많습니다. 이렇게 용의자가 많아지면 좀처럼……. 음, 무슨 일인가?"

거실에 뛰어 들어온 사복형사에게 경부가 물었다. 형사는 미우라 경부의 곁에 다가와서 뭐라고 귓속말을 했다. 그 순간, 경부의 눈이 휘둥그레졌다.

"뭐라고! 그게 정말인가!"

심한 동요를 보인 미우라 경부의 표정이 무엇을 의미하는지, 레이코는 짐작도 가지 않았다.

거실에서의 조사가 끝나고 잠시 시간이 경과했을 무렵 레이코는 미우라 경부에게 불려갔다. 혼자 응접실에 들어가니 소파에는 경부가 혼자 앉아 있을 뿐이었다. 미우라 경부는 레이코에게 맞은편 소파를 권하더니, 엄한 표정으로 말문을 열었다.

"일부러 불러내서 미안하네, 호쇼 형사. 실은 자네의 생각을 듣고 싶어서 오라고 했어. 형사로서 자네의 생각을."

조금 전에는 자신을 다른 관계자들과 마찬가지로 '호쇼 씨'라고 부르던 미우라 경부가 지금은 '호쇼 형사'라고 호칭을 바꿨다. 지금은 같은 경찰관으로 대우하는 것이다. 레이코는 더욱 긴장을 느꼈다.

"제가 도움이 된다면 뭐든지 이야기하겠습니다."

"그러면 바로 본론으로 들어가지. 자네는 범인의 도주 경로에 대해서 어떻게 생각하지?"

"도주 경로 말씀입니까?"

"그래. 자네는 피해자의 비명을 들은 직후에 피해자의 방 안에 도착했어. 그 시점에서는 범인이 아직 방 안에 있었을 가능성이 높아. 도망칠 시간 여유가 없으니까. 그런데 자네가 요시다 씨가 가지고 온 여벌 열쇠로 문을 열었던 시점에는 이미 실내에 범인의 모습은 없었어. 범인은 어디로 사라졌을까?"

미우라 경부가 어째서 이런 질문을 하는지, 레이코는 반대로 수상하게 생각했다. 경부의 질문이 너무나도 빤한 것이었으니까.

"피해자의 방 창문은 열려 있었습니다. 범인은 창문에서 발코니로 나간 뒤에, 거기서 정원으로 뛰어내렸겠죠. 그리고 범인은 저택을 나갔거나, 혹은 시치미를 뚝 떼고 파티의 인파 속에 섞여든 것이 아닐까요?"

"흠, 이층의 발코니에서 정원으로……."

"네. 이층에서 뛰어내리는 정도는 위기에 몰리면 누구라도 할 수 있다고 생각합니다만."

"음. 그건 확실히 그렇지. 그러나 정원으로 뛰어내리면, 지면에는 범인의 발자국이나 엉덩방아 자국 같은 것이 또렷하게 남지 않을까? 비 때문에 지면이 물러졌으니까."

"으음, 그건 그렇겠죠…… 어?"

그때, 간신히 레이코는 미우라 경부의 빤한 질문의 의도를 깨달았다.

"혹시 발자국이 없었던 건가요?"

"그래. 수사관이 눈에 불을 켜고 샅샅이 조사했지만 발코니 아래의 지면에는 누구의 발자국도 발견되지 않았어. 물론 엉덩방아 자국도. 이건 어떻게 된 거라고 생각하지?"

"비가 범인의 발자국을 지운 게 아닐까요?"

"비는 결혼식 직전에 이미 멈춰 있었어. 그 이후로는 한 방울도 내리지 않았어."

확실히 사건 직후에 레이코가 현장의 창문에서 밖을 보았을 때 비는 내리지 않았다. 비가 범인의 발자국을 지운 것은 아니다.

"그러면, 어떻게 된 것일까요……."

레이코의 머릿속에 '밀실'이라는 단어가 떠올랐다. 그것은 미우라 경부도 마찬가지인 듯했다.

"이것이 미스터리 소설이라면, 범인은 밀실에서 연기처럼 사라졌다며 탐정이 법석을 떨 상황이겠지. 그러나 우리는 경찰관이야. 좀 더 현실적으로 머리를 굴릴 필요가 있어. 그렇게 생각해보았을 때, 하나의 가능성이 떠올랐지. 범인의 도주 경로는 꼭 열린 창문뿐만이 아니야."

"창문 이외라면, 대체……."

"문이야. 입구의 문으로, 범인은 당당히 현장을 빠져나간 거야."

"하시는 말씀의 의미를 잘 모르겠습니다. 문 앞에는 사건 직후부터 계속 제가 서 있었으니까, 그 문으로 범인이 나갈 수는……."

레이코는 여기에 이르러서야 경부가 자신을 의심하고 있음을 간신히 깨달았다.

"혹시 경부님은 제가 범인을 일부러 도망치게 했다고 생각하시는 건가요?"

"유감스럽게도 그렇게밖에 생각할 수 없어. 사건 직후 방문은 안에서 잠겨 있었어. 그리고 문 앞에는 자네와 집사인 요시다가 있었지. 그러나 요시다가 여벌 열쇠를 가지러 간 사이, 자네는 문 앞에 혼자 있었어. 그때 범인은 안에서 문을 열고 복도로 나왔던 게 아닐까? 그리고 어떤 사정인지는 알 수 없지만 자네는 그 범인을 못 본 체해줬어."

"제, 제가 범인의 사후 공범자라는 말씀인가요? 저는 유리의 친구고, 게다가 현직 형사입니다."

게다가 '호쇼 그룹'의 총수, 호쇼 세이타로의 딸이라고요! 섣불리 범인 취급하다간 다치는 건 그쪽이에요! 레이코는 하마터면 그렇게 말할 뻔했다.

"아니, 형사도 범죄에 손을 물들이는 일 정도는 있다고."

미우라 경부는 아무것도 아니라는 듯이 말하며 레이코의 얼굴을 강하게 노려보았다.

"게다가 들은 이야기에 따르면, 자네는 사와무라 유리의 결혼을 진심으로 축복하고 있지 않았어. 오히려 사와무라 유리의 행복을 괘씸하다고 생각하기까지 했어. 그런 눈치가 훤히 보였다고 증언한 자가 있다고. 그런 자네가 범인 측에 붙는 것도 있을 수 없는 이야기는 아니야."

"뭐라고요! 제가 유리의 결혼을 축복하지 않았다? 괘씸하다고 생각했다?"

레이코는 냉정을 유지하면서, 한층 크게 심호흡을 하고 나서 물었다.

"경부님, 대체 어느 누가 그런 말도 안 되는 증언을 했습니까!"

4

목표인 턱시도 차림의 그 남자를 복도에서 발견한 레이코는 조용히 주먹을 쥐고 일직선으로 그를 향해 돌진했다. 이 배신자 집사 놈! 그 충성스러워 보이는 얼굴에 원한을 담은 주먹을 날려주마!

하지만 그녀의 살기를 날카롭게 눈치챈 그는 레이코 쪽으로 빙글 돌더니, "이거, 아가씨 아니십니까"라며 신사적으로 고개를 숙이면서 레이코가 날린 혼신의 일격을 간단히 피했다. 레이코의 주먹은 헛되이 눈앞의 공기를 갈랐다.

"뭐가 '이거, 아가씨 아니십니까' 야!"

기습에 실패한 레이코는 주먹 대신에 말로 분노를 터뜨렸다.

"가게야마! 당신, 잘도 나를 경찰에 팔아넘기려고 했겠다! 내가 유리의 결혼을 질투했다는 소리나 하고 말이야. 덕분에 나는 완전히 용의자 취급을 받고 있다고. 전부 당신 탓이야, 이 배신자!"

울음을 터뜨릴 것 같은 레이코의 모습을 보고 가게야마는 한순간 무슨 일인가 하고 생각하듯 고개를 갸웃거렸지만, 이윽고 "아아, 그것 말씀입니까" 하며 손을 마주쳤다. 짐작이 가는 모양이다.

"이해가 되지 않는군요. 저의 증언으로 아가씨가 의심을 받게 되다니. 아가씨가 범인이 아니라는 것은 상황으로 봐서 명백할 텐데. 요시다 씨란 증인도 있고 말입니다."

"그 상황이 바뀌었다고! 밀실이야, 밀실!"

레이코는 미우라 경부에게 얻은 정보를 가게야마에게 전했다. 발코니 아래의 지면에 범인의 발자국이 없었던 것. 따라서 범인은 레이코의 협력을 얻어서 현장에서 도주했다고밖에 생각되지 않는다는 것.

묵묵히 듣고 있던 가게야마는, 레이코의 말이 끝나자 씩 하고 만족스러워 보이는 미소를 지었다.

"그런 이야기입니까. 과연 그렇군요, 그거 참."

"어, 뭐야? 뭔가 알 것 같아?"

레이코는 기대에 찬 얼굴로 가게야마를 바라보았다.

실은 이 가게야마라는 남자는 집사로서는 상당히 수상쩍은 인물이지만, 어려운 사건을 아주 간단한 것으로 만들어버리는 특수한 능력을 가지고 있어서 형사에게 때때로 아주 도움이 되는 인물이다.

"알고 있으면 말해봐. 들어줄 테니까."

당신의 생각을 들려줘 하고 솔직하게 부탁할 수 없는 것은, 귀한집 아가씨이자 현직 형사이기도 한 레이코의 자존심이 방해를 하기 때문이다. 그런 레이코를 애태우듯이 가게야마는 안경의 브리지를 손가락으로 밀어올렸다.

"상당 부분 이해했습니다. 그러나 만일을 위해 문제의 발코니를 보고 싶습니다만."

"현장에 들어가는 것은 무리지만, 정원에서 보는 정도라면 할수 있을 거야. 가자!"

재빨리 두 사람은 저택을 나와서 정원 쪽으로 향했다. 유리의 방에 있는 발코니를 멀찍이 바라볼 수 있는 위치에서 레이코가 가리켰다.

"자, 저기가 유리의 방에 있는 발코니야."

"어, 저것입니까?"

가게야마는 짐작이 빗나갔다는 표정을 지었다.

"그러면 저 발코니 옆에 있는 창문은?"

"저건 미유키의 방 창문이지."

"어, 그러면 미유키 씨의 방에는 발코니가 없는 겁니까?"

"그러고 보니 그런 것 같네."

확실히 발코니가 있는 것은 유리의 방뿐이고 그 옆방에는 발코니가 없다. 창문이 있을 뿐이다.

"그게 왜?"

가게야마는 약간 낙담의 빛을 보이면서 다시 문제의 발코니를 바라보았다.

"아무래도 제가 잘못 생각하고 있었던 것 같습니다. 그렇군요, 저 발코니에서 범인이 뛰어내리면 지면에 흔적이 남지 않을 리 없습니다. 그렇다는 이야기는 역시 범인은 저 발코니에서 뛰어내리지 않았다는 이야기겠죠. 그렇다고 해서 지붕으로 올라가는 것은 더욱 무리일 테고, 그렇게 되면 남은 경로는 역시 입구뿐."

거기까지 말한 가게야마는 갑자기 레이코를 바라보더니 목소리를 낮추고 물었다.

"아가씨는, 정말로 범인을 도망치게 놔두시지 않은 겁니까? 부디 저에게만은 사실을⋯⋯."

"그러니까 아니라고 했잖아! 당신은 대체 누구 편이야!"

"⋯⋯."

가게야마는 대답했다.

"물론 저는 아가씨의 편입니다."

"뭐야, 조금 전의 공백은?"

감동받았어야 할 대사가 완전히 망가졌다.

"공백 같은 건 없었습니다만."

가게야마는 그렇게 얼버무리며 대화를 밀실의 수수께끼로 되돌렸다.

"뭐, 언뜻 보기에 밀실로 보이지만 실은 비밀 통로가 있었다는 것도 흔히 있는 이야기입니다. 특히 이 저택 같은 오래된 건물이면 그런 장치가 있어도 이상하지는 않습니다."

"하지만 비밀 통로가 있는지 없는지는 우리가 알 방법이 없어."

이것이 구니타치 경찰서의 관할 지역에서 일어난 사건이었다면 지금쯤 가자마쓰리 경부가 현장의 바닥이나 천장을 두들겨 깰 기세로 조사하고 있었을 것이다. 그러나 여기는 시로카네다이. 가자마쓰리 경부는 없고 레이코에게도 조사 권한은 없다. 레이코가 답답한 마음으로 팔짱을 끼고 있자, 가게야마가 말을 걸었다.

"보십시오, 아가씨. 딱 좋은 상황에 사이온지 고토에 님이 이쪽으로 오고 계십니다."

가게야마가 가리키는 쪽에 시선을 던지니, 그곳에는 확실히 기모노를 입은 노부인이 있었다. 어쩐지 뭔가 골똘히 생각하는 심각한 표정으로 한 걸음 한 걸음 이쪽으로 다가오고 있다.

"이 저택에 대한 것이니 저분께 여쭈어보는 것이 제일이겠죠. 어쨌든 고토에 님은 이 저택에서 태어나고 자라온 유일한 분입니다. 말하자면 사이온지 저택의 산 증인이죠."

"그러네. 하지만 가게야마, 부탁이니까 저 사람 앞에서 '산 증인'이라는 소리는 하지 마."

레이코는 입이 험한 집사에게 단단히 주의를 주고서 스스로 사이온지 고토에의 곁으로 걸어갔다. 그리고 "죄송합니다, 부인"이라고 말을 걸며 거의 억지로 질문을 시작했다.

"엉뚱한 질문이 되겠습니다만, 이 저택에 비밀 통로나 숨겨진 문 같은 것은 없습니까?"

사이온지 고토에는 갑작스러운 질문에 당황하는 눈치를 보였지만, 단호히 고개를 저었다.

"아뇨, 저는 이 저택에서 육십 년 넘게 살고 있습니다만, 그런 닌자 저택 같은 장치는 본 적이 없습니다. 이 저택은 그저 평범한 건물입니다."

"그러면 유리 씨의 방만 특별히 수리하거나 개수한 적은 없습니까?"

"아뇨, 없습니다. 이 저택은 계속 옛날 그대로니까요."

"그렇습니까. 부인께서 그렇게 말씀하신다면 분명히 그렇겠지요. 아뇨, 조금 신경이 쓰여서요. 정말 감사합니다."

"도움이 되지 못해서 죄송하군요."

사이온지 고토에는 조용히 고개를 숙이면서 "그러면, 저는 이만 실례를……"이라고 말하며 느긋한 동작으로 우아하게 발걸음을 돌렸다.

그런데 갑자기 그 등을 향해서 가게야마가 평소와는 다르게 낮은 목소리로 말을 걸었다.

"기다려주십시오, 아가씨."

그 순간, 고토에의 발이 딱 멈췄다.

"어머, 저에게 또 뭔가 볼일이 있나요?"

돌아보는 고토에. 그것을 보고 레이코는 '어' 하고 영문을 알 수 없어서 입을 다물었다. 그러자 가게야마는 아무 일도 없었다는 듯이 매끄럽게 말을 이었다.

"실례입니다만, 저희에게 뭔가 할 말씀이 있으셔서 이곳까지 오셨던 것이 아닌지요. 하고 싶은 말씀이 있으시다면 뭐든지 하십시오, 아가씨."

"아아, 뭐…… 특별히 이야기라고 할 정도는 아닙니다. 저는 그저 정원에 당신들이 있는 것을 보고 왠지 모르게……."

그때, 간신히 사이온지 고토에는 퍼뜩 놀란 듯이 눈을 휘둥그레 떴다. 자신의 주위에 떠도는 어색한 분위기, 쏟아지는 의혹의 시선, 그것들을 간신히 깨달은 고토에는 당황하며 자신의 실책을 수습하려는 듯 입술을 떨었다.

"무, 무슨 말을 하시는 겁니까! 저, 저는…… 그런……."

당황하는 눈치의 고토에에게 가게야마는 전부 때늦은 일이라는 것을 냉정하게 고했다.

"지금 고토에 님께서는 제가 '아가씨'라고 부르자 자연스럽게 뒤를 돌아보셨습니다. 아무런 위화감도 느끼지 않은 눈치로 아주 당연하다는 듯이 대답하셨죠. 아닙니까?"

"그, 그건!"

고토에는 뭔가 말하려고 입을 열었지만, 결국 눈동자를 떨면서 침묵했다.

"……."

레이코 역시 너무나 놀란 나머지 말을 잃고 있었다. 확실히 레이코도 보았다. 가게야마는 사이온지 고토에를 두 번 '아가씨'라고 불렀고, 고토에 역시 아무런 거부 반응도 없이 두 번 다 거기에 응했다. 마치 평소부터 '아가씨'라고 불리는 것이 익숙한 것처럼.

"어떻게 된 거야, 가게야마?"

"말씀드리자면."

가게야마는 사이온지 고토에의 떨리는 어깨에 손을 가만히 댔다.

"사이온지 고토에 님은 형사인 호쇼 레이코 님에게 자수할 결심을 하셨던 겁니다. 그렇지 않으십니까, 아가씨?"

사이온지 고토에는 체념한 듯이 고개를 끄덕이고, 스스로 레이코 앞으로 나와서 고개를 숙였다.

"유리 씨를 찌른 것은 접니다. 면목이 없습니다."

레이코는 사이온지 고토에를 미우라 경부에게 데리고 갔고, 사건은 급작스럽게 해결되었다. 그렇지만 레이코는 이 사건의 진상을 제대로 파악할 수 없었다. 레이코는 리무진을 세워둔 주차장으로 향하던 도중에 가게야마에게 설명을 구했다. 그러자 가게야마는 의외의 말을 꺼냈다.

"실은 제가 몰래 의심하고 있었던 것은 미유키 씨였습니다."

"어째서? 왜 그렇게 의심했어?"

"그건 미유키 씨의 발언에 부자연스러운 부분이 있었기 때문입니다. 아가씨도 기억하시겠죠. 사건 발견 직후에 자기 방에서 나온 미유키 씨의 말을. 그분은 이렇게 말했습니다. '고토에 아주머니에게 무슨 일이라도 있었어?'라고."

"그러고 보니 그랬지. 그래서 유스케가 '바보, 고토에 아주머니가 아냐. 누나 쪽이야'라고 말했던가? 그래서 그게 왜?"

"왜 미유키 씨는 고토에 아주머니에게 무슨 일이라도 있는가 하고 착각을 하셨던 걸까요? 그 방은 유리 씨의 방입니다. 그곳에는 확실히 고토에 님도 계셨지만, 그 밖에 다카코 님도 유스케 씨도 계셨고, 저도 있었습니다. 그런 가운데에서 왜 미유키 씨는 '고토에 아주머니에게 무슨 일이 있었어?'라는 초점이 맞지 않는 말씀을 하셨던 걸까요?"

"그러고 보니 조금 이상하네."

"거기서 저는 이렇게 생각했습니다. 실은 미유키 씨가 유리 씨를 찌른 것은 아닐까 하고. 그런 뒤에 자기는 아무것도 모른다는 것을 어필하기 위해 일부러 엉뚱한 발언을 한 게 아닐까 하고 말이죠."

"그렇구나. 어린애 같은 연기라고 생각했구나."

"네. 그러면 만약 미유키 씨가 범인일 경우, 그분은 범행 후에 어떻게 행동했을까요? 이것은 한 가지밖에 생각할 수 없습니다. 즉 유리 씨의 방에서 범행을 저지른 미유키 씨는 현장의 창을 통해 발코니로 나오고, 거기서 바로 옆에 있는 자기 방의 발코니로 뛰어 이동하고, 적당히 뒤에 시치미 떼는 얼굴로 자신의 방에서 모습을 드러낸다 하는 순서입니다. 가능성은 충분히 있습니다. 게다가 이렇다면 미유키 씨가 다른 사람보다 조금 늦게 현장에 등장한 것과도 앞뒤가 맞습니다. 게다가 발코니 아래서 범인의 발자국을 발견할 수 없었다는 상황과도 부합합니다. 저는 이것이야말로 진상이 틀림없다고 확신하고 있었습니다. 그런데 조금 전에 정원으로 나와서 현장을 봤을 때, 저는 제 착각을 깨달았습니다."

"아아, 그런 거구나."

레이코는 간신히 납득했다.

"미유키의 방에는 발코니가 없어. 미유키가 범인이라면 유리의 방 발코니에서 자기 방의 창문으로 직접 뛰어들 수밖에 없어. 미유키에게 그런 곡예는 불가능하겠지."

"말씀하신 대로입니다. 미유키 씨는 범인이 아니었습니다. 그렇게 되면 다시 처음의 의문으로 돌아갑니다. 왜 미유키 씨는 고토에 아주머니에게 무슨 일이라도 있는가, 라고 생각했는가? 그 장면에서 미유키 씨에게 그러한 착각을 하게 만들 만한 것이 있었던 걸까요? 그때, 간신히 저의 머리에 번뜩인 것이 있었습니다. 그 번뜩임을 주신 것은 다름 아닌 아가씨의 말씀이었습니다."

"내가? 뭔가 중요한 말을 했던가?"

"네. 아가씨는 사이온지 고토에 님에게 질문하실 때, 그분을 '부인'이라고 불렀습니다. 저는 그 말에 남몰래 식은땀을 흘렸습니다. 왜냐하면 고토에 님은 환갑을 지난 지금에 이를 때까지 한 번도 결혼하지 않으셨습니다. 누군가의 '부인'도 되지 않으셨던 분입니다. 그런 사람을 '부인'이라고 부르는 것은, 생각하기에 따라서는 아주 실례되는 일이 아닐까 하고 생각했던 겁니다."

"아, 그러고 보니 그럴지도 모르겠네. 하지만 그러면 그 밖에 뭐라고 부르라는 거야?"

"저도 같은 의문을 느꼈습니다. 그리고 현재 집사로서 고토에 님을 모시고 있는 요시다 씨는 평소에 그분을 어떻게 부르는가가 신경 쓰였습니다. 그때, 문득 생각했습니다. 어쩌면 요시다 씨는 사이온지 고토에 님을 '아가씨'라고 부르지 않을까. 제가 호쇼 레이코 님을 '아가씨'라고 부르는 것과 마찬가지로."

"나하고 고토에 씨와는 상당히 상황이 다르다고 생각하는데."

"확실히 고토에 님은 예순을 넘긴 여성이지요. 일반적으로 '아가씨'라고 불리는 나이는 아닙니다. 그러나 호칭이란 어차피 두 사람 사이의 약속에 지나지 않습니다. 그리고 요시다 씨가 사이온지가에서 일하게 되었던 오십 년 전, 고토에 님은 틀림없이 사이온지가의 '아가씨'였고, 요시다 씨는 그분을 그렇게 불렀을 것이 틀림없습니다. 그리고 고토에 씨가 누구와도 결혼하지 않았기 때문에 두 사람의 관계는 그 이후로 전혀 변하지 않았습니다. 그렇다면 요시다 씨는 지금까지 계속 고토에 님을 '아가씨'라고 불러오지 않았을까요? 그렇게 생각한 저는 시험 삼아 고토에 님을 '아가씨'라고 불러보았습니다. 결과는 아시는 대로입니다."

집사에게 '아가씨'라고 불린 사이온지 고토에는 아주 자연스럽게 대답을 하고 말았던 것이다.

"그리고, 아가씨도 기억하시겠죠. 이 저택을 방문하자마자 유리 씨가 계단에서 굴러떨어진 장면을 말입니다. 그때 요시다 씨가 유리 씨 곁으로 달려오셨는데, 그분은 유리 씨를 '아가씨'라고 불렀던가요?"

"그러고 보니, 그렇게 부르지 않았다는 기분이 드는데……."

"네. 그렇게 부르지 않았습니다. 애초에 요시다 씨가 유리 씨를 '아가씨'라고 부르는 것은 약간의 문제가 있습니다. 왜냐하면 사와무라가에는 유리 씨와 미유키 씨, 두 명의 아가씨가 계십니다. 요시다 씨가 두 사람을 '아가씨'라고 부르려고 생각한다면, 그때는 '유리 아가씨', '미유키 아가씨'라고 나눠 불렀을 겁니다. 실제로 요시다 씨는 그렇게 부르지 않는 듯했습니다만."

"맞다, 기억났어. 요시다 씨는 유리가 계단에서 넘어지는 것을 보고 '유리 님'이라고 외쳤어."

"저도 그렇게 기억하고 있습니다. 즉 요시다 씨는 사와무라가의 두 아가씨를 '유리 님', '미유키 님'이라고 나눠 부르고, 그 한편으로 환갑이 지난 사이온지 고토에 님을 아직도 '아가씨'라고 계속 부르고 있었던 겁니다."

"그렇다는 이야기는……."

"네. 이미 깨달으셨겠죠. 중요한 것은 유리 씨의 방에 뛰어든 직후에 했던 요시다 씨의 말입니다. 그분은 방에 들어가자마자 '아가씨, 어찌 된 일이십니까!'라고 외쳤습니다. 아가씨는 이 말을, 당연히 칼에 찔린 유리 씨를 향한 말이라고 굳게 믿으셨습니다. 그러나 실제로 그것은 고토에 님을 향한 말이었던 것입니다. 즉 그 밀실 안에는 칼에 찔린 유리 씨 외에 또 한 명, 사이온지 고토에 씨가 이미 계셨습니다. 물론 한쪽이 피해자라면 다른 한쪽이 범인이 틀림없습니다."

"그렇구나. 고토에 씨가 범인이고…… 밀실 안에 있었구나."

"아가씨께서 인정하고 싶지 않은 기분은 잘 압니다. 그러나 아가씨께서도 그 상황에서 방의 구석구석까지 빈틈없이 관찰하고 현장에 들어가신 것은 아닙니다. 책장이나 옷장의 사각, 책상 아래나 방구석 등 잠깐 숨을 수 있는 곳이라면 장소는 얼마든지 있었습니다. 아가씨는 숨어 있는 고토에 님을 깨닫지 못한 채로 곧바로 침대로 달려가셨습니다. 한편 요시다 씨는 숨어 있는 고토에 님을 발견하고 화들짝 놀랐고, 그것이 그 '아가씨, 어찌 된 일이십니까' 라는 진심에서 나온 비명으로 이어진 것입니다. 그러나 유리 씨의 상태에 정신이 팔린 아가씨는 곧바로 자기 뒤에 범인이 있는 것을 깨닫지 못하셨습니다. 아가씨가 간신히 등 뒤를 보셨을 때, 그곳에는 이미 많은 관계자가 달려와 있었습니다. 그때 아가씨의 눈에 고토에 님의 모습은 시끄러운 소리를 듣고 달려온 한 사람으로밖에 보이지 않았던 것입니다. 그리고 그곳에 미유키 씨가 나타나서 '고토에 아주머니에게 무슨 일이라도 있었어?' 라는 발언이 나온 것이지요."

"그렇구나. 미유키는 요시다 씨가 말하는 '아가씨'가 고토에 씨를 의미한다는 걸 알고 있었어. 그래서 고토에 씨에게 무슨 일이 생겼나 하고 생각했구나."

그리고 레이코는 간신히 이 사건 안에서 자신이 저지른 중대한

과실을 깨달았다.

"그렇다는 얘기는, 원래 밀실 안에 있었던 진범을 내가 다른 사람들과 함께 방 밖으로 내보냈다는 거야? 밀실에서 범인의 도주를 도운 사람이 나였다고?"

"유감스럽게도 그런 것입니다. 아가씨께서 다른 사람을 향해 방 밖으로 나가라고 명령했을 때, 요시다 씨는 아가씨의 착각을 깨달았던 거겠죠. 그리고 요시다 씨는 거기서 흐릿한 가능성을 발견했습니다. 고토에 님을 범죄자의 오명에서 구할 가능성 말입니다. 요시다 씨는 '호쇼 님이 말씀하시는 대로 하죠' 하고 말하며 얌전히 따르는 척을 하면서, 사실은 복도로 나가서 사와무라가 사람들과 중대한 협의를 했던 것입니다."

"중대한 협의?"

"이번 사건은 요컨대 사이온지가의 노부인이 친척인 사와무라가의 장녀를 찔렀다는 이야기입니다. 말하자면 한지붕 아래 사는 사람들 사이에서 벌어진 스캔들. 사와무라가의 다카코 님으로서는 친척인 고토에 님이 체포되는 것을 바라지 않았을 것입니다. 가문의 이름에 흠집이 생기니까요. 거기서 사이온지가와 사와무라가 사이에 급히 말 맞추기가 이루어졌습니다. 그렇게 해서 날조된 것이, 고토에 님은 다카코 님과 유스케 씨와 거의 동시에 현장에 달려왔다는 이야기입니다."

"그렇구나. 그러면 미우라 경부의 조사는 완전히 무의미했던 거네. 진범을 감싸기 위한 작문을 들은 것이나 다름없었어."

"그렇습니다."

가게야마는 조용히 고개를 끄덕였다. 밀실의 수수께끼, 진범, 모든 것은 밝혀졌다. 남은 수수께끼는 하나.

"고토에 씨는 왜 유리를 찔렀을까?"

"아마도 이번 결혼식을 둘러싼 묘한 인연이 두 분 사이에 있었던 것으로 추측됩니다. 아가씨는 짐작이 가지 않으십니까?"

"아, 그러고 보니……."

확실히 유스케가 그런 말을 했었다. 원래부터 신랑인 호소야마 데루야는 고토에의 환심을 사서 사이온지가의 고문 변호사가 되었던 남자라고. 그때에 호소야마는 고토에에게 달콤한 말 한두 마디를 속삭였는지도 모른다. 가령 그런 일이 없었다고 해도 수수한 매력을 지닌 미남 변호사에게 고토에가 호의를 품었을 가능성은 있다. 그러나 호소야마는 젊은 유리와의 결혼을 선택했다. 고토에가 유리에게 원한을 품을 동기는 그 부근에 있지 않을까. 레이코는 그렇게 생각했지만 입 밖에 내지는 않았다. 그것은 자수한 고토에의 입에서 나오면 될 이야기다.

이렇게 밀실의 수수께끼는 또다시 가게야마의 두뇌에 의해 풀렸다. 레이코와 가게야마는 리무진을 타고 귀갓길에 올랐다. 잠시 차가 달렸을 즈음에 운전석의 가게야마가 아주 심각한 어조로 말을 걸어왔다.

"그런데 아가씨, 마침 좋은 기회이니 확인차 여쭈어보고 싶은 것이 있습니다만."

"뭐, 뭐야, 갑자기. 무슨 일이야?"

심상치 않은 분위기에 레이코는 자신도 모르게 등을 쭉 폈다. 그런 뒤에 가게야마의 입에서 나온 것은 아주 진지한 물음이었다.

"저는 아가씨를 몇 살 정도까지 '아가씨'라고 불러야 좋을까요?"

"아, 그 얘기구나."

그렇다. 이건 생각해둬야 할 문제일지도 모른다.

레이코가 잠시 동안 진지하게 고민했다. 삼십대, 사십대, 오십대……. 그리고 레이코는 자기의 고민을 지워버리듯이, 붕붕 고개를 저었다.

"무슨 걱정을 하는 거야, 가게야마. 내가 예순이 넘은 '아가씨'가 될 거라고 생각하기라도 하는 거야? 걱정 마. 얼마 안 가서 '마님'이라고 부르게 해줄 테니까."

룸미러 너머로 보이는 가게야마의 입가에 흐릿하게 미소가 떠오르는 듯 보였다.

"부디 그렇게 되기를 바랍니다, 아가씨."

정말로 그렇게 되었으면 좋겠다고, 레이코는 절실히 생각했다.

다섯 번째 이야기

⋮

양다리는 주의하십시오

1

구니타치 역 북쪽 출구 부근은 예전부터 대규모 재개발 계획이 있다는 소문이 돌았지만 결국 최근 십오 년 동안 거의 변하지 않았던 동네다. 좁은 도로를 따라 작은 상점과 학생과 노선버스가 북적이는 이 거리는 어떤 의미에서 변할 방도가 없는지도 모른다. 변한 것이 있다면 돈키호테*와 스타벅스가 생긴 것. 그리고 와세다 실업 고등학교가 고시엔에서 우승했을 때에 잠깐 텔레비전에 나왔다는 것 정도. 그러나 그런 거리에도 비극은 일어난다.

미야시타 히로아키가 비극과 맞닥뜨린 것은 그가 회사에서 귀가한 직후였다.

◆ 일본의 종합 할인점.

독신 남성이 많이 사는 아파트의 어느 방. 열렬한 한신 타이거즈 팬인 그는 냉장고에서 꺼낸 캔 맥주를 한 손에 들고 재빨리 텔레비전 앞으로 향했다. 시에스 방송의 야구 중계는 한신의 공격 중. 투아웃 만루 상황에서, 컨디션이 영 안 좋은 아라이가 타석에 들어서고 말았다는 한신의 대위기(?)다.

미야시타가 맥주를 한 모금 마시고 소파에 털썩 앉은 것과 아라이가 휘두른 배트가 공을 후려친 것은 거의 동시였다. "우와!" 하고 허리를 들썩인 다음 순간, 타구는 고시엔의 왼쪽 폴 근처를 향해 일직선으로 날아갔다. 외야석을 메운 타이거즈 팬들의 절규를 들으면서, 미야시타는 어째서인지 자신이 소파 아래 웅크린 채로 움직이지 못하고 있음을 깨달았다.

"……."

무슨 일이 일어난 거지? 미야시타는 바닥에 엎드린 채로 조심조심 자신의 허리에 손을 댔다.

"설마, 이게 그 '허리를 삐끗'한 건가?"

아무래도 그런 것이 틀림없다. 상상치 못했던 아라이의 한 방에 허리가 놀란 것이다. 어쨌든 한시라도 빨리 의사에게 가야 한다. 그렇게 생각한 미야시타는 텔레비전을 끄고 현관까지 포복 자세로 전진했다. 우산꽂이에 꽂아두었던 목도를 지팡이 대신으로 삼아서 집을 나왔다. 참고로 목도는 그가 고등학교 수학여행 때 스이센지 공원의 선물가게에서 무심코 구입한 물건이다. 물론 실생활에서 도움이 된 것은 처음이다.

미야시타는 패잔병 같은 발걸음으로 아파트의 복도를 지나 엘리베이터 문 앞에 멈췄다. 마침 그 순간에 '칭' 하는 소리가 나며 눈앞에서 철제문이 열렸다. 지팡이를 짚은 그는 약간 앞으로 숙인 자세, 그런 그의 시야에 들어온 것은 남자와 여자의 발이었다. 새것으로 보이는 검은 구두와 뒷굽이 납작한 메시 소재의 샌들.

앞으로 숙인 채로 무리해서 고개를 들자, 그곳에 서 있는 사람은 갈색 양복을 입은 아는 남자였다.

"아, 노자키 씨."

노자키 신이치는 미야시타의 옆집에 사는 사람이다. 작고 마른 체구의 남자로, 얼굴은 동안이다. 그 탓에 언뜻 학생 같아 보이지만 실제로는 미야시타와 마찬가지로 직장인이다. 평소에 친하게 지내는 것은 아니어도 복도에서 지나치면 인사 정도는 하는 사이다. 그런 상황에서도 미야시타는 평소대로 "안녕하세요"라고 인사했는데, 노자키는 움찔하듯이 엘리베이터 안에서 뒤로 물러섰다. 옆에 있는 젊은 여성은 무서워하듯이 노자키의 등 뒤로 숨었다. 무리도 아니다. 아파트 복도에서 목도를 들고 엘리베이터를 기다리는 남자. 상대방으로서는 수상한 테러리스트와 만난 기분일 것이다.

"아니, 이게, 실은 허리를 삐끗해서요. 하하하, 지금 병원에 가려고……."

노자키 신이치는 한숨 돌렸다는 듯이 숨을 내쉬더니 "몸조심하세요"라고 말하며 엘리베이터에서 나왔다. 젊은 여성은 노자키의 몸을 방패로 삼듯이 하며, 함께 엘리베이터에서 내렸다. 얼굴은 잘 보이지 않았지만, 가느다란 데님 바지에 밝은 분홍색 셔츠를 입은 세련된 여성이었다.

노자키의 여자 친구구나 하고 미야시타는 눈치챘다. 여기서 평소의 미야시타라면 구석구석까지 핥는 듯한 호기심 어린 시선으로 그녀를 관찰했겠지만, 유감스럽게도 지금은 허리가 아프다. 남자는 허리가 아프면 구경꾼 근성도, 호색 근성도 솟지 않는다. 결국 미야시타는 목도 지팡이를 짚어가며 얌전히 엘리베이터에 올라타고 일층 버튼을 눌렀다.

닫히는 문. 그 사이로 찰싹 붙어서 걷는 노자키와 그녀의 등이 엿보였다.

2

고쿠분지 시 혼초에 있는 아파트 '하이츠 무사시노'의 오층 4호. 플로어링이 깔린 방의 거의 한복판에 한 청년이 드러누워 있다. 그 주위에는 빠릿빠릿한 동작으로 돌아다니는 많은 남자들의 모습. 어떤 남자는 카메라의 파인더 너머로 청년을 들여다보고, 또 어떤 남자는 실례될 정도로 강한 시선으로 그 청년의 몸을 뚫어져라 바라보고 있다. 만약 청년에게 제대로 된 감각이 있었더라면 견디기 힘든 수치심에 얼굴을 붉게 물들였든가, 혹은 분노에 몸을 떨며 시퍼렇게 질렸을지도 모른다.

그런데 청년의 안색은 붉지도 푸르지도 않다. 그는 이마에 깊은 상처를 입은 상태로, 이미 죽어 있다. 주위를 둘러싼 수사관들은 현장 검증이라는 그들 본래의 업무를 수행하고 있는 것에 지나지 않는다.

그런 가운데서 살인 현장에 피는 한 송이 검은 장미, 호쇼 레이코만은 솔직히 눈 둘 곳을 찾지 못해 곤란해하고 있었다. 물론 레이코도 구니타치 경찰서에 근무하는 현직 형사다. 시체에서 위장이 튀어나오든 창자가 줄줄이 흘러나오든 눈을 돌려서는 안 되는 입장이지만, 그렇다고 해도.

눈앞의 시체는 알몸이었다. 문자 그대로 실오라기 하나 걸치지 않은 전라의 시체, 그것도 남성의 시체였으니.

물론 지나치게 의식하는 것은 금물이다. 남자의 전라 시체 정도는 길가에 피는 민들레처럼 편안하게 바라보지 않으면 형사로서 실격이다. 그렇게 생각을 고친 레이코는 검은 테 안경을 가볍게 손가락으로 밀어올리고, 의연한 시선으로 청년의 시체를 세심하게 관찰했다.

아주 작은 체구의 남성이다. 신장은 백육십 센티미터 정도 될까. 얼굴도 동안이라서 여차하면 중학생으로 착각할 정도다. 어떤 여성들로부터는 귀엽다며 인기를 얻을 타입일지도 모른다. 그런 생각을 하고 있는 레이코 옆에서, 뒤늦게 현장에 나타난 가자마쓰리 경부가 쓸데없이 한마디.

"어라, 호쇼 형사. 마치 집어삼킬 듯이 보고 있는데, 전라 시체에 특별한 흥미라도 있나?"

"집어삼킬 듯이 보지 않았습니다! 일이니까 어쩔 수 없이 관찰하고 있는 것뿐이에요!"

남자의 누드에 특별한 흥미를 가질 리 없잖아, 이 성희롱 상사! 하고 입안에서 작게 중얼거리면서, 레이코는 관찰로 얻은 정보를 성희롱 상사에게 전했다.

"시체의 이마 부분에 얻어맞은 듯한 상처가 보입니다. 그리고 시체 옆에는 혈액이 묻은 유리 재떨이가 있습니다. 이것이 흉기가 아닐까요?"

"즉 살인이라는 거군. 뭐, 알몸으로 자살하는 사람은 거의 없으니까. 그런데 말이야, 호쇼 형사."

가자마쓰리 경부는 날카로운 시선을 아름다운 부하에게 던지며 한마디.

"······누가 성희롱이라고?"

"무, 무슨 말씀이죠? 하시는 말씀의 뜻을 잘 모르겠습니다만."

레이코는 얼버무리듯이 수첩으로 시선을 떨어뜨렸다. 이거야, 원. 흔히 있다. 자기 험담에만 아주 귀가 밝은 인간이. 레이코는 자신에게 불리한 화제를 피해서 이야기를 사건으로 돌렸다.

"아파트 관리인의 정보에 따르면 피해자는 이 집의 거주인인 노자키 신이치. 나이는 이십오 세에 독신. 동거인은 없는 것 같습니다. 회사원이라고 하며, 근무지는······."

"누·가·성·희·롱·하·는·놈·이·냐·고!"

"아니, 저기……."

정확히는 성희롱 하는 놈이 아니라 성희롱 상사라고 했지만, 그런 말을 해봤자 의미가 있을까.

"죄송합니다. 사과할 테니 화를 가라앉히시길 바랍니다."

"이봐, 호쇼 형사. 착각하지 말라고. 자네는 내가 이 정도로 화를 내는 속 좁은 남자라고 생각하는 건가? 하하, 설마! 물론 나는 기꺼이 자네의 실수를 용서해주겠어. 그런데 말이야, 호쇼 형사. 오늘 밤에 나와 함께 식사라도 하지 않겠나. 기치조지에서 멋진 베트남 요리점을 찾았는데……."

"일은 어쩌실 겁니까? 눈앞에 이렇게 시체가 있습니다. 명백한 변사체가."

어차피 절대 안 갈 거지만. 레이코는 마음속으로 메롱 하고 붉은 혀를 내밀었다. 가자마쓰리 경부는 "에고, 어쩔 수 없군" 하며 어깨를 축 늘어뜨리고 다시 전라의 시체를 내려다보았다.

"확실히 이것은 기묘하군. 남자의 전라 살인 사건이라……. 별로 아름답지는 않지만 흥미로운 사건이야. 그러고 보니, 이야기를 하던 도중이었지. 계속해. 피해자의 근무지는 어디였지?"

"근무지는 보험회사인 '미쓰토모 생명'입니다. 신주쿠에 있는 본사의 비서과에 재직 중이었습니다."

레이코가 고개를 들자, 가자마쓰리 경부는 고전적인 미남 스타일의 단정한 마스크로 의기양양한 미소를 지었다.

"호오, 미쓰토모 생명이라고 하면 대기업이지. 가자마쓰리 모터스 정도는 아니지만."

"네, 확실히 대기업이죠."

호쇼 그룹 정도는 아니지만 말이야.

'가자마쓰리 모터스'는 최고의 디자인과 최악의 연비를 무기로 하는, 시대에 뒤떨어진 스포츠카로 국내외에 이름을 떨치고 있는 자동차 제조 회사다. 가자마쓰리 경부는 그 창업가의 도련님. 집안의 재력으로 밀어붙인 건지 어떤지는 확실치 않지만, 서른둘의 젊은 나이로 경부의 직함을 지닌 구니타치 경찰서에서 제일가는 엘리트 형사다. 유감스럽게도 호쇼 레이코에게는 직속 상사다.

한편 여기서만 하는 이야기지만 레이코의 아버지인 호쇼 세이타로는 거대 복합 기업 '호쇼 그룹'의 총수다. 마음만 먹으면 가자마쓰리 모터스 정도의 회사는 오늘 중에 매수해서 내일부터 호쇼 모터스로 만들어버릴 정도의 재력을 가지고 있다. 요컨대 격이 다르다.

그렇지만 레이코는 가자마쓰리 경부와는 비교할 수 없을 만큼 상식을 갖춘 사람이므로 살인 현장에서 상류 계급의 냄새를 풍기고 다니는 짓은 결코 하지 않는다. 버버리의 블랙 슈트를 수수하게 걸치고 아르마니의 도수 없는 안경으로 화려한 미모를 감추며 브루노 프리소니의 펌프스로 살인 현장을 활보하는 그녀의 모습을 보고, 설마 거대 재벌가의 아가씨라고 꿰뚫어볼 수 있는 자는 없을 것이다(다소 위화감을 갖는 수사관은 약간 있을지 모르지만).

그런 레이코와 가자마쓰리 경부 사이에서 우선 검토된 것은 당연하게도 '왜 피해자는 알몸인가'라는 의문이었다.

"피해자는 스스로 옷을 벗은 것일까요, 아니면 범인이 벗긴 것일까요?"

"그야, 물론 범인이 살해한 뒤에 벗긴 거겠지. 피해자가 스스로 옷을 벗고 그 직후에 이마를 맞아서 절명했다는 장면은 좀처럼 상상되지 않는군."

"범인은 벗긴 옷을 어떡한 걸까요? 눈에 띄는 장소에는 보이지 않습니다만."

"그러면 눈에 안 띄는 장소에 숨겨둔 게 아닐까?"

가자마쓰리 경부는 그렇게 말하면서 장갑을 낀 손으로 옷장 문을 활짝 열었다.

옷걸이에 걸린 많은 양복이 눈에 들어왔다. 어느 것이나 감색이나 회색의 수수한 것들인데, 갓 세탁한 듯이 깔끔했다. 그 밖에는 셔츠류에 면바지나 청바지 등 아주 흔한 젊은이의 의복이 어수선한 상태로 들어 있었다.

"죽기 직전에 피해자가 어떤 옷을 입고 있었는지를 모르면 찾을 방도가 없겠군."

그리고 두 사람은 빨래 바구니나 세탁기 안도 들여다보았지만, 그곳은 텅 비어 있다. 더러워진 속옷이나 와이셔츠, 양말 같은 것은 어디에도 없었다.

"범인은 피해자의 옷을 벗기고는 그걸 가져갔다. 그럴 가능성이 높겠군."

"그러나 범인은 왜 그런 짓을 했을까요?"

레이코의 물음에 경부는 그저 "모르겠군"이라고 대답하고 현관으로 향했다. 신발을 벗는 공간에는 운동화나 샌들이 한 켤레씩. 그리고 신발장에는 통근용으로 보이는 구두가 늘어서 있다. 덩치가 작은 피해자답게 사이즈는 작아 보이지만, 별다른 특별한 점은 없다.

전체적으로 한 번 현장을 둘러본 가자마쓰리 경부는, 결국 전라 시체의 수수께끼에 대한 유력한 답을 제시할 수 없었다. 경부는 전라 시체의 수수께끼를 일단 옆에 치워두고 명령을 내렸다.

"첫 발견자를 불러와. 시체를 발견했을 때의 상황을 들어보도록 하지."

들것에 실려 나가는 전라의 시체와 교대하듯, 긴 머리의 날씬한 여성이 현장에 모습을 드러냈다. 엷은 분홍색 블라우스에 베이지색 스커트를 입은 심플한 옷차림. 또렷한 이목구비와 등 뒤로 늘어뜨린 길고 검은 머리가 인상적이다. 사건의 첫 발견자, 사와다 에리다. 고쿠분지 시내의 모 유명 대학에 다니는 스물한 살의 여대생이다.

"사와다 에리 씨군요. 우선 노자키 신이치 씨와의 관계부터 물어볼까요."

"얼마 전에 대학 서클 선배가 결혼했는데, 그 피로연에서 노자키 씨와 처음 만났습니다. 노자키 씨는 그 선배의 먼 친척이라고 들었습니다. 그러니까 알게 된 지 이제 한 달 정도 됐어요."

"그렇군요. 결혼 피로연이 만나게 된 계기로군요. 그 이후로 사귀기 시작하신 겁니까?"

사와다 에리는 경부의 말에 말없이 고개를 끄덕이고, 그런 뒤에 시체 발견 시의 상황에 대해서 말했다.

그 이야기에 따르면, 그녀가 노자키의 집을 찾은 것은 오늘 아침 열시쯤. 그녀는 노자키와 함께 쇼핑을 가기로 약속이 되어 있었다. 그런데 벨을 눌러도 대답이 없었다. 분명히 편의점에라도 갔을 거라고 가볍게 생각한 사와다 에리는 집 안에 들어가서 기다리기로 했다. 현관문은 잠겨 있지 않았다고 했다.

"그런데 방에 발을 들인 순간, 바닥에 쓰러져 있는 노자키 씨의 몸이 눈에 들어와서…… 저는 깜짝 놀라서 저도 모르게 비명을……."

"무리도 아니겠죠. 그런데 깜짝 놀란 것은 노자키 씨가 죽어 있었기 때문인가요? 아니면 그 사람이 알몸이었기 때문에? 어느 쪽인가요?"

가자마쓰리 경부의 어느 쪽이든 별 상관없는 질문에 사와다 에리는 진지하게 대답했다.

"처음에는 알몸이라 놀라서 비명을 질렀던 것 같아요. 죽었다는 것을 깨달은 건 그 뒤의 일이니까요. 네, 물론 바로 110에 신고했습니다."

"참고로 묻겠습니다만, 노자키 씨의 알몸을 본 것은 이번이 처음입니까?"

이보세요, 라고 말하듯 레이코는 경부를 노려보았다. 묘령의 여성에게 그 질문은 '당신은 피해자와 육체관계가 있습니까?'라고 묻는 것이나 마찬가지다. 상대방에 대한 배려가 없는 상사의 행동에 레이코는 허둥지둥했지만, 사와다 에리는 간단히 "있습니다"라고 대답하더니 어째서인지 핸드백 안에서 정기권 케이스를 꺼냈다. 그곳에는 버스 정기권과 함께 한 장의 사진이 있었다.

수영복 차림으로 미소 짓고 있는 남녀의 상반신이 찍혀 있다. 사와다 에리와 노자키 신이치다. 같이 바다에 갔을 때 해수욕장에서 찍은 사진인 것 같다.

"그렇군요. 이것도 알몸은 알몸이죠."

경부는 실망한 듯이 중얼거리며, 정기권 케이스를 그녀에게 돌려주었다.

"당신이 시체를 발견했을 때 노자키 씨는 알몸이었습니다. 그것을 보고서 당신은 어떻게 생각하셨죠?"

"글쎄요…… 노자키 씨는 목욕을 하려고 옷을 벗은 상태에서 뭔가 사고를 당한 것이 아닐까, 그래서 알몸이 아닐까 그렇게 생각했습니다."

"그렇군요. 확실히 그렇게도 보이는 상황이군요. 그런데 어젯밤 오후 여덟시 전후에 당신은 어디서 뭘 하고 계셨습니까?"

어젯밤 오후 여덟시 전후란, 검시에 입회한 의사가 도출한 피해자의 사망 추정 시각이다. 요컨대 경부는 사와다 에리를 의심하고 있는 것이다.

"오후 여덟시라면 제 방에서 텔레비전을 보고 있었습니다. 혼자 살기 때문에 알리바이는 없습니다. 하지만 맹세하는데 저는 아닙니다. 애초에, 왜 제가 노자키 씨를 죽여야만 하나요?"

"아뇨, 이건 어디까지나 형식적인 조사니까……. 응, 왜 그러지?"

거실에 한 수사관이 나타난 것을 계기로 경부는 이야기를 중단했다. 수사관은 경부에게 귓속말을 했다. 가자마쓰리 경부는 작게 고개를 끄덕이고는, "바로 그 인물을 이곳으로 데리고 오도록" 하고 명령했다. 아무래도 새로운 증인이 나타난 것 같다.

사와다 에리가 물러가고 거실에 나타난 사람은 서른 살가량의 남성으로, 어째서인지 손에 목도를 쥐고 있었다. 그렇지만 살인 현장에서 경관을 상대로 난동을 부릴 생각은 없는 듯했다. 이야기를 들어보니, 어젯밤에 허리를 삐끗해서 목도를 지팡이 대용으로 삼고 있다고 했다.

"하지만 허리를 삐끗한 덕분에 저는 어젯밤 노자키 씨와 만났습니다."

미야시타 히로아키라고 자신을 소개한 남자는 어젯밤에 엘리베이터에서 내리는 노자키 신이치와 우연히 마주쳤다고 한다. 그의 말에 따르면 노자키는 갈색 양복 차림이었고 옆에 젊은 여성을 데리고 있었다고 했다. 유력한 정보를 얻은 가자마쓰리 경부는 손가락을 탁 울리며 레이코에게 귓속말을 했다.

"피해자의 옷장에 갈색 양복은 없었어. 역시 범인이 가지고 간 거야."

"그렇게 되면 피해자와 함께 있던 젊은 여성이 진범일까요?"

"아니, 단정하기에는 아직 일러."

경부는 다시 미야시타 쪽을 보며 확인했다.

"당신이 노자키 씨와 마주친 것은 몇 시쯤입니까?"

"글쎄요, 시계를 보지는 않았으니까 정확한 시간까지는⋯⋯. 아, 하지만 허리를 삐끗했을 때는 오후 여덟시 몇 분 전입니다."

"여덟시 몇 분 전이라고요!"

그건 사망 추정 시각과 거의 일치하는 시각이다.

"네, 틀림없습니다. 마침 한신 타이거스의 아라이가 왼쪽 폴 쪽으로 만루 홈런을 친 순간이었으니까요."

"아아, 그 장면 말입니까"라고 가자마쓰리 경부는 작게 고개를 끄덕이고, 불쌍히 여기는 듯한 시선을 눈앞의 한신 팬에게 던졌다.

"말씀드리기 송구스럽습니다만, 미야시타 씨. 그때의 타구는 홈런이 아니라 대형 파울이었습니다. 아라이는 결국 유격수 땅볼을 쳤고, 시합은 한신의 완패였습니다."

"뭐, 뭐라구요! 저, 정말입니까, 경부님! 거짓말이죠, 거짓말이시죠!"

미야시타에게는 살인 사건보다도 훨씬 큰 충격이었던 것 같다. 그는 허리가 삐끗한 이후로 텔레비전도 신문도 보지 않고, 한신이

이겼다고 철석같이 믿고 있었다고 한다.

"정말로 안타깝습니다만 뭐, 그건 그렇다 치고. 피해자의 사망 추정 시각은 오후 여덟시 전후입니다. 그렇게 되면 당신은 아마도 살해되기 직전의 노자키 신이치 씨와 마주친 것 같군요. 그렇다면 그때 그 사람과 함께 있던 여성이 범인일 확률은 역시 상당히 높습니다."

그리고 경부는 레이코 쪽을 보더니 다시 귓속말을 했다.

"사와다 에리를 여기로 데리고 와."

아무래도 경부는 노자키가 데리고 온 젊은 여성이 사와다 에리라고 성급하게 생각하는 듯했다. 레이코는 오히려 사와다 에리 이외의 누군가일 가능성이 높다고 느꼈지만, 일단 확인해둘 필요는 있다. 재빨리 레이코는 사와다 에리를 다시 방으로 불러 와서 미야시타 히로아키 앞에 그녀를 세웠다. 영문을 모르는 눈치로 불안한 듯 시선을 이리저리 돌리는 사와다 에리. 그런 그녀를 본체만체하며 가자마쓰리 경부는 단도직입적으로 말했다.

"미야시타 씨, 어젯밤에 당신이 봤던 젊은 여성은 이 사람입니까? 이 사람이죠?"

거의 유도 질문이었다. 그러자 미야시타는 아픈 허리를 꼿꼿이 세우고 그녀 옆에 일어섰다. 그리고 자신의 키와 그녀의 머리 꼭대기를 비교하더니, 이렇게 말했다.

"당신, 백육십 센티미터 정도지? 아마도 노자키 씨와 거의 키가 같을 거야."

사와다 에리는 "그래요"라고 말하며 고개를 끄덕였다. 그 말을 듣고 미야시타는 형사들 앞에서 단언했다.

"그렇다면 이 여자는 아닙니다. 머리 길이는 어제 봤던 여자하고 많이 비슷합니다. 네, 확실히 긴 흑발의 여자였죠. 그렇지만 이 여자는 키가 너무 큽니다. 제가 봤던 건 좀 더 키가 작은 여자였어요. 확실히, 그 여자의 머리 꼭대기가 작은 노자키 씨의 귀 근처 정도에 왔죠. 그러니까 키는 끽해야 백오십 센티미터 정도일까요."

3

그날 오후, 레이코는 가자마쓰리 경부와 함께 차를 타고 기치조지를 방문했다. 물론 멋진 베트남 요리점에서 식사를 하기 위해서가 아니다. 이 거리에 사는 사이토 아야라는 여성과 만나기 위해서다.

미야시타 히로아키의 증언에 따르면 범인은 피해자와 친한 젊은 여성일 확률이 높았다. 거기서 형사들은 이리저리 악전고투하면서 노자키 신이치의 휴대전화와 컴퓨터를 조사했고, 그 결과, 피해자와 빈번하게 연락을 주고받은 친밀한 여성들의 존재가 차례차례 떠올랐다. 그 수는 총 네 명. 한 명은 이미 조사를 마친 사와다 에리였지만, 다른 세 명은 새롭게 조사 선상에 오른 이름이었다. 사이토 아야도 그중 한 명이다.

그런 그녀와는 나카미치 길의 가메노유 공중목욕탕 근처의 낡은 목조 연립에서 만날 수 있었다. 오래 입어서 낡은 티셔츠와 데님 반바지 차림으로 현관에 나타난 그녀는 잠이 부족한지 눈이 붉었다.

"경찰이 무슨 볼일이지? 요즘 나쁜 짓은 전혀 안 했는데."

얼마 전에는 나쁜 짓도 하고 있었다는 말투였다. 성격도 공격적인 것이 살인범이라기에 안성맞춤이다. 레이코는 곧바로 그녀에게 노자키 신이치의 죽음을 전하고 반응을 살폈다. 그녀는 심한 충격을 받은 눈치였다. 슬퍼하는 표정은 연기라고는 생각되지 않았지만, 그런 그녀에게 현재의 직업을 물어보니 "심야에 편의점에서 아르바이트를 하며, 배우를 지망해 연기 수업 중"이라고 대답했다. 그래서 어쩌면 이것은 연기일지도 모른다고 생각하며 레이코는 경계를 강화했다.

한편 가자마쓰리 경부는 사이토 아야의 모습을 언뜻 본 순간부터, 눈에 띌 정도로 그녀에 대한 관심을 잃은 눈치였다. 왜냐하면 사이토 아야는 백칠십 센티미터 정도는 될 것 같은 장신이었다. 게다가 머리 길이는 남자라고 착각할 정도로 짧은 쇼트커트. 미야시타가 목격한 용의자의 특징과 전혀 맞지 않는 여성이다.

그런 이유로 금세 의욕을 잃은 경부를 대신해서, 레이코가 질문을 했다.

"노자키 씨와 당신의 관계는 어떻게 되죠?"

"신이치하고 나는 소꿉친구였어. 같은 유치원에 다녔지. 지금도 가끔씩 만나서 같이 저녁을 먹기도 하는 사이야. 바로 지난주에도 둘이 술을 마셨는데…….”

“어젯밤 오후 여덟시 전후, 당신은 어디서 뭘 하고 있었죠?”

“오후 여덟시라면 아르바이트하러 나가기 전이지. 이 집에 혼자 있었어. 뭐야, 나를 의심하는 거야? 엉뚱한 생각이야. 나하고 신이치는 남자와 여자로 만나는 사이가 아니라고.”

“그러면 노자키 씨가 사귀던 여성에 대해 짐작 가는 것은 없으십니까? 예를 들면 신장 백오십 센티미터 정도에, 머리가 긴 여성이라든가.”

“뭐? 신이치하고 사귀는 여자라니…… 그런 게 있을 리 없잖아! 그런 조그마한 녀석을 상대할 여자는 나 정도밖에 없다고.”

사이토 아야는 엄지손가락으로 자랑스럽게 자신의 가슴을 가리키고는, 그 뒤에 역시 신경 쓰인다는 듯 물어보았다.

“그래서, 누구야? 그 백오십 센티미터 정도 되는 여자는?”

“글쎄요. 적어도 당신이 아닌 것은 확실한 것 같군요.”

레이코는 상대의 키를 올려다보면서 화제를 바꾸었다.

“실은 노자키 씨는 알몸으로 살해됐습니다. 범인이 옷을 벗긴 거죠. 왜 범인이 그런 행동을 했는지, 그 이유에 짐작 가는 건 없으십니까?”

“잘 모르겠지만, 치마 들추기의 복수가 아닐까?”

듣기로는, 유치원 시절에 사이토 아야는 치마 들추기를 당한 보복으로 노자키 신이치(당시 네 살)의 옷을 홀딱 벗겨서 알몸으로 만든 전과가 있다고 한다. 과연, 알몸에서 연상되는 이미지도 사람

마다 다양하구나. 결국 이렇다 할 수확도 없는 채로 레이코 일행은 사이토 아야의 연립주택을 뒤로했다.

다음으로 두 형사는 세타가야에 사는 중의원인 마유즈미 고조의 저택을 방문했다. 그렇지만 정치가에게 볼일은 없다. 그의 외동딸인 마유즈미 가나에가 레이코 일행의 목적이었다.

현관 앞에 나타난 마유즈미 가나에는 청결한 인상의 원피스 차림. 하얀 피부에 검고 큰 눈동자가 인상적이다. 가녀린 몸매가 무척이나 양갓집 규수 같아서 고이 기른 딸이라는 말이 딱 들어맞는다. 그런 그녀는 형사들의 갑작스러운 방문에 당황한 표정이었다. 이어서 노자키 신이치가 죽었다는 얘길 듣고는 가느다란 손을 입에 댔다.

"뭐라고요, 노자키 씨가……."

동요의 빛을 감추지 않으면서도 마유즈미 가나에는 예의를 갖춘 몸가짐으로 두 형사를 응접실로 안내했다.

"이쪽으로 오시지요."

마유즈미 가나에의 뒤를 따라서 복도를 나아가는 레이코와 가자마쓰리 경부. 두 사람의 시선은 그녀의 등에 드리워진 풍성한 흑발에 못 박혀 있었다. 응접실로 들어간 뒤에 마유즈미 가나에가 일단 방을 나가자, 가자마쓰리 경부는 이제까지 참고 있었던 마음을 단숨에 토해냈다.

"봤는가, 호쇼 형사. 저 여자의 머리! 긴 흑발이야! 틀림없어! 저 여자야말로 진범……."

"서두르지 마세요, 경부님. 미야시타의 증언에 따르면 피해자와 함께였던 것은 키가 작은 여성이었습니다."

"작지 않나. 자네도 봤잖아. 저 여자는 충분히 키가 작아. 아마도 백오십 센티미터 전후야."

"그렇지 않습니다. 요즘 여자로서는 표준이에요. 백육십은 돼 보여요."

"아니, 작아!"

"아뇨, 작지 않아요!"

"백오십이야!"

"아뇨, 백육십이에요!"

입씨름이 절정에 달했을 무렵, 응접실 문이 열리고 홍차를 담은 쟁반을 든 마유즈미 가나에가 모습을 보였다. 두 형사는 소파에서 일어나, 그녀의 양쪽에서 얼굴을 들이밀며 일제히 같은 질문을 했다.

"당신의 키는 몇입니까!"

"당신의 키는 몇인가요!"

"네?"

마유즈미 가나에는 우선 홍차 쟁반을 테이블에 내려놓고 이상하다는 듯이 형사들을 바라보았다.

"첫 질문이 그건가요?"

열띤 얼굴로 고개를 끄덕이는 형사들. 마유즈미 가나에는 영문을 알 수 없다는 표정을 지으면서, 그 질문에 대답했다. "제 키는 딱 백육십 센티미터 정도인데, 왜 그러시죠?"

그 순간 레이코는 "좋았어!" 하며 살짝 주먹을 쥐었고, 가자마쓰리 경부는 "칫" 하고 손가락을 튕겼다.

그런 기묘한 질문으로 시작된 조사였지만, 마유즈미 가나에는 자신과 노자키 신이치의 관계를 막힘없이 이야기했다. 두 사람은 확실히 교제 중이었다고 한다.

"그렇다고 해도, 아직 사귀기 시작한 지 고작 한 달 정도였습니다. 만난 계기는 아버지가 후원자들을 모아서 열었던 파티였지요. 노자키 씨 회사의 사장님이 아버지의 후원회 임원을 맡고 계신데, 그 사장님께서 갑자기 참가할 수 없게 되셔서 노자키 씨가 대신 오셨습니다."

"그렇군요. 그 파티가 계기가 되어 두 분이 사귀게 된 겁니까?"

"네. 그 자리에서 이메일 주소를 교환하고, 며칠 뒤에 그 사람 쪽에서 식사를 같이하지 않겠느냐는 청이 들어왔습니다."

그 뒤로는 일주일에 한 번 꼴로 만났다고 한다. 노자키의 자동차로 드라이브를 하거나, 고급 레스토랑에서 식사를 하거나 했다는 흔한 데이트 내용이 그녀의 입에서 나왔다. 두 사람이 어느 정도 깊은 관계였는지 솔직하게 물어보고 싶은 기분도 들지만, 그녀의 청초한 행동거지를 보니 그런 속물적인 질문을 하는 것이 망설여졌다. 대신에 레이코는 다른 질문을 던져보았다.

"노자키 씨에게는 당신 이외에 사귀던 여성은 없었습니까?"

"그런 사람은…… 없었다고 생각합니다만, 잘 모르겠습니다."

마유즈미 가나에는 불안해 보이는 눈을 하면서 고개를 저었다. 정말로 아무것도 모르는 걸까, 아니면 능숙한 연기일까. 레이코는 판단할 수 없었다. 만일을 위해서라고 전제하고 그녀의 알리바이의 유무를 물었다. 마유즈미 가나에는 침착한 말투로 이렇게 대답했다.

"어젯밤 여덟시 전후라면 집에 있었습니다. 아버지께 물어보세요."

유감스럽게도 아버지의 증언은 딸의 알리바이를 입증할 수 없다. 아버지가 선거를 앞둔 중의원이라면 더욱 그럴 것이다. 그러자 이번에는 가자마쓰리 경부가 또 그 화제를 입 밖에 냈다.

"왜 범인은 노자키 씨를 알몸으로 만든 걸까요? 당신은 뭔가 짚이는 것이 있습니까?"

"알몸인가요, 글쎄요."

마유즈미 가나에는 작게 고개를 젓다가, 바로 고개를 들었다.

"혹시 노자키 씨에게 다른 여성이 있었다고 한다면, 노자키 씨는 그 여성과 둘이서 섹…… 아니……."

얼굴을 붉히면서 고개를 숙이는 양갓집 아가씨에게 가자마쓰리 경부의 마조히즘적인 시선이 날아들었다.

"뭔가요? 확실히 말씀해주십시오!"

전라 살인이라는 사건의 성격 때문일까. 이번의 가자마쓰리 경부는 전에 없을 정도로 성희롱 모드에 들어가 있는 듯했다. 경부의 검은 속내를 들여다본 레이코는 "어흠" 하고 한 번 헛기침을 했다. 그러고 나서 나쁜 늑대의 괴롭힘에 곤란해하는 힘없는 어린 양에게 도움의 손길을 뻗었다.

"성행위죠. 노자키 씨는 한 여성과의 성적인 행위 중에 살해되었다. 그래서 알몸이었다. 그런 생각이시죠?"

"네, 그렇습니다! 제가 말하고 싶었던 것은 그 얘기였어요!"

어지간히 고마웠는지, 마유즈미 가나에는 합장하듯이 두 손을 모으며 레이코의 말에 고개를 끄덕였다. 레이코 옆의 가자마쓰리 경부는 재미없다는 듯이 코로 숨을 내쉬었다.

마유즈미 가나에의 조사를 마치고 형사들은 마유즈미 저택을 떠났다. 차에 올라타면서 가자마쓰리 경부는 새삼스럽게 낙담스러운 듯 말을 꺼냈다.

"아깝군. 마유즈미 가나에의 키가 십 센티미터만 작았더라면 미야시타의 증언에 딱 일치하는데. 호쇼 형사, 일시적으로 키를 줄이는 방법 같은 거 모르나?"

"말도 안 됩니다, 경부님. 힐이 높은 구두를 신으면 십 센티미터 가까이 키를 높일 수는 있지만요. 반대는 불가능해요."

키를 낮추는 방법은 아직 발견되지 않았다.

"어쨌든 다음으로 가보도록 하지."

레이코는 조수석에서 수첩을 뒤졌다.

"피해자의 네 번째 여자친구. 이름은 모리노 지즈루입니다. 피해자가 근무하는 미쓰토모 생명의 비서과 동료라고 합니다."

"비서인가. 하지만 뭐랄까, 노자키 신이치라는 남자는 상당히 인기가 많은 것 같군. 뭔가 구린 구석이 있는 거 아닐까? 나와 비교해서 집안도, 재산도, 얼굴도, 키도 뒤떨어져 보이는 그 남자가 이렇게 인기가 있을 리 없어. 그렇지 않나, 호쇼 형사?"

"……."

어떻게 대답하라는 거야!

결국 상사의 물음에 적당한 대답을 찾지 못한 채 수 분 정도가 흘렀다. 레이코는 경부가 운전하는 차로 미쓰토모 생명 본사에 도착했다. 신주쿠의 사무실 거리에 있는 고층 빌딩이다. 안내 데스크에서 비서과의 모리노 지즈루와의 면회를 요청했다. 이미 비서과 직원이 살해됐다는 뉴스는 사내에 널리 퍼진 듯했다. 두 사람은 곧바로 칠층의 응접실로 안내되어 용의자의 등장을 기다렸다.

"오래 기다리셨습니다."

입구에서 착실히 인사한 모리노 지즈루는 진한 감색 정장을 깔끔하게 차려입은 맵시 있는 여성이었다. 이목구비는 화려하지 않지만 충분히 미인의 부류에 들어갈 것이다. 머리는 검은색. 언뜻 보기에는 짧아 보이지만, 실제로는 긴 머리를 정성스레 묶어 올려서 머리 뒤쪽에 정리했다. 키는 아주 평범하다. 아니, 하이힐을 신은 것을 고려하면 오히려 키는 작은 편이다. 딱 백오십 센티미터 정도일까. 그야말로 미야시타의 증언에 딱 일치한다.

가자마쓰리 경부는 '이상적인' 여성을 만났다는 기쁨을 드러내면서, 즉 조금 기분 나쁠 정도로 히죽거리는 얼굴을 하고 그녀를 향해 걸어갔다.

"그렇군요, 당신이 모리노 씨군요. 흠흠, 잠깐 한 바퀴 돌아봐주시겠습니까. 흠, 그렇군요, 네. 머리는 평소 올리고 다니십니까? 허허, 업무용입니까? 하긴 비서 일을 하시니까요. 그러면 일이 끝나면 그 머리는 푸는 거군요. 아마 길고 아름다운 머리카락이겠군요."

"으음, 굳이 말하자면 긴 편입니다만……. 저기, 그런데 뭘 하시는 거죠?"

미심쩍어하는 얼굴의 모리노 지즈루는 뒷전으로 미룬 채, 경부는 무례하게도 그녀의 머리꼭대기에 손을 대고 자신의 키와 비교하고 있었다. 이윽고 경부는 만족한 듯이 고개를 끄덕이더니 "백오십!"이라고 중얼거리면서 자신의 자리로 돌아왔다. 레이코는 경부를 무시하고 모리노 지즈루에게 노자키와의 관계를 물었다.

"단순한 동료 이상의 관계였던 것이 아닌가 하고 추측하고 있습니다만."

"말씀하시는 대로입니다. 저는 노자키 씨와 사귀고 있었습니다. 비서과에 배속되자마자 바로 사귀게 되었으니, 벌써 삼 년 정도 되네요. 계기요? 특별히 이렇다 할 것은 없습니다. 같은 직장에서 매일 얼굴을 마주하는 중에, 제 쪽에서 좋아하게 되었어요. 그 사람은 저의 일 년 선배이며 일을 잘하는 사람이었고, 저도 그 사람에게 여러 가지로 배울 것이 많았으니까요."

배울 점이 많지 않은 선배를 둔 레이코로서는 그녀가 부러웠다.

"노자키 씨에게 당신 말고 사귀는 여성이 있는 것 같던가요?"

"말도 안 되는 소리예요! 형사님은 노자키 씨가 양다리를 걸치고 있었다고 말씀하시는 건가요?"

"아뇨……."

양다리가 아니라 네 다리예요. 그런 말을 했다간 이 여자는 졸도할지도 모르겠다고 레이코는 생각했다. 하지만 사귀는 정도에 차이는 있어도 노자키 신이치가 네 명의 여성과 순서대로 만나고 있었던 것은 틀림없는 사실이다. 모리노 지즈루는 삼 년이나 그 남자와 사귀면서 정말로 아무것도 몰랐을까? 아니, 오히려 남자친구의 부정을 깨달은 모리노 지즈루가 화가 난 나머지 그를 재떨이로 때려죽인 것은 아닐까. 양다리의 원한은 살인의 충분한 동기가 될 수 있다. 네 다리라면 그것의 배가 된다.

"참고로 묻겠습니다만" 하고 운을 떼며 레이코는 익숙한 질문을 했다.

"어젯밤 여덟시 전후에는 어디 계셨죠?"

모리노 지즈루는 "자택에 있었습니다"라고 대답했다. 그녀는 도심의 원룸 아파트에서 혼자 살고 있다. 그녀의 알리바이를 증명할 사람은 아무도 없다.

마지막으로 가자마쓰리 경부가 그 문제— 왜 피해자는 알몸으로 살해됐는가— 에 대해서 의견을 구하자, 모리노 지즈루는 잠시 생각한 뒤에 이런 말을 했다.

"범인은 노자키 씨를 알몸으로 만들고 싶었던 게 아니라, 그냥 그 사람이 입고 있던 옷 자체가 필요했던 것이 아닐까요? 그 사람이 입고 있던 옷이 범인에게 특별한 가치가 있는 것이었다. 그래서 옷을 벗겨서 가져갔다. 그렇게 생각되지 않나요?"

"그렇군요, 재미있는 의견입니다. 그러면 묻겠습니다만, 노자키 씨가 회사에서 입고 있던 양복은 뭔가 특별한 가치가 있는 것이었나요? 예를 들면 해외의 명품 브랜드인 크리스티앙 디오르라든가, 지방시라든가. 참고로 저의 정장은 아르마니입니다만."

"아뇨, 그 사람은 양복을 대부분 아오야마나 고나카 같은 곳에서 샀어요."

그 대답을 듣고, 가자마쓰리 경부는 요란스럽게 어깨를 구부려보였다.

"그러면 일부러 벗겨서 가져갈 것도 없겠군요."

경부는 신사복 판매점을 적으로 돌리는 발언을 하고, 모리노 지즈루의 조사를 끝냈다.

4

"이것으로 확실해졌어. 신장 백오십 센티미터, 길고 아름다운 흑발의 소유자……."

가자마쓰리 경부는 경쾌하게 핸들을 돌리면서 차를 고쿠분지 방향으로 향하며 단언했다.

"범인은 모리노 지즈루야. 틀림없어. 안 그런가, 호쇼 형사!"

"……."

유감스럽게도 가자마쓰리 경부의 '틀림없어'는 대개의 경우 '틀렸다'. 조수석에 앉은 레이코는 아주 불안해졌다. 정말로 저 비서과의 여자가 노자키를 살해한 범인일까?

"가령 모리노 지즈루가 범인이라고 했을 경우, 왜 그 여자는 노자키의 옷을 벗겨서 알몸으로 만들었을까요? 그런 짓을 할 이유가 없다고 생각합니다만."

"그 점은 마유즈미 가나에의 견해가 의외로 정곡을 찌르는 기분이 들어. 즉 두 사람이 남녀 간의 행위에 들어가기 직전 혹은 그 도중에 비극이 벌어졌다. 아마 노자키가 행위에 정신이 팔린 나머지 상대의 이름을 잘못 불렀겠지. 에리나 아야나 가나에라는 식으로. 양다리를 걸친 남자는 대개 거기서 실수를 하지. 틀림없어."

"그렇군요. 과연 경부님이십니다. 아주 설득력 있는 의견이신데, 혹시 직접 겪으셨나요?"

"그런 것이 아냐!"

경부는 뭔가 필사적으로 얼버무리려는 듯이 당황하는 목소리로 말했다.

"좋았어, 이렇게 되면 한시라도 빨리 고쿠분지로 돌아가도록 하지. 범행 현장에서 모리노 지즈루의 흔적을 찾는 거야."

가자마쓰리 경부는 가속 페달을 꾹 밟으며 차의 속도를 올렸다.

이윽고 '하이츠 무사시노'에 되돌아온 형사들은 곧바로 엘리베이터를 타고 오층으로 올라갔다. 그런데 범행 현장을 향해 F 자 복도를 도는 순간, 의외의 장애물이 두 사람 앞에 나타났다.

"우흡!"

가자마쓰리는 갑작스럽게 앞에 나타난 거대한 살의 벽에 튕겨져 나가며 복도 바닥을 굴렀다. 아슬아슬하게 재난을 피한 레이코는 경부를 튕겨낸 거구를 올려다보았다. 우람한 체격의 젊은 남자다. 유카타를 입고 료고쿠◆ 근처를 걸어 다니면 상당히 급수 높은 스모 선수로 착각할 것이다.

"누구신가요, 당신은? 이 층에 사는 사람인가요? 오전 중에는 못 봤는데."

"그렇소만. 당신들이야말로 대체 뭐하는 사람들이요? 아, 혹시 형사님들인가? 들었지, 504호에서 살인 사건이 났다고. 나도 지금 막 일어났다가 깜짝 놀라던 참이야."

남자는 도토리처럼 둥근 눈에 호기심을 가득 채우고 있다. 가자마쓰리 경부는 고급 양복의 엉덩이 부근을 팡팡 털면서 일어나서, 눈앞의 남자를 원망스러운 듯 노려보았다.

"이런 시간에 일어나다니 정말 수상한 녀석이로군. 이름과 직업은?"

그러고는 밀려 넘어진 것에 대해 앙갚음을 하듯이 불심검문을

◆ 도쿄 스미다 구에 있는 스모로 유명한 거리.

시작했다. 직권 남용도 이만저만이 아니다.

그러나 남자는 싫다는 내색도 하지 않고 순순히 대답했다. 스기하라 사토시. 직업은 미스터리 작가라고 한다.

호오, 미스터리 작가라. 대체 어떤 작품을 쓴 사람일까. 유명한 사람일까 하고 레이코는 흥미를 느꼈지만 가자마쓰리 경부는 원래부터 괴롭히려는 의도의 질문이었을 뿐이라, 그런 것은 전혀 묻지 않았다. 그저 범죄자를 대하는 위압적인 태도로 일방적인 질문조로 물었다.

"504호에 살던 사람과 면식이 있나? 최근에 만난 적은?"

그러자 스기하라 사토시의 입에서 나온 것은 의외의 답이었다.

"504호의 거주자인지 어떤지는 모르지만, 기묘한 젊은 여자와 마주쳤지."

경부와 레이코는 반사적으로 서로의 얼굴을 마주 보았다.

"젊은 여자와?"

"마주쳤다?"

"응, 그렇지. 어젯밤 오후 여덟시 반쯤이었을까. 내가 편의점에서 돌아와 복도를 걷고 있는데, 504호의 문이 열리더니 안에서 젊은 여자가 나오더라고. 펑퍼짐한 청바지를 입고, 위에는 넉넉한 긴소매 셔츠를 입은 칠칠치 못한 복장의 여자였어. 커다란 종이봉투를 손에 들고 있었던가. 어쩐지 아주 당황하는 것 같았어. 게다가 챙이 넓은 모자를 눈까지 내려오도록 깊숙이 쓰고 있어서 앞이 잘 안 보였는지 하마터면 나하고 부딪힐 뻔했지."

"당신, 그건 504호에 살던 사람이 아냐, 그게 살인범이다!"

시간으로 봐서, 스기하라 사토시가 지나친 수수께끼의 여성은 마침 현장을 떠나던 살인범일 확률이 높다. 사람의 눈을 꺼리는 듯한 여자의 행동도 그것을 뒷받침하고 있다. 손에 든 종이봉투의 내용물은 아마도 피해자에게서 벗긴 의복일 것이다.

"얼굴은 봤나? 머리의 길이는?"

경부는 흥분을 감추지 못했다.

"아니, 잘 못 봤어. 모자 때문에 안 보였거든. 게다가 너무 빤히 바라보면 변태 취급을 받을 거 아뇨."

"괜찮다고, 빤히 바라봐도! 변태로 오인받는 것 정도는 신경 쓰지 마!"

흥분한 탓인지 경부는 지리멸렬한 발언을 했다.

"그러면 키는 어땠나? 부딪힐 뻔할 정도로 가깝게 지나쳤잖아. 여자의 키는 어느 정도였지? 이 정도인가?"

그렇게 말하며, 경부는 수평으로 내민 손바닥을 눈앞에 있는 덩치 큰 남자의 목 아래에 댔다. 대충 백오십 센티미터 정도의 높이다. 이것으로 사건은 전부 해결이라고 확신한 듯한 가자마쓰리 경부에게, 그러나 스기하라 사토시는 경부의 눈앞에서 거구를 흔들면서 고개를 저었다.

"아니, 그렇게 키가 작은 여자가 아니었어. 그 여자, 내 여기까지는 왔어."

그렇게 말하며 남자는 수평으로 든 손바닥을 자신의 얼굴 한가운데 정도에 댔다. 한순간 아연실색하듯이 경부의 표정이 얼어붙었다. 스기하라 사토시가 가리킨 높이는 경부가 제시한 수준보다 이십 센티미터는 위였다. 즉 백칠십 센티미터 정도였다. 여성으로서는 상당한 장신이다.

이 사건의 용의자 중에 그 정도의 장신을 자랑하는 여성은 한 명밖에 없다. 피해자의 소꿉친구이자 배우 지망생인 프리터. 가자마쓰리 경부는 뻔뻔스럽게 그녀의 이름을 외쳤다.

"사이토 아야, 역시 그 여자였군! 생각했던 대로다!"

그런 생각은 하지도 않았으면서…….

5

"……그리해서 가자마쓰리 경부는 사이토 아야가 범인이라고 말했는데, 정말 그럴까? 확실히 스기하라 사토시가 보았던 키 큰 여자는 사이토 아야일지도 몰라. 그렇다고 해도 반드시 그 여자가 노자키 신이치를 살해한 범인이라고 할 수는 없어. 사건 직후에 우연히 사이토 아야가 피해자의 집에 들렀다가 시체를 발견하고 무서워져서 도망친 것뿐일지도 몰라. 손에 들고 있던 종이봉투 안은 그 여자 자신의 짐일 가능성도 있잖아?"

레이코가 동의를 구하자, 그녀 곁에 그림자처럼 서 있는 장신의 남자가 살짝 허리를 굽혔다. 그리고 남자는 그것이 그에게 유일하게 주어진 대사라는 듯이, 막힘없이 대답했다.

"네. 아가씨가 말씀하시는 대로입니다."

너무 넓어서 정확한 방의 수는 아무도 모른다는 소문이 도는 호쇼 저택. 몇 개나 있는 대형 응접실 중 하나에서 유럽에서 가져온 고급 소파에 몸을 깊이 묻으며 레이코는 오늘 벌어진 사건에 대해 가게야마에게 이야기했다.

참고로 가게야마는 이 저택의 집사다. 레이코에게는 단순한 고용인에 지나지 않지만, 그녀보다 훨씬 범죄 수사에 적합한 두뇌를 가지고 있다. 경찰이 해결하지 못하는 어려운 사건을, 이야기 들은 것만으로도 간단히 해결해버리곤 한다. 레이코에게는 실로 도움이 되는, 동시에 실로 불유쾌하기 짝이 없는 남자이기도 하다.

"게다가 미야시타 히로아키의 증언이 있어. 피해자와 함께 엘리베이터에서 내린 키 작은 젊은 여자. 이 여자는 키나 머리 길이로 미루어보면 모리노 지즈루일지도 몰라. 하지만 그 여자가 범인이라고 단정할 근거도 역시 없지."

요컨대 사이토 아야와 모리노 지즈루, 두 사람이 농등하게 의심되는 상황이다. 결정적인 단서는 없다. 한숨과 함께 이야기를 마친 레이코 곁에서 가게야마는 공손히 고개를 숙였다.

"그렇군요. 사건의 줄거리는 잘 알았습니다. 아가씨께서는 필히 고민되시겠죠. 심려하시는 바, 잘 알겠습니다."

그리고 집사는 은색 프레임의 안경 아래서, 물어보는 듯한 시선을 레이코에게 던지며, 한마디.

"……그래서?"

"그래서?"

의외의 반응에 레이코는 소파에서 등을 쭉 폈다.

"아니, '그래서'라니?"

"그래서, 저에게 수수께끼를 풀라는 말씀입니까? 아가씨가, 프로 형사이신 아가씨가 일개 집사에 지나지 않는 저에게 살인 사건의 수수께끼를 풀라고요? 진심이십니까?"

"앗!"

레이코는 최면에서 깨어난 듯한 기분으로 소파에서 일어섰다.

무슨 짓이냐, 호쇼 레이코! 어려운 사건에 고민한 나머지, 형사로서의 체면도 아가씨로서의 자존심도 잊어버린 거냐! 그 수많은 방법 중에서 하필이면 스스로 이 남자의 지혜에 의존하려고 하다니!

레이코는 어떻게든 위엄 있는 표정을 유지하고, 몸을 반 바퀴 돌려 가게야마를 보면서 "말도 안 되는 소리!"라고 한껏 허세 부리는 포즈로 말했다.

"왜 내가 아마추어의 힘을 빌려야 하는데? 나는 그저 당신이 듣고 싶어 할 거라고 생각해서 이야기해준 것뿐이야. 당연하잖아. 이 정도의 수수께끼는 직접 풀 수 있어!"

"그 말씀을 듣고 안심했습니다. 사실 저는 남몰래 걱정하고 있었습니다. 제가 아가씨의 사건에 고개를 들이밀게 된 이후로, 모처럼의 어려운 사건들을 저 혼자만의 힘으로 해결하곤 했습니다. 그 결과, 아가씨는 필요 없는 존재가 되어가고 있었습니다."

야, 임마, 그런 소리까지 하기냐, 이 폭언 집사! 레이코는 화가
난 나머지 관자놀이를 움찔움찔 떨면서 가게야마의 얼굴에 정면으
로 삿대질을 했다.

"알았어. 내가 해결하면 되잖아. 뭐, 이런 사건이야 간단하지.
현장 부근에서 수상한 여자가 두 명이나 목격되었는걸. 두 사람 중
에 어느 한쪽이 범인이 틀림없어. 사건 해결은 이제 코앞이야."

어쨌든 답은 둘 중 하나. 눈을 감고 대답하더라도 두 번에 한 번
은 맞는다는 계산이다.

"흥, 당신이야말로 이번에는 필요 없는 존재 같네."

레이코는 눈을 감고 사이토 아야와 모리노 지즈루, 두 사람의 얼
굴을 떠올리면서 어 · 느 · 쪽 · 을 · 고 · 를 · 까 · 요 하고 요행을
노리며 찍기에 들어갔다.

그러나 한순간의 정적 뒤, 집사 가게야마의 용서 없는 폭언이 다
시 레이코를 덮쳤다.

"실례되는 말씀입니다만 아가씨, 역시 잠시 뒤로 빠져주시지 않
겠습니까?"

레이코는 곧바로 던질 물건을 찾았다. 마이센의 찻잔, 고이마리◆
의 꽃병, 스위스제 탁상시계……. 무례한 집사에게 내던지기에는
어느 것이나 조금 비싸다. 어쩔 수 없으므로 레이코는 고급이 아닌

◆ 일본의 사가 현 아리타초에서 만든 고급 도자기.

말을 선택해서, 가게야마의 얼굴을 향해 날렸다.

"뒤로 빠져 있으란 건 뭐야! 그런 당신이야말로 뒤로 빠져 있으라고!"

가게야마는 날아오는 말의 덩어리를 피하듯이 얼굴을 흔들면서, "무례한 말투에 대해서는 사과드리겠습니다"라고 정중히 사죄했다.

"그렇지만 저는 아가씨 때문에 새로 누명을 쓰는 사람이 늘어나는 것을 못 본 체하고 있을 수는 없습니다."

"누명이라니 그게 무슨 소리야! 내 찍기, 아니 내 추리가 안 맞는다는 거야? 꼭 그렇게 볼 수만은 없잖아. 어쨌든 확률은 이분의 일이니까."

"글쎄요, 그 부분이 문제입니다. 아무래도 아가씨께서는 현장 부근에서 목격된 두 명의 여성 중 어느 한쪽이 진범이라고 생각하시는 모양입니다. 하지만 저는 그렇게 생각하지 않습니다."

"뭐라고? 그러면 당신은 두 여자가 다 범인이 아니라는 거야?"

"아뇨, 그 반대입니다. 양쪽 다 범인이라고 생각합니다."

"양쪽 다 범인…… 아, 그런가!"

레이코의 뇌리에 번뜩이는 것이 있었다.

"알았다. 두 사람은 공범이었구나!"

수수께끼의 여성 두 사람이 공범 관계. 확실히 그것은 한번 생각해볼 가치가 있는 의견이다.

"그렇구나. 예를 들자면 미야시타 히로아키가 목격했던 작은 몸

집의 여성이 살인의 실행범이고, 스기하라 사토시가 목격했던 키 큰 여성이 피해자의 옷을 가지고 사라졌다. 그런 연계 플레이는 충분히 생각할 수 있어."

새로운 가능성에, 레이코는 눈앞이 트이는 느낌을 받았다. 그러나 가게야마는 조용히 고개를 저었다.

"아뇨, 아가씨. 제가 말하는 건 공범의 이야기가 아닙니다."

"어, 아니야? 그러면 대체 뭐야?"

결국 영문을 알 수 없게 된 레이코에게 가게야마는 독자적으로 의외의 견해를 제시했다.

"제가 생각하기로는, 목격된 두 여성은 동일 인물입니다."

레이코는 입을 다문 채로 그의 눈을 들여다보았다. 특별히 농담을 하는 것은 아닌 모양이다. 그것을 확인한 레이코는 씹어 삼킬 듯한 어조로 가게야마가 한 말의 모순을 지적했다.

"어젯밤, 오후 여덟시에 미야시타 히로아키가 목격한 수수께끼의 여자는 키가 백오십 센티미터 정도라고 생각되는 작은 여성. 한편 그 삼십 분 뒤에 스기하라 사토시가 목격한 여자는 키가 백칠십 센티미터는 되는 장신이었어. 이 두 사람이 동일 인물이라고?"

"그렇습니다."

가게야마는 당연하다는 듯 고개를 숙였다.

레이코는 어쩐지 놀림받는 기분을 느끼며 "그럴 리 없잖아!"라고 무심결에 외쳤다.

"하지만 그럴 리가 없어. 단 삼십 분 사이에 백오십 센티미터의 여자가 갑자기 이십 센티미터나 키가 커져서 백칠십 센티미터로 성장했다는 거야?"

가게야마는 레이코의 물음에 대답하지 않고, 담담히 자신의 페이스로 이야기를 해나갔다.

"애초에 의문을 가져야 할 것은 미야시타 히로아키의 증언입니다. 허리를 삐끗해서 지팡이를 짚고 앞으로 수그리고 걸을 수밖에 없는, 그런 부자연스러운 자세의 미야시타는 어떻게 낯선 여자의 키가 정확히 백오십 센티미터라고 단정할 수 있었을까요?"

"어머, 그건 이상하지 않아. 미야시타는 노자키와 비교해서 여자의 키를 측정했어. 노자키의 옆집에 사는 미야시타는 노자키의 키가 백육십 센티미터 정도라는 것을 알고 있었어. 그리고 수수께끼의 여자의 키는 그 노자키의 귀 정도 오는 높이였어. 그러니까 백오십 센티미터 정도라고 판단했지. 미야시타 본인이 그렇게 말했어. 딱히 이상하지는 않잖아?"

"확실히 이상하지는 않습니다. 그러나."

가게야마는 렌즈 아래서 날카로운 시선을 레이코를 향해 던졌다.

"그때 노자키의 키는 정말로 백육십 센티미터였을까요? 만약 그때 노자키의 키가 백칠십 센티미터였다면 어떨까요?"

"'어떨까요'고 뭐고, 그럴 리가 없잖아! 노자키의 키가 갑자기 십 센티미터나 커질 리가……."

"어라, 아가씨."

가게야마는 안경테를 가볍게 들어올리면서 빈정거리는 미소를 지었다.

"아가씨께서 말씀하지 않으셨던가요? 십 센티미터 가깝게 키를 높이는 것은 가능하다고."

"혹시 하이힐을 신으면 된다고 했던 그 얘기?"

확실히 레이코는 가자마쓰리 경부 앞에서 그런 발언을 했다.

"바보구나. 그건 여자의 경우잖아. 노자키는 남자야."

"그러나 남성용도 있습니다. 아가씨도 아시겠죠. 홈쇼핑이나 통신판매 등에서 자주 볼 수 있는 그것을."

통신판매라고 들은 순간, 레이코에게 딱 떠오르는 것이 있었다.

"그, 그거라면 설마, '신는 것만으로 당신의 키가 팔 센티미터 업!'이라는 그거?"

"네. 역시 아가씨이십니다."

가게야마는 감복한 듯이 고개를 숙이고, 그 중요 아이템의 이름을 말했다.

"아가씨께서도 아시는 키 높이 구두입니다."

키 높이 구두. 보통의 구두보다 굽 부분이 두꺼운, 작은 키로 고민하는 남성을 위한 하이힐. 여성의 하이힐과 달리 눈에 띄지는 않지만, 그 존재는 모두가 알고 있는 마법의 구두다.

"그러고 보니 그런 편리한 물건이 있었지."

범인과는 인연이 없다고 생각되는 의외의 아이템이 등장해서 레이코는 당혹스러움을 감출 수 없었다.

"하지만 잠깐. 확실히 그건 이십세기의 끝과 함께 이 세상에서 멸종되었을 텐데……."

"아닙니다, 아가씨. 이십일세기가 되어서도 이 세상에 작은 키로 고민하는 남성이 있는 한, 그리고 키 큰 남자를 무턱대고 동경하는 여자가 있는 한, 키 높이 구두가 사라질 일은 없습니다. 키 높이 구두는 영원 불멸입니다."

"그, 그렇구나. 그럴지도 모르겠네. 실제로 노자키는 키가 작은 남자였으니까. 하지만 증거는 있어? 노자키가 키 높이 구두를 애용했다는 증거가."

"아뇨, 증거는 없습니다. 그러나 어젯밤의 그 남자가 키 높이 구두를 신고 있었다고 생각하면, 그리고 그 효과로 십 센티미터 가까이 키가 크게 보였다고 생각하면 이번의 전라 살인 사건은 아주 깔끔하게 앞뒤가 딱 맞습니다."

"그런가? 도무지 무슨 이야기인지 잘 모르겠는데."

부탁이니까 나도 알 수 있게 설명해달라는 굴욕적인 대사는 아가씨의 자존심이 허락하지 않는다. 거기서 레이코는 다른 표현을 생각해냈다.

"부탁이야! 가자마쓰리 경부도 알 수 있게 설명해줘!"

"알겠습니다."

가게야마는 꾸벅 인사하고 나서 순서대로 설명을 시작했다.

"우선 어젯밤 노자키는 키 높이 구두 덕택에 십 센티미터 정도 키가 커져서 백칠십 센티미터 정도가 되었다. 이것을 전제로 생각합니다. 노자키는 이 상태에서 무엇을 했을까. 물론 좋아하는 여성과 만났겠죠. 그러던 중에 아마도 여성 쪽에서 이러한 말을 꺼내지 않았을까요. '오늘 밤 당신의 집에 데려가 달라'라고."

그렇군. 있을 만한 요구라고 레이코는 생각했다.

"노자키는 한순간 기뻐했고, 그리고 깊이 고민했겠죠. 그 여자를 자신의 것으로 만들 절호의 기회입니다. 그러나 그 여자를 집에 데리고 간다는 것은 자신도 구두를 벗는다는 것을 의미합니다. 어떻해야 할까요. 뭐, 노자키의 마음속에 있었던 갈등에 대해서는 언급하지 않겠습니다. 요컨대 노자키는 고민한 끝에 그녀를 집에 데리고 가는 것을 선택했습니다. 위험한 결단입니다. 그러나 그 남자의 입장에서는 호의를 가진 여성을 앞에 두고 천재일우의 기회를 눈뜨고 놓칠 수 없었던 거겠죠."

이해된다고 말하듯이 가게야마는 고개를 끄덕였다. 가게야마는 이해할 수 있는 거겠지, 라고 레이코는 생각했다.

"그리하여 어젯밤 오후 여덟시 무렵. 노자키는 젊은 여성과 함께 '하이츠 무사시노'의 오층 엘리베이터 홀에 나타났습니다. 그런 두 사람 앞에 허리를 삐끗한 미야시타가 다가왔습니다. 이때 미야시타가 허리를 꼿꼿이 펴고 있었다면 노자키의 키가 평소보다 약간 크다는 것을 깨달았을지도 모릅니다. 그러나 앞으로 수그리고 지팡이를 짚은 상태의 미야시타는 아무것도 깨닫지 못하고, 노자키를 평소대로 작은 노자키라고 믿어 의심치 않았습니다. 그리고 그 노자키보다 조금 작은 여성이 백오십 센티미터라고 성급한 판단을 내렸던 것입니다."

"하지만 실제로 그때의 노자키는 백칠십 센티미터에 가까웠다. 그렇다는 얘기는, 같이 있던 여자도 백육십 센티미터 정도였다는 얘기야?"

"그런 것입니다."

가게야마의 말과 함께, 레이코의 뇌리에서는 사이토 아야와 모리노 지즈루의 모습이 사라졌다. 대신 첫 발견자인 사와다 에리와 중의원의 딸 마유즈미 가나에의 모습이 떠올랐다. 두 사람은 키가 백육십 센티미터 정도 된다.

"이제부터가 이번 희비극의 진정한 시작입니다. 노자키는 그 여성을 자기 집에 들이고, 본인도 키 높이 구두를 벗고 집 안에 들어갔습니다. 곧바로 두 사람의 키는 거의 비슷해졌습니다. 그 순간 그 여자의 머리 위에는 '???' 하고 많은 물음표가 깜빡였겠죠. 그러나 이런 경우에 대개의 남자는 '뭐, 상관없잖아?'라고 스리슬쩍 넘어가며 이야기를 진행하려고 합니다."

"그런 법인가, 남자란?"

"그런 법입니다, 아가씨."

"……"

그렇게 딱 부러지는 단언을 들으면 레이코도 납득할 수밖에 없다.

"알았어. 계속해."

"네. 이 장면은 여성 쪽에서 보면 '뭐, 상관없겠지'라고 스리슬쩍 넘어갈 수 없는 상황입니다. 어쨌든 키 백칠십 센티미터의 멋진 남자친구가 한순간에 백육십 센티미터의 키 작은 남자로 변모했으니까요. '속였군요!'라고 분노하는 것이 평범한 반응이겠죠. 한편 남자는 남자대로 '키 작은 게 뭐가 나빠!'라고 정색을 할 수밖에 없습니다. 이리하여 두 사람이 정답게 사랑을 이야기했어야 했던 504호는 배신과 증오, 낙담과 콤플렉스가 뒤섞인 수라장으로 변하고 말았습니다. 그리고 끝내 비극이 일어났습니다."

"여자가 재떨이로 남자의 머리를 때렸다. 우연찮게도 맞은 곳이 급소여서 남자가 죽고 말았다."

"그런 것입니다. 뭐, 사건 자체는 치정 싸움 중에 우연히 일어난 사고 같은 것에 지나지 않습니다. 그러나 살인은 살인입니다. 범인인 여성은 곧바로 현장에서 떠나려고 했습니다. 그런데 그때 범인의 시야에 신경 쓰이는 것이 들어왔습니다. 아주 사소한 것이지만, 그냥 넘어갈 수 없는 것이기도 했습니다. 아시겠습니까?"

"전혀 감이 안 오는데…… 뭐지?"

"피해자인 노자키 신이치가 입고 있던 바지, 그 바짓단 부분입니다."

"바짓단? 바짓단이 왜 그냥 넘어갈 수 없는 것이라는 거야?"

"네. 그 바지는 키 높이 구두의 효과를 최대한 살리기 위해서 보통 바지보다 기장이 길었으리라 생각됩니다. 즉 바짓단 부분이 헐렁하게 남는 부분이 있습니다. 키 높이 구두를 신은 상태라면 그 긴 자락은 굽이 두꺼운 구두를 감추는 역할을 수행합니다. 반대로 신발을 벗은 상태라면 남는 바지 자락은 아주 꼴사납게 느껴집니다. 이 부자연스러운 긴 바짓단을 프로 수사관이 봤을 경우, 그들은 어떻게 생각할까요. '피해자는 키 높이 구두를 신고 있었던 것이 아닐까.' 그렇게 추리하는 날카로운 수사관이 없으리라는 보장은 없습니다. 범인은 그것을 두려워한 것입니다."

그렇게까지 날카로운 수사관이 구니타치 경찰서에 있을까? 레이코는 그 점에 의문을 느꼈지만, 일단 그건 넘어가기로 하자.

"별 상관없는 거 아냐? 노자키의 키 높이 구두가 수사관에게 들키더라도. 그렇게 위험한 일일까?"

"적어도 좋다고는 할 수 없습니다. 키 높이 구두라는 아이템은 주로 키가 작은 남성이 여성에게 잘 보이기 위해서 신는 물건입니다. 그런 물건의 존재는, 피해자가 죽기 직전에 여자와 만났을 거라고 추측하게 만듭니다."

"그런가? 회사에 신고 가는 사람도 있지 않아?"

"분명 그러는 사람도 있겠습니다만, 적어도 노자키는 그렇지 않았습니다. 그것은 그 남자의 방 현관에 늘어서 있는 다른 구두를 보면 알 수 있습니다. 신발장에 들어 있는 가죽구두는 극히 평범한 것들이었습니다. 즉 노자키의 키 높이 구두는 통근용이 아닙니다. 그 사람은 회사에서는 평범한 백육십 센티미터의 키 작은 남자사원으로 일하고 있었던 겁니다. 그렇다면 그 남자가 키 높이 구두를 신고 만나는 특별한 상대란, 회사의 여성이 아닙니다. 회사 외의 교우 관계인 여성이라는 뜻이 됩니다."

"그렇구나. 노자키가 키 높이 구두를 신고 있었다는 단 하나의 사실로 용의자의 범위가 단숨에 좁혀지네. 그건 범인에게 좋지 않겠네."

"네. 그렇기 때문에 범인은 키 높이 구두의 존재를 감추고 싶었습니다. 그것의 존재가 수사관의 머릿속에서 흘끗이라도 떠오르는, 그런 위험도 가능하면 피하고 싶다. 범인은 그렇게 생각했을 겁니다. 거기서 범인은 어떤 행동을 했는가. 이제는 아시겠죠, 아가씨?"

"알았어. 범인은 피해자의 바지를 벗긴 거야. 너무 긴 바짓단을 감추기 위해서."

"역시 아가씨이십니다, 혜안을 가지고 계시군요."

그렇게 가게야마는 빤히 속 보이는 칭찬을 했다.

"그렇지만 바지만 벗긴다면 오히려 수사관의 주목이 벗겨진 바지에 집중되어버립니다. 수사관은 옷장 안의 바지를 조사하겠죠. 그러면 거기서 마찬가지로 기장이 긴 바지가 몇 벌인가 발견될지도 모릅니다. 이러면 범인의 입장에서는 긁어 부스럼을 만드는 격입니다."

"바지만 벗기는 방법으로는 불충분했다는 거구나."

"네. 그래서 범인은 시체의 상반신도 벗기기로 했습니다. 갈색 양복의 겉옷을 벗기고 와이셔츠도 벗깁니다. 그러자 시체는 속옷 차림이 되었습니다. 여기까지 오면 이미 거의 알몸이나 다를 바 없습니다. 차라리 속옷과 양말도 전부 벗겨서 알몸으로 만들어버리자. 범인이 그렇게 생각했던 것도 이상하지는 않습니다."

"확실히, 그 정도로 철저히 하는 편이 범인의 의도를 짐작하기 어려워지겠지."

그리고 실제로, 범인은 그런 방식을 선택했을 것이다. 이렇게 해서 키 작은 독신남의 방에 의문의 전라 시체가 출현했다. 차례차례 밝혀져가는 사건의 전모. 그 의외성에 레이코는 흥분을 감출 수 없었다.

"피해자를 알몸으로 만든 범인은, 그런 뒤에 어떻게 했을까?"

"범인은 피해자에게 벗긴 옷가지를 종이봉투에 넣고 드디어 현장에서 도주하기로 했습니다. 물론 현관의 키 높이 구두를 가지고 가는 것을 잊어서는 안 됩니다. 아마도 그러던 그때, 범인의 머릿속에 하나의 아이디어가 떠올랐습니다."

"아이디어?"

"네. 현장 도주를 보다 안전한 것으로 만들 아이디어. 즉 변장입니다. 그렇게 말해도 단순한 변장이 아닙니다. 자신의 키를 한 순간에 십 센티미터 정도 키우는, 실로 효과적인 변장입니다. 그것을 위한 절호의 아이템이 범인의 눈앞에 있었으니, 그것을 사용하지 않을 수 없지요."

"그렇구나! 피해자가 신었던 키 높이 구두를 이번에는 범인이 이용한 거구나."

"네. 남녀의 차이는 있지만, 피해자도 범인도 거의 키가 비슷합니다. 발 사이즈도 그리 큰 차이는 없었을 거라 생각됩니다. 발끝 부분에 뭔가를 채워두면, 여성인 범인도 충분히 신을 수 있었겠죠. 물론 남성용 구두를 여성이 신는 것이니 겉보기에는 이상합니다.

그러나 기장이 긴 바지를 입으면 구두를 눈에 띄지 않게 만들 수 있습니다. 그러한 바짓단이 긴 바지는 피해자의 옷장 안에 있습니다."

"범인은 옷장 안에서 기장이 길고 펑퍼짐한 청바지를 찾아서 입었구나."

"그리고 남성용 긴팔 셔츠와 챙이 넓은 모자. 전부 옷장에서 꺼낸 물건이겠죠. 긴 머리카락은 모자 안에 감췄으리라 생각됩니다. 이렇게 변장을 마친 범인은 종이봉투를 들고 504호를 나왔습니다. 이것이 어젯밤의 오후 여덟시 반쯤입니다."

"그 직후에 범인은 복도 중간에서 스기하라 사토시와 마주쳤다. 아무것도 모르는 스기하라는 상대를 백칠십 센티미터 정도 되는 장신의 여성이라고 착각했다. 키 높이 구두로 변장한 것이 제대로 효과를 발휘했던 거구나."

"네. 이것으로 납득하셨겠지요. 두 명의 목격자, 미야시타와 스기하라는 각자 두 명의 여성을 목격한 것이 아닙니다. 그저 한 켤레의 키 높이 구두를 피해자와 범인이 돌려 신은 결과, 미야시타는 그 여성을 백오십 센티미터라고 판단했고, 스기하라는 같은 여성을 백칠십 센티미터라 판단했습니다. 범인의 키가 갑자기 커진 것이 아닙니다."

"그렇구나. 당신이 말한 대로 두 사람은 동일 인물이었구나."

레이코는 감탄하듯이 신음했다. 물론 가게야마의 추리는 어디까지나 '노자키 신이치가 키 높이 구두를 신었다면'이라는 가정하에 진행된 것에 지나지 않는다. 그러나 그것이 이렇게 전라 시체와 두 목격자의 증언과 깔끔하게 엮이는 것을 보면, 역시 그의 추리는 사건의 핵심을 찌르고 있는 것이다. 가게야마는 이번에도 또 그런 특이한 능력으로 멋지게 전라 살인의 수수께끼를 해명한 것이다. 이 남자야말로 범상치 않은 혜안의 소유자라며 레이코는 혀를 내두를 수밖에 없었다.

"⋯⋯그래서?"

"그래서?"

의외의 말을 들었다는 듯이 가게야마가 눈을 반짝였다.

"'그래서'라니, 무슨 말씀이신지요, 아가씨?"

"그래서 요컨대 노자키 신이치를 살해한 범인은 누구야? 여기까지 추리해낼 수 있었다면 어차피 알고 있을 거 아냐. 자, 어서. 점잔 빼지 말고 말해."

"아아, 아가씨⋯⋯."

가게야마는 깊이 낙담한 듯이 천천히 고개를 젓고, 불쌍히 여기는 시선으로 레이코를 응시했다.

"아가씨는 구니타치 경찰서 조사1과의 현직 형사 아니십니까. 조금은 스스로 생각해보십시오. 그러니까 '필요 없는 존재'라며 바보 취급당하는 겁니다."

"당신이 자기 입으로 그렇게 말하고 있잖아!"

레이코는 몹시 불만스러웠지만, 집사 따위에게 이 이상 바보 취급받는 것은 견딜 수 없었다.

"알았어. 그런 말을 듣지 않아도 직접 생각할 거야. 흥, 간단하잖아. 요컨대 범인은 키 백육십 센티미터 정도의 젊은 여자, 즉 사와다 에리나 마유즈미 가나에 중 어느 한쪽이 틀림없어. 답은 둘 중 하나잖아."

그리고 레이코는 재빨리 눈을 감고, 어·느·것·을·고·를·까·요······.

"요행을 바라며 찍지는 마십시오, 아가씨."

가게야마는 전부 훤히 들여다보고 있었다.

"사와다 에리와 마유즈미 가나에, 어느 쪽이 범인인가는 이론을 따져서 생각하면 알 수 있습니다."

그 이론을 따져서 생각하는 것이 영 서툴지만, 이런 이야기까지 들으면 레이코도 머리를 굴릴 수밖에 없다. 소파에 앉아 팔짱을 끼고 미간에 주름을 만들면서 필사적으로 생각하는 척을 했다. 이러저러하던 중에, 이윽고 레이코의 머리에도 지혜의 신이 강림했다. 그렇다, 역시 포인트는 키 높이 구두다.

"요컨대 이건, 노자키 신이치가 키 높이 구두를 신고서 사귀던 여성이 어느 쪽인가 하는 문제야. 두 사람 모두 만남의 계기는 파티. 사귀던 기간은 최근 한 달 정도. 그 점에서 양쪽의 차이는 없어."

가게야마는 표정을 바꾸지 않은 채 눈만으로 수긍했다. 레이코는 자신을 가지고 말을 이었다.

"그렇지만 사와다 에리는 노자키와 둘이 해수욕장에 갔었어. 해수욕장에서 찍은 사진을 보여줬으니 틀림없어. 그 사진에 발치는 찍혀 있지 않지만, 설마 노자키가 백사장에서 키 높이 구두를 신고 있었다고 생각할 수는 없지. 노자키는 사와다 에리 앞에서는 자기의 본 모습을 드러냈다는 이야기가 돼. 그렇다면 이제 와서 노자키가 사와다 에리와의 데이트에서 키 높이 구두를 신을 의미는 없어. 따라서 사와다 에리는 범인이 아니야."

그리고 레이코는 이번 사건을 마무리하듯이 진범의 이름을 말했다.

"범인은 마유즈미 가나에야. 노자키는 문자 그대로 있는 힘껏 발돋움을 해가며 중의원의 딸과 사귀고 있었던 거지."

어때, 나의 추리는? 레이코는 조심조심 가게야마의 눈치를 살폈다. 집사는 지금까지 입에 담아왔던 수많은 폭언 따위는 완전히 잊어버린 듯한 미소를 짓고, 고개를 깊이 숙이면서 중후한 저음을 발했다.

"훌륭하십니다. 역시 아가씨이십니다."

⋮

죽은 자의 전언을 받으시지요

1

"……아마도 고다마 기누에를 죽인 것은 장남인 가즈오일 거야. 가즈오와 기누에는 회사의 방침을 둘러싼 의견 충돌이 있었고, 그것이 사건을 일으킨 거지. 안 그런가, 호쇼 형사?"

"하지만 증거는 없습니다. 게다가 가즈오에게는 일단 알리바이가 있습니다."

푹푹 찌는 여름밤. 어둠을 배경으로 삼으며 거대한 문에 나타난 것은 가자마쓰리 경부와 호쇼 레이코다. 가자마쓰리 경부는 특유의 센스를 마음껏 발휘한 흰색 슈트 차림. 경찰관이었으니 망정이지, 만약 야쿠자 사회였다면 이것은 조직의 이인자가 하는 패션이다. 한편 레이코는 고급스러운 광택을 발하는 회색 팬츠 슈트. 사회인으로서의 상식을 갖춘 패션이다.

금융 회사를 경영하는 고다마 기누에의 호화로운 저택 앞. 벽을 따라 몇 대의 경찰차가 죽 늘어선 가운데, 영국산 차 한 대가 달빛을 반사하며 은색으로 반짝이고 있다. 가자마쓰리 경부는 옆에 자리한 늠름하면서도 아름다운 부하에게 미묘한 시선을 보냈다.

"그렇지만, 조사는 이제부터야. 앞으로 시간은 많아. 어젯밤은 사건 덕분에 철야했고 오늘도 하루 종일 돌아다니느라 지쳤어. 오늘 밤은 집에 돌아가 푹 쉬면서 기운을 차리도록 하지. 아, 그렇지, 마침 잘됐군!"

그렇게 말하며 가자마쓰리 경부는 애차 재규어의 조수석 문에 손을 댔다.

"호쇼 형사, 내 재규어에 타게나. 집까지 바래다주……."

"괜찮습니다!"

레이코는 열린 문을 도로 누르듯이 쾅 하고 닫고, 검은 테 안경 아래서 예리한 시선을 상사에게 향했다.

"필요 없습니다. 택시 타고 갈 거니까요."

가자마쓰리 경부는 그녀의 기백에 눌린 듯, 애차의 측면에 등을 기대면서 말했다.

"자네는 내 재규어에 결코 타려고 하지 않는데, 그렇게나 싫은 건가? 자네는 그렇게 재규어가 싫은 거야?"

"아뇨, 특별히 재규어가 싫은 건……."

이 이상 말하게 하지 마세요, 경부님. 레이코가 가볍게 노려보자 경부도 뭔가를 민감하게 눈치챈 듯, 단정한 얼굴에 어색한 미소를 지었다.

"알았어. 자네가 그렇게 말한다면 나도 강요는 하지 않겠어."

재빨리 재규어에 올라탄 경부는 운전석의 창문으로 얼굴을 보이면서 "그러면 내일도 현장에서 보자고" 하며 부하와 재회를 약속하고 애차를 급발진. 속도위반의 재규어는 코너를 위잉 하고 돌며 시야에서 사라졌다.

"저렇게 달리다가 속도위반 단속에 걸리지 않으면 좋겠는데……"

부하로서는 걱정되는 부분이지만, 뭐 다른 사람도 아닌 가자마쓰리 경부다. 직함이든 권력이든 재산이든 뭐든지 이용해서 수습하겠지. 어쨌든 가자마쓰리 경부는 구니타치 경찰서에서 제일가는 젊은 엘리트 경부인 동시에, 가자마쓰리 모터스 창업자의 도련님이니까.

"그런 것보다."

레이코는 보도를 걸어가면서 휴대전화를 꺼내서 평소대로 전화를 걸었다. 응답하는 목소리를 향해서 "끝났어"라고 한마디를 하자 일 분 삼십 초 뒤에 한 대의 리무진이 레이코 곁에 소리도 없이 정차했다. 어쨌든 호쇼 레이코는 구니타치의 젊은 미인 형사인 동시에, 대재벌로 유명한 호쇼 그룹 총수의 딸이다.

"오래 기다리셨습니다, 아가씨."

운전석에서 튀어나온 것은, 여름인데도 더블 블랙 슈트를 답답하게 껴입은 은테 안경의 남자. 큰 키인지라 몸을 굽히듯이 인사하고서, 뒷좌석의 문을 열고 레이코의 승차를 에스코트했다. 가게야마라고 하는 이 남자는 호쇼 가문에서 일하는 집사 겸 운전수다.

"고마워."

레이코는 우아하게 인사하고 차 안으로 들어갔다. 호화로운 소파를 떠올리게 하는 좌석에 몸을 던진 뒤, "아, 정말, 지쳤어!"라고 가볍게 외치면서 업무용 도수 없는 안경을 벗고, 뒤로 묶었던 머리를 풀었다. 공무원인 형사라는 가면을 벗어던지고 한 명의 부잣집 아가씨로 돌아온 이 순간이, 레이코에게는 무엇보다도 행복한 때다. 그렇다고 해도, 사건에 대해서 잊은 것은 아니다. 레이코는 운전석의 집사에게 명령했다.

"한동안 적당히 차를 몰아줘. 잠깐 생각하고 싶은 것이 있어."

"가자마쓰리 경부에 대한 것입니까?"

털퍼덕 하고 레이코는 좌석에서 소리를 내며 넘어졌다.

"아니야! 사건 때문이야!"

"아, 어젯밤의 사건 말씀이군요."

가게야마는 익숙한 조작으로 차를 발진시키면서 "금융업을 경영하는 여성이 자택 서재에서 머리를 맞아 살해된 사건. 채무자의 원한에 관련된 범행일 가능성도 있다……라고 텔레비전 방송의 해설자가 말했습니다."

"흐음, 그렇구나."

이 녀석! 내가 일하는 동안에 텔레비전이나 보다니!

레이코는 어쩐지 갑자기 바보 같다는 기분에 빠지며 스스로 생각할 의욕을 잃었다. 역시 가게야마에게 생각하게 하자. 큰 소리로 말할 수는 없지만, 최근 들어 레이코가 해결한 것으로 되어 있는 수많은 사건, 그 대부분이, 아니 전부가 실은 가게야마의 특이한 능력에 의한 것이다. 정확한 정보만 주면, 그의 추리력과 분석력은 어지간한 해설자와 비교가 되지 않는다.

"알겠어, 가게야마? 잘 들어. 텔레비전이 뭐라고 전하는지는 모르겠지만, 이 사건은 채무자의 원한에 의한 범행 같은 게 아니야. 아마도 가정 내의 사정에 얽힌 사건일 거야. 진범은 분명히 고다마 가의 사람이야. 피해자는 범인의 이름을 피 글자로 바닥에 써서 남겼어."

"다잉 메시지로군요. 그래서, 뭐라고 적혀 있었습니까?"

흥미를 보이는 가게야마에게 레이코는 한숨 섞어 대답했다.

"그걸 읽을 수 있으면 고생도 안 하지……."

2

고다마 기누에는 친절하고 정중한 접객과 안심할 수 있는 안전한 금리, 그리고 냉혹하고 비정한 징수를 무기로 실적을 올리고 있는 소비자 금융 '고다마 파이낸스'의 사장이다. 그 고다마 기누에가 자택 서재에서 시체로 발견되었다.

그런 소식이 레이코에게 전해진 것은 어젯밤 오후 아홉시를 조금 지났을 무렵. 마침 레이코가 노릇노릇하게 구워진 푸아그라 소테(아마도 프로방스풍의)를 포크로 찌르고 나이프로 자르려고 할 때였다. 덕분에 레이코는 우아한 저녁을 망친 데다, 급거 현장으로 달려가게 되었다.

"아아, 푸아그라, 먹고 싶었는데……. 푸아그라도 나에게 먹히고 싶었을 거야."

가게야마가 운전하는 리무진을 타고 현장으로 급행하는 동안 레이코는 원통한 마음에 푸념을 늘어놓으며 편의점 주먹밥으로 끼니를 때웠다. 잠시 후 목적지에서 조금 떨어진 곳에 정차한 리무진에서 내려 혼자 현장으로 달려갔다. 레이코가 호쇼가의 아가씨라는 것은 경찰 내에서도 일부밖에 모르는 극비 사항이다. 당당하게 은색 재규어를 타고 현장으로 달려오는 가자마쓰리 경부 같은 짓은 할 수 없다.

고다마 기누에의 저택은 구니타치 시보다 다마 강에 가까운 한적한 주택가 구석에 있었다. 드넓은 땅에 자리한, 벽돌 건물을 본떠 만든 삼층 건물이다. 멋진 현관에 들어서자마자 눈에 들어온 것은 우산꽂이였다. 어째서인지 우산과 함께 야구 방망이가 두 자루나 꽂혀 있었다. 금속 방망이와 나무 방망이다. 도둑 격퇴를 위한 무기일까?

그런 생각을 하면서 저택 안에 발을 들였다. 이미 수사관은 복도에까지 넘쳐나고 있었다. 레이코는 재빨리 일층 가장자리에 있는 서재로 갔다. 서재 입구에는 한발 빨리 현장에 달려온 가자마쓰리 경부가 하얀 정장을 입고 잘난 듯이…… 아니, 상쾌하게 현장을 지휘하고 있었다.

"여어, 호쇼 형사. 빨리 왔군."

나는 더 빨랐어 하고 말하고 싶은 듯한 얼굴로 가자마쓰리 경부가 한쪽 손을 들었다.

"오자마자 미안하지만 시체를 보도록 하게. 이쪽이야."

경부가 서재 안으로 레이코를 불러들였다. 베이지색 카펫이 깔린 세 평 정도의 서재. 그곳의 거의 중앙에 한 여성이 만세를 부르는 듯한 자세로 엎드려 쓰러져 있었다. 쉰둘이라는 나이에는 지나치게 화려한 꽃무늬 원피스 차림. 체형은 드럼통 비슷하다. 몸통에 감겨 있는 하얀 벨트가 없었더라면 어디가 허리였는지 분간할 수 없었을 것이다. 파마를 한 머리가 피에 젖어 있는 것은 머리에 상처를 입었기 때문인 듯하다.

"보이는 것처럼 피해자는 후두부를 가격당해 죽었어. 틀림없이 살인 사건이야. 참고로 흉기는 청동제 트로피 같아."

"트로피라고요?"

언뜻 보기에는 시체 부근에 그런 비슷한 물건은 없다.

"피 묻은 트로피가 이층의 방에서 이미 발견되었어. 틀림없이 그게 흉기일 거야. 어쨌든 그쪽은 나중에 조사하기로 하고. 호쇼 형사, 이 시체를 보고 뭔가 깨달은 것은 없나?"

"글쎄요."

레이코는 안경 프레임에 손가락을 대면서 입을 열었다.

"피해자의 오른손⋯⋯."

"피해자의 오른손을 봐, 호쇼 형사. 오른손 검지만 피로 더러워져 있지. 그리고 그 손가락에서 가까운 카펫 위는 어때. 그곳만 부자연스러운 핏자국으로 더러워져 있잖아. 이것이 뭘 의미하는지 알겠나?"

"⋯⋯."

어차피 다잉 메시지죠, 경부님?

"모르겠다면 알려주지. 이건 다잉 메시지라고, 호쇼 형사!"

"⋯⋯."

그럴 거라고 생각했습니다.

"하지만 경부님, 정확히 말하자면 이건⋯⋯."

"정확히 말하자면 이것은 다잉 메시지의 흔적, 잔해. 말하자면 다 쓰지 못한 다잉 메시지야."

"⋯⋯."

그렇겠죠. 레이코는 더 이상 아무 말도 할 생각이 들지 않았다.

"보라고, 호쇼 형사. 시체 옆에 피로 더러워진 수건이 떨어져 있잖나? 상상해보건대, 피해자는 숨이 끊어질락 말락 하는 상황에서 마지막 힘을 짜내 다잉 메시지를 남기려고 했어. 그런데 공교롭게도 범인은 그것을 알아차렸어. 범인은 이 방에 있던 수건으로 카펫에 피로 쓴 문자를 쓱쓱 문질러서 읽을 수 없게 만든 거야."

"그렇군요. 그렇다면 아쉽게 됐네요, 경부님. 고다마 기누에는 대체 누구의 이름을 쓰려고 했을까요?"

"그걸 알면 고생도 안 하지. 그렇지만 이제 와서는 어쩔 수 없는 일이야."

가자마쓰리 경부의 한숨 소리를 들으면서, 레이코는 카펫 위로 시선을 떨어뜨렸다. 얼마 전에는 누군가의 이름이 적혀 있었을 그 장소에, 지금은 그저 무의미한 붉은 얼룩만이 남아 있을 뿐이었다.

그리고 레이코는 가자마쓰리 경부와 함께 저택의 이층으로 발을 옮겼다. 향하는 곳은 기누에의 남편, 고다마 소스케의 침실이다. 흉기로 추정되는 트로피가 발견된 방이라고 한다. 그 방에 한 걸음 발을 들이자마자, 곧바로 명백히 이상한 점을 발견할 수 있었다. 정원을 향해 난 창유리가 크게 깨져 있다. 깨진 파편은 실내 쪽 창문 주변에 흩어져 있다. 경부는 어이없다는 목소리로 "흠, 마치 실력 없는 도둑이 억지로 밀고 들어온 것 같은 꼴이군"이라고 말하며 창밖을 바라보았다.

한편 유리 조각이 흩어져 있는 바닥에는 트로피가 넘어진 상태로 굴러다니고 있다. 높이는 삼십 센티미터 정도지만, 중량감 있는 형태다. 끄트머리에는 방망이를 쥔 타자의 오브제가 장식되어 있다.

"야구 대회의 우승 트로피 같군요. 받침대 부분에 피가 묻어 있습니다. 확실히 이것이 흉기 같습니다만⋯⋯. 하지만 어째서 흉기가 이곳에?"

의문점은 관계자에게 물어보는 것이 빠르다. 곧바로 이 침실의 주인이 불려왔다.

고다마 소스케는 오십세. 기누에의 두 번째 남편이다. 감색 폴로 셔츠에 갈색 바지라는 지극히 평범한 복장은 죽은 기누에의 화려함에 비해 너무나 수수해서 어쩐지 초라해 보였다. 나이도 기누에 쪽이 위고, 회사 안에서도 기누에가 사장이고 소스케는 관리직이라고 한다. 틀림없이 꽉 잡혀 살고 있었을 것이다.

"순서대로 설명을 부탁드리겠습니다" 하는 경부의 재촉에 소스케는 마침내 입을 열었다.

"그건 오후 아홉시 정도의 일이었습니다. 거실에서 여덟시경의 텔레비전 방송을 다 본 저는 컴퓨터로 이메일 체크라도 할까 하여 계단을 올라와서 제 침실로 향했습니다."

그런데 이층 복도를 걷는 소스케의 귀에 쨍그랑 하는 커다란 소리가 날아들었다. 이어서 뭔가 묵직한 것이 바닥을 치는 듯한 쿵 하는 소리도 들렸다고 한다. 두 소리는 소스케 자신의 방에서 들려왔다고 했다. 소스케는 당황하며 자기 방으로 달려가서 조심조심 문을 열었다. 그런데, 방의 창문이 깨지고 방 안이 난장판이 되어 있었다. 누군가가 장난으로 돌이라도 던진 것일까, 소스케는 그렇게 생각했다. 그런데 가만히 보니 바닥에는 유리 조각과 함께 청동제 트로피가 굴러다니고 있었다. 아무래도 누군가가 트로피를 소스케의 방 창문을 향해 던진 것 같았다. 소스케는 곧바로 창문 밖으로 얼굴을 내밀어서 정원의 상태를 엿보았다. 어두운 정원에는 이미 누구의 모습도 보이지 않았다. 누가 어째서 이런 짓을 했을까? 이상하게 생각하면서 트로피에 얼굴을 가까이 가져간 소스케는 그곳에서 의외의 사실을 발견했다.

"트로피에 피 같은 것이 흠뻑 묻어 있는 것이 아니겠습니까! 저는 깜짝 놀란 나머지 소리도 지르지 못했습니다. 그러는 동안에 예의 큰 소리를 듣고서 이 침실에 집안사람들이 전부 모였습니다. 아니, 전부가 아니죠. 한 명만 보이지 않았습니다. 기누에입니다. 집사람만 모습이 보이지 않았습니다. 유리가 깨진 소리는 온 집안에 울려퍼졌을 텐데!"

"흠. 깨진 유리창, 피 묻은 트로피, 모습이 보이지 않는 기누에 부인. 그래서 여러분은 어떻게 하셨습니까?"

"물론 바로 그 사람을 찾아봤죠. 뿔뿔이 흩어져서 찾지는 않았습니다. 모두 한 덩이가 되어서 이동했습니다. 이미 불길한 예감이 들어서, 그러는 편이 안전하다고 생각되었으니까요. 우리는 우선 기누에의 서재로 향했습니다. 그 사람은 저녁식사 후의 시간을 서재에서 보내는 경우가 많았거든요. 그리고 실제로 그 사람은 그곳에 있었습니다."

"후두부를 얻어맞고, 이미 싸늘히 식어 있었던 거군요."

"네. 확실히 숨은 멎어 있었습니다. 하지만 정확히 말하자면 아직 차갑지는 않았습니다. 몸에는 다소 온기가 남아 있었으니까요."

"절명한 지 오래 지나지 않았다는 뜻이군요. 흠, 그렇다는 이야기는……"

가자마쓰리 경부는 빙글 하고 몸을 돌려서 소스케에게 등을 보이더니, 레이코에게 작은 목소리로 말했다.

"요컨대 이 범인은 오후 아홉시 조금 전에 트로피로 기누에 부인을 때려죽이고, 그 직후에 정원에서 이 방을 향해 흉기를 던졌다는 얘기야."

"그런 것 같군요."

그러나 어째서 그런 식으로 흉기를 던질 필요가 있었을까? 레이코는 소박한 의문을 느꼈지만, 그렇다고 해서 경부의 생각을 적극적으로 부정할 근거도 없다.

"어쨌든 이것으로 범행 시각이 좁혀졌군요, 경부님."

"그렇지."

경부는 씩 하고 의미심장한 미소를 짓고, 다시 소스케를 보았다.

"참고로 묻겠습니다만, 이 저택은 아주 훌륭하군요. 혹시 보안쪽에도 신경을 쓰고 계시지는 않습니까?"

"뭐, 남의 원한을 사는 경우가 많은 장사니까요. 일단 외부 사람이 벽이나 문을 넘어올 경우에는 경보가 울리는 장치가 되어 있습니다. 기누에가 그런 식으로 만들게 했죠. 네, 오늘 밤에 경보가 울린 적은 없었습니다."

"그렇다면 기누에 부인 살해는 저택 내부의 사람이 한 짓이란 얘기가 되는군요."

역시 그렇습니까, 소스케는 불안한 목소리로 중얼거렸다. 가자마쓰리 경부는 만족스러운 듯 고개를 끄덕였다. 그리고 천천히 방을 나가더니, 복도에서 대기하던 제복 경관을 붙잡고 잘난 듯이⋯⋯ 아니, 신속하면서도 정확하게 명령을 내렸다.

"저택 사람들 전부 일층 응접실로 모아. 내가 직접 이야기를 듣 겠다."

3

고다마 저택의 응접실은 서양식 갑옷이나 상아나 사슴의 박제 등이 장식되어서 주인의 고약한 취향을 노골적으로 과시하고 있 다. 그리고 그곳에 모인 저택의 사람들은 총 일곱 명.

우선 기누에의 남편인 소스케 그리고 세 명의 자녀들ㅡ이라고 해도 이미 성인이 된ㅡ이다. 장남인 가즈오를 필두로 아키코, 고 로 삼남매는 전부 기누에와 전 남편 사이에서 낳은 자식이라, 소스 케와는 피가 섞이지 않았다. 소스케와 기누에 사이에서는 자식을 두지 않았던 모양이다.

그 외에는 마침 여름 방학 중이어서 기누에의 사촌인 고다마 겐 지로라는 남자가 자신의 딸과 함께 놀러 와 있었다. 겐지로는 '고 다마 파이낸스'의 간사이 지점장이다. 딸인 사토미는 중학교 일학 년인 작고 가냘픈 여자아이이다. 그리고 마지막 한 명은 저택의 별채 에 사는 마에다 도시유키라는 젊은 남자. 이 사람은 기누에가 신뢰 하는 비서 겸 운전수라고 한다.

가자마쓰리 경부는 입구의 문 그늘에 몸을 숨기면서 응접실 안 의 눈치를 살폈다.

"알겠나, 호쇼 형사? 중요한 건 오후 아홉시 전후의 알리바이야. 그 시간대에 알리바이를 갖지 않은 인물이 가장 유력한 용의자……로 보이겠지만 사실은 그렇지 않아."

"그렇지 않다뇨?"

"사실은 그 반대야. 오후 아홉시 전후에 가장 그럴싸한 알리바이를 주장하는 녀석이 수상해."

"……허어."

가자마쓰리 경부는 의외로 너무 깊이 생각하고 있는 것 같았다.

"즉 경부님은 흉기인 트로피가 소스케의 방에 내던져진 것은 범인의 알리바이 공작이라고 생각하시는 거군요?"

"물론이지. 그렇게 생각하지 않으면 범인의 행동을 설명할 수 없잖은가."

경부는 그렇게 단정하더니, "자, 그러면 범인에게 가짜 알리바이를 주장하게 만들어볼까" 하고 중얼거리며 의연히 응접실 중앙으로 나아갔다. 곧바로 일동의 시선이 경부에게 집중되었다.

"아, 여러분, 오후 아홉시 전후에는 어디서 무엇을……."

그렇게 경부는 함박웃음을 지으며 질문을 시작했다. 많은 경부가 그러하듯 가자마쓰리 경부에게도 알리바이 수집은 취미 같은 것이다.

가장 먼저 입을 연 사람은 고다마 소스케였다.

"그 시간의 제 행동은 이미 형사님께 이야기한 대로입니다. 혼자였기 때문에 알리바이라고는 할 수 없군요. 가즈오 군은 어떨지?"

양아버지라서 조심스럽게 '군'을 붙여 이름을 부른다. 장남 고다마 가즈오는 핀 스트라이프 셔츠를 입은 장신의 남자였다. 깨끗하게 정리된 머리는 마치 미용실의 샘플 사진 같았다. 젊은 나이에 중역 자리에 앉았다고 하니, 기누에 부인의 가족애는 참으로 지극한 듯 보인다. 그런 가즈오가 긴장한 얼굴로 대답했다.

"저도 그 시간이라면 제 방에 있었습니다. 책을 읽고 있는데 갑자기 유리가 깨지는 소리가 들렸습니다. 혼자여서 알리바이는 없군요. 아키코는 어때?"

"나도 없어요."

긴 머리를 나선 계단처럼 빙글빙글하게 컬한 화려한 여자가 대답했다. 장녀인 아키코다. 가사를 돕고 있다고 하는데, 네일아트를 한 긴 손톱으로는 컵도 씻지 못할 것이다.

"유리가 깨졌을 때는 방에서 휴대전화로 게임을 하고 있었어요. 고로는 뭐 하고 있었어? 어차피 알리바이 같은 건 없지?"

누나에게 야유 같은 말을 들은 고로는 그만하라는 듯이 가볍게 아키코를 노려보았다. 고로는 도내의 대학에 다니는 학생으로 삼학년이다. 치렁치렁한 머리를 갈색으로 물들이고 귀에는 피어싱을 했다. 언뜻 보기에는 가벼운 느낌이지만, 몸집이 큰 데다 티셔츠에서 엿보이는 팔은 우람했다.

"나도 내 방에 혼자 있었습니다. 졸고 있어서 알리바이 같은 건 없어요."

요컨대 세 남매는 각자의 방에 있었다. 그리고 오후 아홉시에 유리가 깨지는 소리를 듣고 소스케의 방으로 제각기 달려왔다는 것이다. 딱히 이상한 이야기는 아니다. 이어서 고다마 겐지로와 사토미 부녀의 이야기를 들었다. 기누에의 사촌인 겐지로는 기누에와 많이 닮은 드럼통 체형의 중년 남성이었다. 몸에 걸친 와이셔츠 단추가 금방이라도 튕겨나갈 것 같다. 땀을 흘린 듯한 겐지로는 이마의 땀을 손수건으로 닦으면서 이렇게 대답했다.

"저는 그 시간에 목욕을 하고 있었습니다. 마침 욕실에서 나와서 옷을 입고 있는데 유리가 깨지는 소리가 들려서 당황하며 이층으로 뛰어올라갔죠. 욕실 안에서는 혼자였으니 알리바이라고 할 만한 것은 없습니다. 사토미는 그 시간에 어디 있었니?"

"저는 혼자 방에 있었어요. 그래서 알리바이는 없습니다."

경부를 향해서 사토미는 겁먹지 않고 딱 부러지게 대답했다. 말투는 어른스럽지만, 검은 고양이가 프린트된 티셔츠에 체크무늬 스커트를 입은 모습은 소녀의 그것이다. 귀여운 얼굴이지만, 가자마쓰리 경부를 향한 표정에는 경계의 빛이 엿보였다. 무리도 아니다. 소녀는 특유의 감으로 무서운 어른을 구별할 수 있는 법이다.

마지막으로 남은 것은 이색적인 존재, 마에다 도시유키다. 비서 겸 운전수지만, 블랙 슈트를 입고 꼿꼿이 부동자세를 취한 그 모습은 우수한 보디가드 혹은 충실한 경호견을 떠올리게 했다. 가게야마와 조금 닮았다고 레이코는 남몰래 생각했다. 그런 마에다 도시유키는 과묵한 남자답게, "알리바이는 없습니다. 혼자 차고에서 차를 수리하고 있었습니다"라고 짧게 대답했다. 예의바른 말투도 가게야마와 꼭 닮았다.

이렇게 용의자들의 대답이 다 나왔다. 그들의 대답에 가자마쓰리 경부는 만족했을까? 레이코는 흥미를 갖고 경부의 눈치를 살폈다. 경부는 혼자 벽 쪽에 붙어서 남의 시선에는 아랑곳하지 않고 손톱을 세워 벽지를 벅벅 긁으며 신음 소리를 내고 있었다.

"……어째서냐, 어째서 아무도 알리바이를 주장하지 않는 거냐. 너희는 바보냐, 분위기 파악 좀 해라, 알리바이를 주장하라고."

"지금 뭐하는 건가요, 경부님! 남의 집이라고요! 용의자들 앞입니다!"

레이코는 당황하며 경부의 행동에 항의했다.

"낙담하기에는 아직 너무 이릅니다. 모두에게 알리바이가 없다는 건, 모두가 의심스럽다는 것이니까요."

"그건 그렇지만, 모두 수상하면 수사를 진행할 방법이 없잖나."

웬일로 약한 소리를 하는 가자마쓰리 경부에게, 항의의 목소리를 낸 사람은 아키코였다.

"잠깐만요, 형사님. 모두 수상하다니, 간단히 말하지 말아요. 결정적으로 수상한 사람이 한 사람 있으니까요. 안 그래, 고로?"

"아, 그러고 보니 확실히 어머니를 때려죽이겠다고 선언한 녀석이 한 명 있었던가."

무슨 일이지? 레이코와 가자마쓰리 경부는 얼굴을 마주 보았다. 그런 두 사람에게 아키코가 말한 것은, 이날 저녁식사 때 벌어졌던 작은 소동에 관한 이야기였다.

계기는 기누에가 가즈오에게 회사의 실적 부진을 한탄한 것이었다. 기누에는 육즙이 흐르는 돈가스를 포크로 찌르면서 이렇게 말했다.

"요즘 너무 봐주면서 징수하는 거 아니야?"

이 집에서 무소불위의 권력을 휘두르는 기누에의 말은 절대적이다. 하지만 가즈오는 달걀 수프 그릇을 손에 들면서 반발했다.

"지금도 위법이 될까 말까 아슬아슬한 수준이에요."

곧바로 기분이 상한 기누에는 정어리 카르파초를 입안 가득 채우면서 "뭐가 마음에 안 드는 거야"라고 물었다. 그러자 가즈오는 새우튀김을 씹으면서 금단의 한마디, "이 이상 조폭 같은 짓은 할 수 없습니다." 당연하지만 화가 머리 끝까지 난 기누에는 가즈오가 입에 문 새우튀김에 자신의 포크를 꽂으면서, "누구 덕택에 밥을 먹고사는 줄 아는 거야!"라고 호통을 쳤다. 그 뒤에는 기누에와 가즈오 사이에서 차마 표현할 수 없는 험한 말이 이어지며, 접시와 포크가 오가고 돈가스와 새우튀김이 공중을 나는 초현실적인 식탁 풍경이 연출되었다고 한다.

"그리고 마지막에 엄마가 말했어요. '조폭 같은 짓이라니, 나중에 또 그런 소릴 했다간 맞아 죽을 줄 알아'라고."

"응, 그러자 형도 '그쪽이야말로 맞아 죽을 줄 아쇼'라고 서슬이 퍼렇게 말했지."

결국 싸운 양쪽은 서로에게 살벌한 말을 던지며 식탁을 뒤로했다고 한다. 참고로 식탁 주위에 흩어진 돈가스, 새우튀김, 정어리

카르파초 등은 남은 사람들이 나중에 맛있게 먹었다고 한다(농담인지 진담인지는 모르지만).

"그렇군요, 그런 일이……."

가자마쓰리 경부는 낮게 신음하며, 바로 가즈오에게 사건의 진위를 물었다.

"당신은 정말로 그런 말을 했습니까? '맞아 죽을 줄 알아'라고."

"네, 확실히 그런 말을 했습니다. 하지만 진심은 아니었습니다. 오는 말을 받아친 거죠. 저쪽이 먼저 살벌한 말을 하니까 이쪽도 무심결에 격앙돼서 과격한 말이 나간 것뿐입니다. 정말로 죽일 리 없잖습니까?"

"그건 알 수 없죠. 말 그대로 일을 실행했을지. 기누에 부인이 죽으면 막대한 유산의 일부가 당신의 품에 들어오니까요."

"유산을 노린 범행이라면 여동생이나 남동생도 조건은 마찬가지지 않습니까. 게다가 형사님, 흉기인 트로피를 보셨죠? 그건 고로가 옛날에 리틀 리그에서 우승했을 때 받은 물건입니다."

"시끄러워, 형! 그건 원래부터 서재에 장식되어 있던 거고, 우연히 범인이 그걸 이용한 것뿐이야. 내가 범인이라면 내 소중한 물건을 일부러 흉기로 사용할 리 없잖아!"

"어머, 그렇게 생각하게 만들기 위해서 일부러 그랬을 수도 있잖아?"

그렇게 아키코가 심술궂게 말하자 고로는 분노의 창끝을 그대로 누나에게 돌렸다.

"헛소리 하지 마! 누나야말로 나를 함정에 빠뜨리기 위해서 내 트로피를 사용한 거 아냐?"

"농담이겠지. 왜 내가 그런 귀찮은 짓을 해야 하는데."

아키코의 물음에, 오빠인 가즈오가 논리정연하게 대답했다.

"어머니를 죽여서 그 죄를 고로에게 덮어씌우면 그만큼 아키코 몫의 유산이 늘어나잖아."

"아, 그렇구나!"

상당히 머리가 나쁜지, 아키코는 이제야 비로소 깨달았다는 눈치였다.

"하지만 나는 아니야. 알았다, 소스케 씨야. 유산의 몫이 가장 많은 사람은 소스케 씨니까."

"무슨 소리야, 아키코."

당황한 눈치로 소스케가 손사래를 쳤다.

"이상한 소리 하지 말라고. 내가 아내인 기누에를 죽일 리가 없잖아. 나는 그 사람과 서로 사랑해서 함께 살게 되었어. 나는 그 사람의 재산에 대한 흥미 따윈 요만큼도……."

"거짓말!"

"사랑 따윈 없어요!"

"재산밖에 흥미가 없잖아!"

사이 나쁜 세 남매도 이때만큼은 호흡이 딱 맞았다. 불쌍한 양아버지인 고다마 소스케는 벽까지 휘날려갔다. 이 아버지의 존재감은 고다마가에서는 버려진 신문지 급으로 가벼운 것 같다.

284

"그렇군요. 상황은 잘 알았습니다."

뭘 알았는지는 모르겠지만, 어쨌든 가자마쓰리 경부는 고개를 끄덕였다.

"누가 의심스러운지는 아무리 다퉈도 끝이 없을 것 같군요. 그렇다면 반대로 생각해보죠. 나만은 범인이 아니다. 그렇게 단언하실 수 있는 분은 없습니까?"

서로 얼굴을 마주 보는 일동. 그런 가운데 과감하게 손을 드는 남자가 한 명 있다. 마에다 도시유키였다.

"사장님을 죽인들, 저에게는 한 푼의 이득도 없습니다. 오히려 살 집과 직장을 잃을 뿐입니다. 제가 사장님을 죽일 리가 없습니다. 그 점은 인정해주시지 않겠습니까?"

사람들 사이에 미묘한 웅성거림이 일었다. 마에다의 말에 납득할 수 없다는 분위기다. 어쨌든 마에다는 고다마 기누에라는 폭군을 모시던 남자다. 심복을 가장하고 있어도, 마음속으로 어떤 원한을 품고 있었는지 알 수 없다.

다들 불안하게 지켜보는 가운데, 가자마쓰리 경부는 숙고 끝에 결단했다.

"기각하겠습니다. 다른 분은?"

그 말에 마에다는 실망한 듯 살짝 어깨를 늘어뜨렸다. 대신 이제까지 조용했던 고다마 겐지로가 거구를 움직였다.

"저는 기누에의 사촌이고 간사이 지점장이니까, 기누에의 생사에 다소 영향을 받는 입장이죠. 그런 의미에서는 용의자라고 봐도 어쩔 수 없습니다. 그렇지만 사토미는 어떻습니까? 형사님도 설마 제 딸이 기누에를 죽였다고 말씀하지는 않으시겠죠. 사토미는 아직 중학생입니다. 여름 방학과 새해 연휴 정도밖에 기누에와 얼굴을 마주할 기회가 없으니, 살의를 품을 리도 없습니다. 이 아이는 사건과는 관계가 없습니다. 그렇죠?"

이번에는 마에다의 경우와 달리, 사람들 사이에 찬성의 공기가 흘렀다. 그렇군, 기누에 부인 살해는 여중생의 짓이라고는 생각할 수 없다. 그런 분위기를 뒷받침하듯이 고로가 입을 열었다.

"확실히 사토미만은 이 사건을 저지르는 게 불가능하지 않을까? 안 그렇습니까, 형사님."

"왜 그렇게 생각하시나요? 여중생이라도 트로피를 세게 휘두르면 기누에 부인을 살해할 수 있습니다. 흉기는 청동제라서 상당히 묵직하니까요."

"압니다, 내 트로피니까. 하지만 그 무게가 문제라고요. 요컨대 사토미의 가느다란 팔로는 청동제 트로피를 이층 창문으로 던지는 것이 불가능하지 않을까 하는 얘깁니다."

"흠. 그렇군요."

경부도 조금은 허를 찔린 듯한 눈치로 고개를 끄덕였다.

"그러고 보니 여성 중에는 물건을 던지는 행위에 아주 서툰 사람이 있죠. 이 꼬마 아가씨도 그런 타입입니까, 겐지로 씨?"

"그렇습니다, 그렇습니다. 말씀대로입니다. 사토미는 아직 열세 살이고, 게다가 또래에 비해서도 몸이 작습니다. 스포츠는 전혀, 라

고 말해도 좋을 정도로 경험이 없고, 평소에는 책만 읽습니다. 그
런 여자앱니다, 형사님."

"아, 그렇다면 같은 이유로 저도 무리겠네요. 저도 여자고, 무거
운 것은 못 던져요."

"아키코는 예전에 투포환 선수였잖아. 지금이라도 여유 있게 던
질 수 있을 거야."

가즈오의 쓸데없는 발언에 아키코는 "칫" 하며 혀를 찼다. 고다
마 아키코는 겉모습보다는 의외로 힘이 세다. 레이코는 머릿속에
입력했다. 논의가 일단락되었을 무렵에 가자마쓰리 경부는 위엄을
보이며 일동을 향해 총괄하듯이 이렇게 말했다.

"아무래도 사토미 양을 제외한 나머지 여섯 명에게는 각각의 살
인 동기도 기회도 능력도 있다고 말할 수밖에 없군요. 아니, 물론
조사는 이제 막 시작했을 뿐입니다. 외부인의 소행일 가능성도 완
전히 없는 것은 아니고……. 어라, 왜 그러지, 사토미 양?"

가자마쓰리 경부의 말을 가로막듯이, 갑자기 사토미가 위태로운
발걸음으로 두세 걸음 앞으로 나왔다. 경부도, 다른 이들도 눈을
휘둥그레 뜨고 소녀의 행동을 지켜보았다. 긴장된 표정을 지은 소
녀가 희미하게 입술을 떤 듯했지만, 목소리가 나오지는 않았다.

레이코는 사토미의 표정이 백지장처럼 새하얗게 된 것을 깨달았
다. 위험하다! 그러나 그렇게 생각했을 때에는 이미 늦었다.

고다마 사토미는 힘없이 바닥으로 쓰러지고, 그대로 정신을 잃
고 말았다.

4

결국 사건 첫날의 수사는 미명까지 이어졌고, 레이코는 거의 밤을 새웠다. 경찰차 안에서 잠깐 눈을 붙였을 뿐, 다음 날 아침에 그대로 현장으로 복귀했다.

사건 이틀째부터는 수사관도 증원되어서, 고다마 저택 내외에는 사복형사와 제복 경찰이 넘쳐났다. 그들은 피해자의 유품이나 휴대전화, 컴퓨터 등을 조사하고 정보를 수집했다. 그리고 다락방에서 정원 구석구석에 이르기까지 범인의 흔적을 찾고, 이어서 현장 부근의 탐문 수사 등 일반적인 조사에 많은 시간을 소비했다.

그런 가운데, 가자마쓰리 경부는 정원 한복판에 서서 어젯밤에 깨진 이층의 유리창을 응시하고 있었다.

"경부님, 아무리 일반적인 조사가 성에 차지 않는다고 해도, 이런 곳에 멍청히 있어도 괜찮으신가요? 사건은 어젯밤 단계에서 아직 한 걸음도 진전되지 않았다고요."

"말조심하게, 호쇼 형사. '일반적인 조사가 성에 차지 않는 것'은 확실한 사실이지만, 나는 결코 '멍청히' 있지 않았어."

"시, 실례했습니다!"

"나는 생각하고 있었다고. 범인이 일부러 흉기를 이층에 던져서 창유리를 깬 그 이유를. 이상하지 않은가. 보통 범인이란 사건의 발견을 늦추고 싶어하고, 흉기를 감추고 싶어하는 법이야. 그러나 이 사건의 범인은 반대 행동을 취했어. 거기에는 뭔가 특별한 의미가 숨겨져 있을 거야."

그 의미에 대해서 어젯밤 경부는 알리바이 공작의 가능성을 시사했다. 그러나 용의자 중에서 알리바이를 주장한 사람은 한 명도 없었기 때문에 경부의 추리는 공중에 뜨고 말았던 것이다.

경부는 계속해서 고개를 갸웃거렸다. 그러다가 그의 시선은 문제의 이층 창문보다 한 층 위에 있는 창문에 머물렀다. 레이스가 달린 커튼 너머로 분홍색 옷을 입은 소녀의 모습이 엿보였다.

"그러고 보니 호쇼 형사, 오늘 아침 고다마 사토미의 상태는 어땠지? 뭔가 들은 것 있나?"

"아뇨, 그게, 좀처럼……."

레이코는 오전 중에 사토미의 상태를 엿본다는 명목으로 그녀를 찾아가 만났다. 하지만 수확이라고 할 만한 것은 거의 없었다. "왜 갑자기 기절했니?"라고 물어도 "모르겠어요, 기억나지 않아요"라고 고개를 저었다. "기절하기 전에 뭐라고 말하려 하지 않았니?"라고 물어도 "그다지……"라고 얼버무린다. "혹시 뭔가 숨기고 있지 않니?"라고 위협해보면, 한참을 입을 다문다. 열세 살 소녀는 정말로 다루기 어려운 상대다.

"하지만 일단 몸 상태 자체는 문제없는 것 같습니다. 어젯밤의 일은 아마도 가벼운 빈혈이었겠죠. 사건의 긴장감과 경부님이 빚어내는 독특한 위압감이 열세 살 소녀에게는 견디기 힘들었을지도 모릅니다. 경부님은 어린아이에게도 호감을 얻지 못하는 타입이니까요."

"그렇군, 정확한 분석이야. 확실히 나는 어린아이에게만큼은 호감을 얻지 못하는 것 같아."

경부는 의도적으로 레이코의 말을 곡해하더니, "그러나 그것뿐일까?"라고 턱에 손을 대며 다시 건물에 눈길을 주었다.

"잠깐, 저 여자애의 방은 소스케의 방 바로 위에 있지……."

"그렇습니다만. 왜 그러시죠, 경부님?"

"문득 떠올랐어. 호쇼 형사, 자네는 청동제 트로피를 던진 적이 있나? 아니, 알고 있어. 물론 없겠지. 나도 트로피를 받은 적은 몇 십 번이나 있지만, 그것을 던진 적은 한 번도 없으니까."

"……."

경부님, 이 순간에도 자기 자랑인가요? 방심할 틈도 없군요.

"뭔가 하시고 싶은 말씀이라도?"

"말하자면, 이 사건의 범인도 트로피를 던진 경험은 분명히 없었을 거라는 점이야. 그렇다면 범인이 목표 지점으로 삼아서 노렸던 대로 트로피를 던졌다고 단정할 수는 없어. 생각지 못한, 잘못된 방향으로 트로피가 날아간 것도 충분히 있을 수 있잖은가?"

"아, 그렇군요. 즉 범인이 노리던 곳은 소스케의 방 창문이 아니라 그 위에 있는 사토미의 방 창문이었다. 그런데 범인의 실수로 트로피는 이층 창문으로 날아가버렸다. 그런 말씀이군요."

"그래. 트로피가 예상외로 무거워서 제대로 던질 수 없었다고 생각하면 앞뒤는 맞아."

"하지만 경부님, 범인이 사토미의 방을 향해서 흉기를 던진 이유는 뭘까요?"

"뭐, 서두르지 말게, 호쇼 형사. 나는 그저 하나의 가능성을 늘어놓은 것에 지나지 않아. 그러나 어제 그 여자애의 긴장된 표정, 이해할 수 없는 실신……. 역시 그 여자애는 뭔가 중대한 것을 알고 있는 게 아닐까?"

설마, 그 여자애가 범인? 아니면 범인을 알고 있다든가? 그런 속내를 털어놓으려는 순간, 가자마쓰리 경부가 "쉿!" 하며 소리를 내며 검지를 세웠다. 그리고 경부는 신중하게 주위를 살피더니, 가까이에 있는 관목을 향해 위엄에 찬 목소리로 외쳤다.

"누구십니까, 거기 있는 사람은? 숨지 말고 모습을 보이는 게 어떻습니까?"

한순간의 정적. 이윽고 풀숲을 흔들면서 모습을 드러낸 사람은 기누에의 비서인 마에다 도시유키였다.

"……결코 엿듣고 있었던 것은 아닙니다. 그냥 지나가던 중이었을 뿐이니 오해 마시길."

몸을 굽혀 인사하는 마에다에게 경부는 의심스럽다는 시선을 보내면서 "뭐, 괜찮겠죠"라고 용서해주었다.

"그건 그렇고, 마에다 씨. 당신에게 묻고 싶은 것이 있습니다."

"제가 대답할 수 있는 것이라면, 뭐든지."

"당신은 사장의 비서가 된 지 몇 년째입니까? 호오, 아직 일 년이라. 짧군요. 그래도 저희보다는 회사 내부 사정을 잘 아시겠죠.

그래서 묻고 싶은데, 사장인 기누에 부인이 죽은 뒤, '고다마 파이낸스'의 사장 자리는 누구의 것이 됩니까? 역시 남편인 소스케 씨입니까?"

"아뇨, 그분은 사장이 될 만한 그릇이 아닙니다. 일시적으로 사장직을 대행하는 일은 있어도……. 나중에 다른 분이 사장에 취임하겠죠."

"그러면 그 삼남매, 이를테면 장남인 가즈오가 사장 자리에 앉게 될까요?"

"제가 보기에 그럴 가능성은 충분합니다. 가즈오 님은 성실한 분이고 머리도 좋습니다. 신망도 있습니다. 문제는 가즈오 님이 아직 너무 젊다는 점, 그리고 타고난 성실함이 문제가 되어 회사 업무에 대한 이해가 부족하다는 점일까요? 아무래도 가즈오 님의 눈에는 일에 열심인 사장님의 모습이 단순한 악덕 상인이나 돈벌레로 비쳤던 것 같습니다."

"그것이 어젯밤 저녁식사 자리에서 벌어진 대소동으로 이어졌던 거군요. 그런데 가즈오는 정말로 기누에 부인을 향해서 '맞아죽을 줄 알아'라고 말했습니까? 그런 말을 할 사람은 아닌 것 같았는데."

"글쎄요, 저는 가족 분들의 식사 자리에 동석하는 일은 없어서……."

비서 겸 운전수인 마에다는 별채에서 혼자 저녁을 먹었다고 한다. 그렇다면 가게야마는 대체 어디서 식사를 하는 걸까, 레이코는 아무 상관없는 생각을 했다.

"그러면 장래에 차남인 고로가 될 가능성은 없습니까?"라고 경부가 다시 물었다.

"그럴 가능성은 낮겠죠. 확실히 예전에는 사장님도 고로 님에게 많은 기대를 걸고 계셨던 듯합니다. 그런데 지금의 고로 님은 형사님께서 보시는 느낌 그대로니까요."

"옛날에는 지금 같지 않았다는 말씀입니까?"

"그렇게 들었습니다. 고교 시절의 고로 님은 성적도 우수한 모범생이었다더군요. 야구부의 에이스로 활약했는데, 프로 스카우터의 눈에 들 정도로 대단했다죠. 그런데 대학에 들어간 뒤가 안 좋았습니다. 고교 시절의 혹사로 탈이 났는지, 고로 님은 어깨를 다쳐서 공을 던질 수 없게 되고 말았습니다. 투수로서는 치명적인 부상이죠. 결국 고로 님은 야구부를 그만두었습니다. 그 일을 계기로 공부도 소홀해지고 생활도 점차 흐트러져가고……."

"그렇군요. 어디 내놓아도 부끄럽지 않던 에이스 투수가 지금은 집에서도 내놓은 방탕아가 되었다는 얘기군요."

마에다는 가자마쓰리 경부의 말장난 같은 농담에 당혹스러운 표정을 지으면서도, "그렇습니다"라고 고개를 숙였다.

"최근의 고로 님은 야구를 떠나, 거의 매일 여대생과 테니스나 서핑 등을 즐기는 생활을 하고 계십니다. 그런 고로 님의 모습을 보며 사장님은 자주 한탄하셨습니다."

"그렇군요, 제 일처럼 와 닿는 이야기입니다. 실은 저도 예전에는 전국구에서 이름을 날린 고교 야구 선수였거든요. 네, 그건 하계 고시엔 출전이 걸린 서(西)도쿄 대회의 삼회전. 저는 에이스로서 후추 시민 구장의 마운드에 서서 명문 와세다 실업 고등학교와 맞붙었습니다만……."

그 뒤로 넉넉히 칠 분 정도, 가자마쓰리 청년과 와세다 실업 고등학교 타선의 열띤 공방이 펼쳐졌지만, 레이코는 이 이야기를 경부의 입에서 다섯 번 이상이나 들었기 때문에 선 채로 졸기 시작했다. 문득 정신이 들고 보니, 경부의 자기 자랑은 끝나고 이야기는 다음으로 넘어가 있었다.

"참고로 삼남매 중 마지막 한 명은 어떻습니까?"

"아키코 님 말씀입니까? 솔직히 말씀드려서 사장으로 취임할 가능성은 제로입니다. 저분이 흥미를 가지는 것은 최신 패션이나 연예 뉴스, 나머지는 남자와 만나서 노는 이야기뿐입니다."

사장의 딸에 대해 신랄한 말을 하는 점도 가게야마와 매우 닮았다. 그런데 잠깐, 레이코는 문득 어떤 가능성을 떠올리고 안경을 손끝으로 밀어올렸다.

"마에다 씨, 당신에게 사장 자리가 돌아올 가능성은 없나요?"

"저에게 말입니까? 설마요. 저는 일개 사장 비서에 지나지 않습니다."

"하지만 아키코가 누군가 우수한 남성과 결혼했을 경우, 그 남성이 사장의 사위로서 새로운 사장 자리에 취임하는 경우는 생각해볼 수 있을 겁니다. 그 우수한 남성이 마에다 씨라고 하면 어떻습니까?"

"저와 아키코 님이?"

설마 그럴 리가 있겠느냐는 듯이 마에다는 고개를 움츠렸다. 그리고 그는 주위에 사람이 없는지 확인하고, 두 사람 앞에서 목소리를 낮추며 이렇게 말했다.

"형사님들에게만 하는 이야기인데 말입니다. 솔직히 부잣집 도련님이나 아가씨 따윈 대부분 변변치 못한 인간입니다. 도저히 제대로 상대할 수 있는 인종이 아닙……."

"그럴 리 없잖아! 편견이라고!"

가자마쓰리 모터스의 도련님이 외쳤다.

"그럴 리 없어요! 편견이에요!"

호쇼 그룹 총수의 외동딸이 외쳤다.

"어, 어째서? 어째서 형사님들이 화를 내는 겁니까?"

마에다는 눈을 껌뻑거렸다.

"아니, 왠지 모르게."

"그래요, 왠지 모르게요."

형사들은 어색한 변명을 하면서, 마에다 도시유키에 대한 질문을 끝냈다.

5

"······어디가 '편견'입니까, 아가씨?"

진정으로 의미를 모르겠다는 듯이 운전석의 가게야마가 고개를 갸웃거렸다.

"마에다 씨의 발언은 지극히 정상적인 의견이라고······."

"그 이상 입을 열면 다마 강가에 놓고 가겠어. 걸어서 돌아와."

"실례했습니다. 마에다 씨의 발언은 편견 그 자체입니다. 차별입니다."

가게야마는 당황하며 태도를 뒤집었다. 그가 운전하는 리무진은 다마 강을 따라 나가와사키 방면으로 난 도로를 달리는 중. 레이코의 이야기는 하다 만 채로 있었다.

"그러면, 아가씨. 하시던 이야기를 계속하시죠."

정말이지, 이 집사는 평소에는 순종적인데 가끔씩 반항적인 태도를 취한다니깐. 레이코는 작게 한숨을 쉬고 나서 중얼거렸다.

"어디 보자, 어디까지 얘기했더라?"

"회사 사장의 따님 따윈 변변치 못한 인간쓰레기라서 도저히 상종할 수 없······."

"거기는 반복하지 않아도 돼! 그리고 마에다도 '인간쓰레기'라고까지는 안 했어!"

뒷좌석에서 일갈하자, 가게야마의 입에서 아차 하는 진심 어린 목소리가 새어나왔다. 못 들은 걸로 하고 레이코는 이야기를 계속했다. 사건은 오늘 오후에 흥미진진한 전개를 보였던 것이다.

"장남인 가즈오가 가자마쓰리 경부를 찾아와서 '어젯밤엔 감추고 있었지만, 실은 오후 아홉시의 알리바이가 있습니다'라고 했던 거야. 그때 경부가 기뻐하는 얼굴이란……."

삼십 차례나 연패한 뒤에 대박을 터뜨린 경마 팬 같았다. 경부는 '이번 사건에서는 알리바이가 있는 인물이 수상하다'라는 기본자세를 무너뜨리지 않고 있었던 것이다.

그런데 가즈오가 주장하는 알리바이는 이렇다. 어젯밤 오후 아홉시, 소스케의 방 안 창유리가 깨졌을 때 가즈오는 한 여성과 전화 중이었다. 가즈오는 기누에 부인과 벌인 한바탕 싸움에 대해서 그 여성에게 삼십 분 이상이나 불평을 늘어놓았다고 한다. 그러고 있는데 창유리가 깨지는 소리가 들렸다. 가즈오는 통화를 끊고 이층으로 달려갔다. 즉 그 여성이 알리바이 증인이라는 이야기다. 그 여성은 가즈오가 비밀리에 사귀고 있는 애인이고, 그것도 기혼자였다. 그래서 가즈오는 드러내놓고 싶지 않았다고 한다.

"물론 나와 경부는 재빨리 그 전화의 상대와 만나서 진위를 확인했지. 그 여성은 가즈오의 증언을 인정했어. 내 눈에는 그 여자가 거짓말을 하는 것처럼 보이지 않았어. 하지만 가자마쓰리 경부는 불륜 커플이 말을 맞추었을 뿐인 거짓 알리바이라고 의심하는 것 같아. 당신은 어때? 이 이야기?"

"아가씨께서 그 여성의 증언에 신빙성이 있다고 판단하셨다면, 저는 아가씨의 판단을 존중할 뿐입니다. 가즈오의 알리바이는 진짜겠지요."

"자, 잠깐, 그렇게까지 믿는 것도 곤란해. 가짜 알리바이일 가능성도 없는 것은 아니니까. 현재 범인은 어젯밤 오후 아홉시에 일부러 유리를 깨서 사건 발생을 온 저택 안에 알리는 짓을 했어. 이건 알리바이를 조작한 냄새가 나잖아. 당신도 그렇게 생각하지?"

그러자 운전석의 가게야마는 어두운 밤길을 응시한 채 갑자기 흐흥 하고 콧소리를 냈다.

"······?"

레이코는 뒷좌석에서 몸을 내밀었다.

"뭐야, 그 '흐흥'은?"

그러자 가게야마는 단정한 옆얼굴에 흐릿하게 미소를 지으며, 얌전한 말투로 이렇게 말했다.

"용서하십시오, 아가씨. 저는 정말 너무 우스워서 옆구리가 아픕니다."

레이코는 알고 있다. 가게야마가 레이코에게 정중하면서도 무례한 폭언을 할 때는, 그의 머릿속에서 추리가 확신으로 바뀌었을 때다. 최근에 그와 보내는 일상 속에서 수도 없이 이런 종류의 폭언을 뒤집어썼던 레이코는 그것을 잘 안다. 알고는 있지만······.

"뭐, 뭐가 우습다는 거야! 이유를 말해, 이유를!"

알고 있어도, 역시 화는 난다. 레이코는 굴욕에 목소리를 떨었고, 집사는 냉정하게 입을 열었다.

"아가씨나 가자마쓰리 경부님은 알리바이에 구애되고 계십니다. 그 모습이 우습습니다. 솔직히 말씀드려서, 조금 잘못 생각하고 계신 것이 아닐까 해서."

"어, 어떻게 잘못 생각하고 있다는 거야? 마, 말해보라고!"

원하신다면야 기꺼이. 가게야마는 차분한 어조로 조용히 설명을 시작했다.

"왜 범인은 어젯밤 오후 아홉시에 흉기인 트로피를 이층 창문으로 던져서 창유리를 깨뜨렸는가? 이것이 이번 사건의 최대 포인트입니다. 그 점은 가자마쓰리 경부님도 잘 알고 있는 눈치입니다. 그렇습니다만, 경부님은 해석을 잘못하고 계십니다. 경부님의 해석에 따르면 범인의 행동은 '유리를 깨서 커다란 소리를 내기 위한' 행동이며, 그것으로 '저택 사람들에게 범행 시각은 오후 아홉시라는 인상을 남기기 위한' 행동입니다. 그렇지요, 아가씨?"

"그렇지. 요컨대 경부는 범인의 알리바이 공작 가능성을 의심하고 있어."

"그런데 만약 이것이 경부님이 생각하는 알리바이 공작의 일환이라면 범인의 행동에는 커다란 의문이 생겨납니다. 왜 범인은 일부러 트로피를 이층 창문에 던졌을까요? 왜 일층 창문이어서는 안 되었을까요?"

"아!"

레이코는 눈앞이 확 트인 듯한 기분이 들었다.

"그러고 보니 그러네. 커다란 소리를 내고 싶다면 일층 창문을 깨기만 하면 되는데. 그러는 편이 훨씬 간단하고 확실해. 그런데도 범인은 일부러 이층 창문을 깼어. 그렇다는 얘기는 어떻게 된 거야? 범인의 목적은 소리를 내는 것이 아니었단 얘긴가?"

"그렇습니다. 범인의 진짜 목적은 '큰 소리'가 아닙니다. 그렇다면 '흉기를 이층 창문에 던진다'는 행위에는 그 밖에 어떤 의미가 있을까요?"

"의미 같은 건 없어 보이는데."

"그렇지 않습니다, 아가씨. 현재 경찰은 이 사건을 이렇게 생각하고 있을 겁니다. 기누에 부인을 트로피로 때려죽인 범인은 그 직후에 정원으로 뛰어나가서 이층 창문을 향해 흉기를 던지고, 그 뒤에 관계자 중 한 명으로서 모르는 체하고 있다, 라고. 이러한 사건의 이미지는 흉기가 이층 창문에 던져졌다는 사실 때문에 생겨난 것이 아닙니까?"

"그건 확실히 그렇지만, 그게 어쨌다는 거야?"

"이 일에서 범인의 윤곽이 떠오르게 됩니다. 즉 범인은 청동제 트로피라는 꽤 무거운 물체를 이층 창문이라는 그럭저럭 높은 높이까지 던질 수 있는 인물입니다. 그렇지 않습니까?"

"범인의 윤곽이라고 할 정도는 아니지만, 당연히 그렇게 생각할 수 있겠지."

"반대로 말하자면, 던질 능력이 없는 사람은 용의 대상이 되지 않습니다. 그렇지 않습니까?"

"아니지는 않지만…… 잠깐, 가게야마. 대체 무슨 말을 하고 싶은 거야?"

자신도 모르게 뒷좌석에서 몸을 내미는 레이코에게 가게야마는 침착한 목소리로 설명을 계속했다.

"던질 능력이 없는 사람은 범인이 아니다. 범인은 분명히 물건을 던질 수 있는 인물이다. 이런 인상을 수사관에게 심기 위해서 범인은 이거 보라는 듯이 이층 창문을 깨지 않았을까. 이것이 제 추리입니다. 반대로 말하자면 그런 범인상에 해당하지 않는 인물, 즉 '던질 수 없는 인물'이야말로 의외의 진범이 되게 됩니다만."

"잠깐 기다려. 그렇다면 설마 사토미가? 확실히 그 애는 흉기를 이층 창문에 던질 능력이 없어. 그걸 이유로 어제 단계에서는 일단 용의선상 밖으로 내놓았는데. 하지만 농담이겠지? 그 여자애가 기누에 부인을 때려죽이다니, 있을 수 없는 일이야."

"네. 말씀하신 대로 있을 수 없는 일입니다."

가게야마는 산뜻하게 단언했다.

"왜냐하면 이 사건에서 사토미 양은 체력, 정신력, 동기 등에서 볼 때 가장 용의가 옅은 입장입니다. 가령 그 아이가 기누에 부인을 살해한 진범이라면 이층 창문을 깰 필요가 전혀 없습니다. 처음부터 아무도 그 아이를 의심하지 않으니까요."

가게야마의 논리정연한 말에 레이코는 가슴을 쓸어내렸다.

"뭐야, 그 애가 아니구나. 그렇다면 무슨 얘기야? 사토미 말고 '던질 수 없는 사람'은 없잖아. 다른 용의자는 대부분 성인 남성이고, 아키코는 여성치고는 완력이 있는 것 같으니까."

"아뇨, 용의자 중에 또 한 명, '던질 수 없는 사람'이 계십니다."

"어디, 어디에 계시다는 거야? 사토미 외에 '던질 수 없는 사람'이라니?"

그러자 운전석에서 울리는 가게야마의 저음이 의외의 이름을 고했다.

"고다마 고로입니다."

"고로?"

갈색 머리에 피어싱을 한 방탕아다.

"왜 고로가 '던질 수 없는 사람'이야?"

"잊으셨습니까, 아가씨? 마에다 도시유키의 증언 중에 이런 이야기가 있었습니다. 고로는 예전에 프로에서도 주목받는 고교 야구의 에이스였지만, 어깨를 다쳐서 던질 수 없게 되었다, 라고."

"뭐어?"

레이코는 무심코 자신의 귀를 의심했다. 그 두뇌 명석하고 쾌씸할 정도로 빈틈을 보이지 않는 가게야마가 설마 이런 아마추어 같은 발언을 할 줄이야.

"가게야마, 진심으로 하는 소리야?"

"물론입니다. 이 얼굴이 농담을 하는 얼굴로 보이십니까?"

뒷좌석에서는 운전석에 앉은 가게야마의 얼굴이 잘 보이지 않지만, 목소리의 기미를 보면 진지했다.

"저기, 가게야마. 꽤 오래전 이야기인데, 내가 '왜 집사가 되었어?'라고 물어봤을 때, 당신은 이렇게 대답했지. '사실은 프로야구 선수나 사립탐정이 되고 싶었습니다'라고. 그 이야기는 거짓말이었어? 난 당신이 야구를 자세히 알고 있는 줄로만 알았는데."

"거짓말은 아닙니다, 아가씨. 저는 집사 일은 어떨지 몰라도 추리와 야구에는 자신이 있습니다."

"……."

가능하면 본업에 자신을 가져주기를 바라지만, 그것은 제쳐두고.

"그렇다면 당신도 알 거 아냐. 확실히 고로는 어깨를 다쳤을지도 몰라. 하지만 물건을 던질 수 없게 된 건 아니야. 실제로 그 남자는 야구를 그만둔 뒤에도 테니스나 골프는 평범하게 즐기고 있는 것 같았어. 트로피 정도는 분명히 간단히 던질 수 있어."

"말씀하시는 대로입니다, 아가씨. 즉 고교 야구의 에이스였던 고로가 '어깨를 다쳐서 던질 수 없게 되었다'는 말의 진정한 의미는 '투수로서 백사십 킬로미터 전후의 빠른 공이나 크게 휘는 변화구를 한 시합에 백 구 이상 던질 수 있던 어깨가 그 능력을 상실했다'는 뜻입니다. 실제로 지금의 고로는 던질 수 없지만 던질 수 있는, 던질 수 있지만 던질 수 없는 것입니다."

"던질 수 있지만…… 던질 수 없다?"

미묘한 표현에 당황하는 레이코에게, 운전석에서 그다음 말이 들려왔다.

"그렇습니다만 아가씨, 여기서 커다란 문제가 발생합니다. 스포츠에 대해 잘 모르는 열세 살 소녀는 그런 미묘한 뉘앙스를 올바르게 이해했던 걸까요?"

리무진은 밤의 어둠 속을 조용히 나아간다. 레이코는 운전석에서 들리는 가게야마의 말에 귀를 기울였다.

"야구는 참으로 난해한 운동입니다. 이 세상의 모든 스포츠 중에서 야구만큼 복잡하고 기괴한 양식을 지닌 것은 또 없습니다. 아가씨는 야구란 운동을 상당히 이해하고 계시는 편입니다만, 여성 중에는 야구 같은 건 전혀 이해 못하겠다는 분도 드물지 않습니다. 사토미 양도 아마 그런 타입이겠죠. 그런 그 아이가 고로에 대해 '그 사람은 예전에 투수였지만, 어깨를 다쳐서 던질 수 없게 되었다'라는 말을 누군가에게 들었을 경우, 그 말의 뉘앙스를 정확히 이해할 거라고는 단정할 수 없습니다. 그 말 그대로의 의미로 받아들여버린다고 해도 무리는 아니겠죠."

"그 말 그대로의 의미……. 그러니까 고로는 '어깨를 다쳐서' 물건을 '던질 수 없는' 상황이란 거구나. 적어도 사토미는 그렇게 이해했어."

"그렇습니다. 그런 사토미 양이 우연히 기누에 부인 살해 사건의 첫 발견자가 되었다고 생각해보십시오. 사토미 아가씨는 범인이 고로라는 것을 알았습니다."

"어째서? 어째서 사토미가 그걸 알 수 있는 거야? 범인의 모습을 봤어?"

"아뇨, 보지 않아도 알 수 있습니다. 왜냐하면 시체의 옆에는 피 글씨로 '고로'라고 적혀 있으니까요."

"아, 그렇구나! 다잉 메시지!"

레이코나 가자마쓰리 경부가 읽을 수 없었던 피 글자를 사토미만은 읽었던 것이다.

"그렇다는 건, 무슨 얘기야? 다잉 메시지를 읽을 수 없게 만든 건 사토미였다는 거야?"

"네. 아마도 사토미 양은 먼 친척인 고로에게 남몰래 호의를 품고 있었을 겁니다. 성실한 소녀인 만큼 종종 불량스러운 남성에게 이끌리는 법입니다. 이상한 일은 아닙니다. 그런 사토미 양은 고로의 범행을 알고, 씩씩하게도 고로를 감싸자고 결단했던 것입니다. 우선 그 아이는 눈앞에 있는 '고로'라는 피 글자를 수건으로 닦아서 읽을 수 없게 만들었습니다. 그러나 그것만으로는 불충분하다고 생각한 그 아이는 시체 곁에 굴러다니던 흉기인 트로피를 들고 현장을 나갔습니다. 트로피를 이층 창문에 던지기 위해서입니다."

"그렇게 하면 '던질 수 없는' 고로를 용의선상 밖으로 빼낼 수 있다. 사토미는 그렇게 생각한 거구나."

잘못된 인식에 기초한 잘못된 이론이지만, 사토미로서는 앞뒤가 맞는 행동이었던 것이다.

"하지만 잠깐, 사토미는 어떻게 트로피를 이층 창문에 던진 거야? 그 애야말로 정말로 트로피를 이층까지 던질 수 없는 연약한 소녀라고."

"아가씨, 잘 생각해보십시오. 범인이 흉기를 정원에서 이층 창문을 향해 던졌다는 것은 단순한 상상의 산물입니다. 깨진 유리와 굴러다니는 흉기, 일층에서 벌어진 살인 등으로 연상한 장면에 지나지 않습니다. 아무도 그 장면을 목격하지 않았습니다."

"그렇다면 사실은 그렇지 않다는 거야?"

"네. 실제로는, 흉기는 삼층 창문에서 이층 창문을 향해서 던져졌겠지요. 소스케의 방 바로 위층이 사토미 양의 방인 것을 생각하면 틀림없습니다. 방법은 여러 가지로 생각할 수 있습니다. 예를 들면 트로피에서 고리를 이룬 부분, 그러니까 끄트머리에 달린 타자의 오브제, 그 사타구니 부분이 이상적이라고 생각됩니다만……아무튼 그곳에 긴 끈을 넣어 꿴 상태로 트로피를 삼층 창문에서 아래로 늘어뜨립니다. 그리고 시계추 같은 요령으로 흔들다 이층 창문에 충돌시킨 것입니다. 창유리가 깨지고 트로피는 소스케의 방 안에 날아 들어갑니다. 그 뒤에 끈의 한쪽을 당겨서 끈만 회수합니다. 그런 방식입니다. 이 정도는 어린이라도 생각해낼 수 있고, 완력도 필요 없습니다. 그 밖에 더욱 좋은 방법이 있을지 모릅니다만, 어쨌든 수단은 큰 문제가 아닙니다. 중요한 것은 범인이 흉기를 정원에서 이층으로 던졌다고 관계자들이 생각하게 만드는 것. 사토미 양은 그 계획을 실행했고, 확실하게 성공했습니다. 그런데 막상 조사가 시작되고 보니……."

"고로가 용의선상에서 빠지지 않았지. 당연해. 고로는 흉기를 '던질 수 있는' 사람이니까."

"네. 결국 사토미 양이 한 일은 완력이 없는 그 아이 자신만 용의선상 밖으로 빼냈을 뿐이었습니다. 고로를 구하려는 그 아이의 노력은 완전히 물거품이 되었습니다. 사토미 양으로서는 주위 어른들의 반응을 도통 이해할 수 없었을 겁니다. 사토미 양은 응접실에서 참고인 조사를 받는 동안 생각했을 겁니다. 어째서 고로는 '던질 수 없다'는 것을 이유로 내 무혐의를 주장하면서도 자기 어깨가 '망가졌다'는 사실을 말하지 않는 걸까? 아무도 화제로 삼지 않는다면 내 입으로 말하는 편이 낫지 않을까? 하지만 그런 말을 하면 다들 부자연스럽게 생각하지는 않을까? 그 아이의 마음속에서 심한 갈등이 있었을 겁니다. 우물쭈물하는 동안에 가자마쓰리 경부의 참고인 조사는 끝이 났습니다. 끝내 참다못한 사토미 양은 고로의 무혐의를 호소하기로 결심하고 일어서서 뭔가를 말하려고 했습니다만……."

"극도의 긴장과 혼란 때문에 아무 말도 하지 못한 채 실신했다는 거구나."

"네. 아마도 그런 상황이었을 거라고 생각됩니다."

운전석에서 이야기하는 가게야마의 목소리를 들으면서 레이코는 낮게 신음했다. 흉기를 이층 창문으로 던졌다는 이해되지 않는 행동. 그 의미를 생각하는 것으로 가게야마는 소녀의 잘못된 의도를 간파하고 사라진 다잉 메시지까지 추측해냈다. 물론 가게야마의 추리가 옳다는 확증은 없다. 하지만 많은 수수께끼가 그의 설명을 듣고 납득이 가게 된 것도 사실이다.

"범인은 고다마 고로. 그리고 사토미는 사후 공범이라는 이야기네."

"일단은 그렇습니다"라고 가게야마는 미묘한 표현으로 말을 이었다.

"그런데 아가씨도 아시겠죠. 이 세상에 심령 사진과 다잉 메시지만큼이나 도움이 안 되는 것도 없습니다. 그것은 타인이 얼마든지 날조할 수 있기 때문입니다."

"뭐라고!"

레이코는 놀란 나머지 절규하듯 외쳤다.

"심령 사진이 날조였어?"

"아가씨……."

가게야마는 어흠 하고 얼빠진 헛기침을 했다.

"놀라는 포인트가 잘못되지 않았는지요?"

"나, 나도 알아. 잠깐 착각했던 것뿐이야."

레이코는 당황하며 하던 이야기로 돌아갔다.

"다잉 메시지가 날조였다는 거지. 즉 고로가 범인이라고 단정할 수는 없어. 그러면 그 밖에 범인이 있다는 거야? 누구야, 그건?"

"글쎄요. 떠오르는 이름이 있긴 합니다만, 일단 남은 이야기는 저택에서."

그렇게 일단 이야기를 마친 가게야마의 시선 앞, 차 앞 유리 너머로 낯익은 저택의 문이 보였다. 아까까지 다마 강변을 따라 내려오던 리무진은 어느샌가 방향을 전환해서 구니타치로 돌아왔던 모양이다.

6

이러저러해서 호쇼 레이코가 저택에 돌아오고 나서 몇 시간 뒤. 쥐죽은 듯 고요한 암흑 속, 한밤중을 알리는 벽시계의 종소리가 먼 방에서 들려온다. 시대착오적인 인상을 주는 그 음침한 음색을, 레이코는 침대에서 듣고 있었다. 머릿속에서는 아까 전에 가게야마가 들려주었던 추리가 몇 번이나 반복되고 있다. 다잉 메시지가 시사한 범인의 이름은 고다마 고로. 가게야마의 머릿속에서는 다른 범인의 이름도 떠오른 듯했다. 하지만 끝내 가게야마는 그 이름을 입에 담지 않았다. 절대적인 확신을 갖지 않은 상태에서는 결코 범인을 지명해서는 안 된다. 가게야마에게는 그런 굳은 신념이 있다고 한다. 아마추어 탐정으로서는 실로 훌륭한 윤리관이라고 생각하는데……. 그런 것치곤 당신, 요전 사건에서는 의외로 애매한 이론으로 "그 사람이야말로 범인입니다"라고 말했었잖아. 그건 어떻게 된 거야! 흥, 만날 잘난 체만 하고. 아아, 그건 그렇고, 졸리다. 그러고 보니 어제는 거의 철야였지. 졸리는 것도 어쩔 수 없네.

이윽고 레이코가 수마에 굴복해서 꾸벅꾸벅 졸던 그 순간, 쨍 하고 금속끼리 격렬히 부딪치는 충격음이 들렸다. 졸음의 수렁에서 끌려 올라온 레이코가 몽롱한 의식으로 게슴츠레하게 한쪽 눈을 뜨자, 그녀의 눈앞에는 어째서인지 금속 방망이가 보였다. 그것을 쥐고 있는 사람은 가게야마였다.

"아가씨! 주무시고 계실 때가 아닙니다! 클라이맥스입니다!"

"어, 어어?"

그 말을 듣고 두 눈을 뜬 레이코는 눈앞의 광경에 전율했다.

"……뭐야?"

창문에서 비쳐드는 달빛 속에, 가게야마의 맞은편에 복면을 쓴 검은 인물이 있었다. 그 인물이 누워 있는 레이코를 향해서 검 같은 것을 휘둘렀고, 가게야마의 금속 방망이가 그것을 간신히 막아냈다. 검의 끝이 집사의 방망이와 격렬히 맞닿으며 끼긱끼긱 하는 절박한 소리가 울렸다.

"우, 우왓!"

레이코는 당황하면서 침대에서 굴러떨어져, 바닥을 기듯이 이동해 가게야마의 몸을 방패 삼아 일어섰다. 어디 보자, 뭐였더라, 이런 상황에서 할 멋진 대사는……. 아니, 이 마당에 이르면 뭐든 상관없다. 레이코는 외쳤다.

"걸렸구나! 당신의 악행은 다 알고 있다! 이제 모든 걸 단념하고 오라를 받아라!"

내가 시대극의 포졸이냐? 내심 부끄러워하는 레이코 앞에 남자의 사나운 목소리가 터져 나왔다.

"젠장, 어떻게 된 거지?"

"어떻게 된 일이냐면, 그건 말이지……."

요컨대 여기는, 저택은 저택이지만 호쇼가의 저택이 아니라 고다마가의 저택. 그 삼층에 있는 사토미의 방이다. 그러면 어째서 레이코가 사토미의 침대에서 자고 있었는가? 그 이유는 가게야마의 추리에 있다. 그의 추리는 이러했다.

—진범은 자신이 모르는 사이에 다잉 메시지를 지우고 흉기를 옮긴 사후 공범자의 존재를 결코 달갑게 생각하지 않았을 것이다. 오히려 기분 나쁘고 두려운 존재로 인식했을 것이 틀림없다. 그리고 범인에게 제대로 된 관찰력이 있다면, 어젯밤의 참고인 조사에서 사토미의 눈치를 보고 사후 공범자가 그 아이임을 깨달았을 가능성이 높다. 그렇다면 오늘 밤, 사토미에게 위험이 닥치지 않을까? 이것은 위기임과 동시에 진범을 끌어낼 수 있는 절호의 기회이기도 하다.

그리하여 레이코는 사토미를 다른 방으로 옮기고 사토미 대신 직접 침대에 누웠다. 그리고 잠이 부족했던 나머지 꾸벅꾸벅 졸고 있었던 것인데…….

"당신에게 설명해줄 필요는 없어!"

레이코는 귀찮은 설명을 생략하고 집사에게 명령했다.

"가게야마, 이 녀석을 처치해!"

"알겠습니다."

가게야마는 대답하더니 천천히 블랙 슈트의 가슴에 오른손을 집어넣었다.

"잠깐, 설마, 가게야마!"

권총이라도 꺼낼 생각이야? 하지만 그런 물건을 여기서 꺼냈다간 살인범과 함께 가게야마도 체포된다. 아무리 레이코가 현직 형사라도 권총의 불법 소지는 무마할 수 없다.

"아, 하지만 괜찮아, 가게야마! 아버님에게 부탁하면 무마해주실 거야!"

"무슨 말씀이시죠?"

가게야마는 새침한 얼굴로 봉 형태의 물체를 꺼내고는 그것을 한 번 휘둘렀다. 이십 센티미터 정도의 봉이 한순간에 세 배 정도 늘어났다. 특수 경봉이었다.

"호신용으로 쓰십시오."

그가 내민 경봉을 "고마워" 하고 대답하며 받아든 레이코는 이맛살을 찌푸렸다.

"왜 당신이 이런 걸?"

"집사니까요"라고 대답하는 가게야마는 여전히 새침한 얼굴이었다. 전혀 대답이 되지 않지만, 그것은 넘어가고.

레이코는 특수 경봉을 오른손에 들고, 가게야마는 금속 방망이를 양손에 쥐고 암흑 속에서 복면을 한 진범과 대치했다. 가만히 보니, 범인이 들고 있는 검의 자루가 눈에 익었다. 응접실의 서양식 갑옷 허리에 채워져 있던 세이버◆다. 레이코는 가게야마에게 속삭였다.

"이 대 일이야. 게다가 저 녀석이 들고 있는 건 모조 검이고. 단연코 이쪽이 유리해."

◆ 날이 휜 기병용 칼.

"그러면 좋겠습니다만……."

그렇게 말하는 그 순간, 복면 남자가 춤추는 듯이 움직였다. 다시 금속음이 울려퍼지고, 가게야마의 방망이와 남자의 검이 어둠속에서 문자 그대로 불꽃을 튀기며 교차했다. 가게야마가 혼신의 힘으로 방망이를 휘두르자, 견디지 못하고 상대도 거리를 두었다. 가게야마는 금속 방망이의 끄트머리를 손끝으로 만져보더니 설레설레 고개를 저었다.

"아가씨, 유감스럽게도 저 검은 모조 검이 아닙니다. 날카로운 칼날이 있습니다."

"칫, 기누에 부인도 참 위험한 물건을 장식해두고 있었구나!"

아무리 수적 우위라도 이쪽은 금속 방망이에 경봉이다. 진검을 휘두르는 상대에게는 불리하지 않은가. 불평하는 레이코를 노리고 남자가 덤벼들었다. 남자는 경험자인지, 세이버를 다루는 데 익숙한 눈치였다. 레이코도 경관이므로 경봉을 다루는 것에는 익숙하지만, 그래도 상대의 공격을 피하는 것이 고작이다. 레이코는 적의 강렬한 공격을 경봉으로 받아내면서 시야의 가장자리로 가게야마의 모습을 찾았다. 하지만 도와주길 바랄 때인데도, 가게야마의 모습은 방 어디에도 보이지 않았다.

"가게야마!"

"……."

대답이 없다.

그렇다는 것은 도망친 건가, 충성스럽지 못한 놈 같으니. 흥, 뭐,

상관없어. 어차피 그 사람은 단순한 집사. 얌전히 홍차나 끓이는 게 어울려. 범인을 체포하는 데에는 적합하지 않아. 살인범을 체포할 수 있는 것은 당연히 구니타치 경찰서 조사1과에 피는 검은 장미, 호쇼 레이코의 역할이지!

그렇게 마음을 다잡으며 특수 경봉을 쥐는 레이코. 갑자기 덤벼드는 복면의 남자. 그 순간, 침대 뒤쪽에서 튀어나온 인물이 있었다. 그것은 상대의 검을 튕겨내며 두 사람 사이로 끼어들었다. 가게야마였다. 적은 경계하듯이 벽까지 후퇴했다. 레이코는 가게야마의 몸을 방패 삼으면서 말했다.

"어디에 갔었던 거야…… 가게야마아……. 없어진 줄 알았잖아!"

레이코는 울 것 같았다. 사실은 엄청나게 위축되어 있었다.

"오래 기다리게 해서 죄송합니다, 아가씨. 여기는 저에게 맡겨주십시오."

"뭐가 '맡겨주십시오'야, 이 바보 집사! 두 사람이 달려들지 않으면 당한다고!"

"아뇨, 우선은 제가."

가게야마는 억지로 밀어붙이듯 그렇게 말하더니, 방망이를 검도 중단 자세로 잡고서 상대를 도발했다.

"이제는 남자답게 일대일 승부를 해볼까요, 마에다 도시유키 씨?"

어, 마에다 도시유키? 놀란 레이코는 가게야마의 등 너머로 복면 남자를 보았다. 가게야마의 말을 들은 복면 남자는 확실히 한순간 움찔하는 기색을 보였다. 그러나 복면을 벗기는커녕 남자는 손에 든 검을 똑바로 가게야마를 향해 겨누었다.

어두운 방 안에서 검은 옷을 입고 마주한 두 남자. 한 사람은 세이버, 한 사람은 야구 방망이. 손에 든 무기를 제외하면 둘 다 아주 비슷한 분위기를 풍기고 있다. 찌릿찌릿 타들어가는 듯한 긴장감 속에, 기다리다 못한 듯이 사브르를 든 남자가 움직였다.

"키에엑!"

괴조 같은 목소리를 내며 그가 가게야마에게 덤벼들었다.

괴성을 지르지는 않지만 가게야마도 방망이를 크게 휘두르며 재빠르게 반응했다. 방 중앙에서 열십자로 교차하는 검과 방망이. 그 순간 울려퍼진 세찬 충격음. 쨍!이라기보다는 쩍! 하는 묵직한 소리였다. 어둠 속에서 검과 방망이를 교차시킨 상태 그대로, 두 사람의 움직임은 한순간 딱 멈췄다. 막상막하의 승부다. 레이코의 눈에는 그렇게 보였다. 그러나 그 직후, 세이버를 든 남자의 행동에서 초조해하는 기색이 뚜렷하게 엿보였다. 남자는 두세 번 몸을 흔드는 몸짓을 했다. 그때 레이코는 확실히 보았다. 달빛을 받고 있는 가게야마의 옆얼굴에 승리의 확신 같은 흐릿한 미소가 떠오른 것을. 그리고 다음 순간.

복면의 남자는 갑자기 칼자루에서 손을 떼고, 승부를 포기한 듯이 황급히 뛰기 시작했다.

"……?"

레이코는 영문을 알 수 없었다.

"아가씨! 범인을 체포하셔야죠!"

가게야마의 목소리를 듣고서 레이코는 제정신을 차렸다. 문으로 도망치려고 하는 남자의 등 뒤에서 덮쳐들며 특수 경봉으로 뒤통수를 빡! 남자는 고꾸라지듯이 앞쪽으로 쓰러지며 문에 이마를 쿵! 머리 앞뒤로 충격을 받은 남자는 체념한 듯이 흐느적거리며 바닥에 쓰러졌다.

"의외로 싱겁네."

레이코는 전의를 상실한 복면 남자를 내려다보면서 외쳤다.

"가게야마, 불 켜!"

곧바로 어두웠던 방에 불이 들어왔다. 그 순간, 레이코의 시선은 범인의 모습보다 가게야마가 손에 들고 있던 방망이에 못 박혔다. 그것은 금속 방망이가 아니었다.

"어떻게 된 거야? 아까까지는 분명 금속 방망이였는데, 언제 나무 방망이로?"

"아가씨가 활약하시는 동안에 예비 방망이로 바꿨습니다. 나무 방망이 쪽이 효과가 있을 거라고 생각했으니까요."

가게야마는 나무 방망이의 손잡이를 쥐고 레이코의 눈앞에 방망이의 끄트머리를 보였다. 그곳에는 은색의 세이버가 열십자를 이루듯이 박혀 있다. 세이버의 칼날이 너무 날카로워서 나무 방망이와 강하게 맞부딪친 순간, 방망이의 머리 부분에 깊숙이 박혀버려서 그 뒤로는 밀어도 당겨도 빠지지 않게 되었던 것이다. 범인이 갑자기 칼을 버리고 달아난 이유가 이것이었다. 사정을 이해한 레이코는 가게야마의 기지에 놀랄 뿐이었다.

"믿을 수 없어. 상대가 진검이란 걸 알고서 일부러 나무 방망이로 바꿨다는 거야? 보통은 반대잖아."

"하나의 도박이었습니다만, 생각대로 잘 되었습니다. 그것보다, 아가씨."

가게야마가 쓰러진 범인에게 시선을 주었다. 레이코는 고개를 살짝 끄덕이고 범인 곁에 쭈그려 앉았다.

"얼굴 좀 보여줘야겠어."

복면에 손을 대고 단숨에 벗겨냈다. 나타난 것은 기누에 부인이 신뢰하던 비서의 얼굴이었다.

"마에다 도시유키, 역시 당신이었구나. 하지만 대체 왜?"

"애, 애인의 복수를 하기 위해서다……."

거친 숨을 내쉬면서 마에다는 절절이 호소했다.

"내 애인은 그 여자 때문에 자살을……. 나는 복수를 위해서 그 여자의 비서가 되었어. 애인이 죽은 건, 그렇지, 그건 잊히지도 않는 삼 년 전의 여름, 동거 중이었던 나와 그 여자는……."

"아, 잠깐."

레이코는 손바닥을 앞에 내밀고 마에다의 말을 막았다.

"그 얘기, 길어? 그렇다면 내일 취조실에서 들어줄게. 왜냐하면 오늘은 벌써 밤이 깊었잖아."

솔직히 말해서 이미 레이코에게는 살인범의 복수극을 들어줄 기력이 남아 있지 않았다.

마침 그때, 철컥 하는 소리가 나며 방문이 열렸다. 젊은 제복 경찰 둘이 조심조심 고개를 내밀었다.

"아, 호쇼 형사님."

"무슨 일이라도 있으십니까?"

요란한 소리를 듣고 달려온 것 같지만, 이미 늦었다. 레이코는 허리에 손을 대고 탄식하듯이 작게 한숨을 내쉬었다. 하지만 마침 잘되었다. 레이코는 위엄을 보이듯이 가슴을 펴고, 두 경찰에게 사건의 뒤처리를 지시했다.

"이 남자를 곧바로 구니타치 경찰서로 연행하도록. 죄목은 우선 공무집행방해죄의 현행범. 그리고 아마도 고다마 기누에 살해 사건의 진범이야. 그러면 뒷일을 잘 부탁해. 아, 잠깐, 아냐, 아냐, 그 남자 말고. 범인은 이쪽이야. 그 사람은 범인이 아니라, 그게, 뭐랄까, 그 사람은 내 편이니까 체포하지 마."

7

"감사합니다, 아가씨. 조금만 더 늦었으면 연행될 뻔했습니다."

다시 리무진 안. 가게야마는 운전석에서 언짢아질 정도로 감사의 말을 반복했다. 범인 체포에 결정적인 공헌을 하고도 수갑을 찰 뻔했던 일이 상당히 불만인 것 같다. 하긴, 무리도 아니다.

"당신이 평소부터 수상한 분위기를 풍기고 있으니까 범죄자로 오인받는 거야. 이상한 무기도 가지고 있었고. 뭐, 이번에는 그게 도움이 되었지만."

레이코는 빌린 특수 경봉을 두 손으로 만지작거리면서 말했다.

"그런데 한 가지 질문이 있는데."

"어째서 범인이 마에다 도시유키인가 하는 점 말이군요."

"그렇다기보다, 왜 당신이 그렇게 생각했는가, 그게 더 수수께 끼야."

레이코에게 질문을 듣고, 가게야마는 마지막 수수께끼 풀이를 시작했다.

"저도 마에다가 범인이라는 확신이 있었던 것은 아닙니다. 현장에 남은 다잉 메시지가 정말로 기누에 부인이 남긴 것, 즉 고다마 고로가 진범일 가능성도 충분히 생각할 수 있으니까요. 그렇다면 만약 다잉 메시지가 날조된 것이었을 경우, 그것을 날조한 범인은 누구인가? 그렇게 생각했을 때, 저는 기묘한 위화감을 느꼈던 겁니다."

"위화감?"

"네. 이미 추리했던 대로, 남겨진 다잉 메시지는 '고로'였습니다. 그러나 왜 '고로'였을까요? 왜 '가즈오'가 아니었을까요? 만약 기누에 부인을 살해한 범인이 그 죄를 누군가에게 뒤집어씌우려고 했을 경우, 그 상대는 고로보다 가즈오 쪽이 어울린다고 생각하지 않으십니까? 왜냐하면 가즈오는 사건이 일어난 날 저녁식사 자리에서 기누에 부인과 크게 다투었고, 분을 못 이겨서 '맞아 죽을 줄 알아'라는 살벌한 말을 입 밖에 냈습니다. 범인에게 이 정도로 이상적인 희생자는 생각할 수 없었다고 생각합니다만."

"그것도 그러네. 가즈오라는 안성맞춤의 인물이 있는데도 범인은 고로를 선택했어. 왜지?"

"네. 거기서 떠오른 가능성이 두 가지 있습니다. 하나는 가즈오 자신이 기누에를 살해한 범인이었을 경우입니다."

"가짜 다잉 메시지로 자기 이름을 쓸 수는 없는 노릇이니까. 하지만 가즈오에게는 알리바이가 있어. 불륜 상대의 증언이지만 그럭저럭 신빙성이 있는 알리바이야."

"네. 그래서 또 하나의 가능성 쪽이 떠오른 것입니다."

"또 하나의 가능성이라니?"

"그것은 가즈오의 '맞아 죽을 줄 알아'라는 발언을 범인이 몰랐을 경우입니다. 모른다면 가즈오에게 죄를 뒤집어씌우자는 발상이 떠오르지 않는 것도 무리는 아닙니다. 그러면 가즈오의 발언을 몰랐던 인물이란 누구인가?"

"그렇구나, 거기서 마에다가 나오는구나. 저택 사람들 중에 마에다만 저녁식사에 동석하지 않아. 별채에서 혼자 식사하는 마에다는 저녁식사 때 벌어진 대소동을 몰랐어."

운전석의 가게야마가 살짝 고개를 끄덕였다. 아무래도 모든 수수께끼는 풀린 것 같다. 레이코에게는 이제 아무것도 질문할 것이 없었다. 불명확한 점 몇 가지는, 내일이 되면 마에다 본인의 입으로 들을 수 있을 것이다. 한밤중을 넘긴 시간의 지친 머리로 생각할 일은 아니다. 그렇다, 그런 것보다 한밤중을 지났다고 하자면.

레이코는 문득 위장 주변이 왠지 허하다고 느끼고, 요전에 먹다 남긴 푸아그라를 떠올렸다. 시곗바늘은 오전 두시. 야식이 생각날 시간대다.

"저기, 가게야마."

레이코는 운전석으로 몸을 내밀듯이 하며 물어보았다.

"배고프지 않아?"

그러나 가게야마는 눈썹 하나 움직이지 않고, "저는 딱히 배가 고프지는 않습니다"라고 그다운 심술궂은 의견을 말했다.

"그렇습니다만, 아가씨께서 바라신다면 어디든 안내하도록 하겠습니다. 다만 푸아그라를 주문할 수 있는 가게는 이 시간에 영업하지 않습니다."

"그야 그렇겠지."

레이코는 잠깐 생각하다가, 문득 재미있는 질문을 떠올렸다.

"저기, 가게야마. 당신이 자주 가는 단골 가게 같은 곳은 없어?"

"저의 단골 가게 말씀입니까?"

가게야마는 깜짝 놀란 듯이 몇 초 정도 입을 다물었다가 그로서는 의외의 대답을 했다.

"물론 있습니다."

"거짓말! 있어? 어디, 어디야? 가까워? 심야에도 열어? 어떤 가게야?"

왜 이렇게까지 비정상적인 흥분을 보이는지 레이코 본인도 잘 알 수 없었다. 군이 말하자면 가게야마가 평소 식사하는 모습이 상상되지 않는 만큼, 어쩐지 매우 흥미로웠기 때문이다. 그런 레이코에게 가게야마도 조금 흥분된 말투로 선전을 늘어놓았다.

"이치카이 거리 근처에 있는 숨은 맛집입니다. 상하이에서 경험을 쌓은 요리사가 국산 고급 재료를 사용해서, 비전의 육수와 비장의 조리법으로 만들어낸 극상의 요리……."

"중화요리구나!"

"네."

가게야마는 운전석에서 자신만만하게 고개를 끄덕였다.

"최강의 중화라면입니다."

"중화……라면?"

가게야마의 의표를 찌르는 선택에 레이코는 아연실색했다. 그리고 어째서인지 맹렬히 밀려 올라오는 웃음을 필사적으로 참으면서 간신히 고개를 들었다. 그런 뒤에 레이코는 고귀한 집 아가씨다운 화사한 미소와 약간 거드름 피우는 말투로 운전석의 집사에게 이렇게 말했다.

"꽤 재미있어 보이는 가게네. 바로 안내해줄 수 있을까?"

"알겠습니다, 아가씨."

가게야마는 공손히 대답하고 크게 핸들을 돌리고는 가속 페달을 밟았다.

온 도시가 잠든 듯이 고요한 구니타치의 밤에 경쾌한 엔진 소리가 울려퍼진다. 아가씨와 집사를 태운 리무진은 한밤중의 디너를 향해 달리기 시작했다.

히가시가와 도쿠야는 2002년에 『밀실의 열쇠를 빌려드립니다』
라는 작품으로 데뷔한 중견작가입니다. 이후로도 『밀실을 향해 쏴
라!』『완전범죄에는 고양이가 몇 마리 필요한가?』 등을 발표하며
꾸준히 작품 활동을 해왔습니다만, 본격적으로 세간의 주목을 받
은 것은 2010년 하반기에 나온 본 작품, 『수수께끼 풀이는 저녁식
사 후에』부터입니다. 사실 이 작품도 발간 초기에는 그리 주목받
지 못했습니다. 그런데 일본 주요 서점 직원들의 추천으로 뽑는
'서점 대상' 후보에 오르면서 입소문을 타고 인기몰이를 시작했
고, 다음 해에 판매부수 100만 부를 넘기며 당당한 베스트셀러 작
가의 반열에 오르게 되었죠. 그리고 그 바람을 탔는지 결국 2011
년 '서점 대상'까지 수상하며 저력을 과시했습니다. 일본 현지에

서는 작품의 높은 인기 덕분에 영상화가 된다는 이야기도 나오고 있더군요. 분량도 적절하니 드라마로 나온다면 재미있을 거란 생각이 듭니다.

읽으셨다시피, 유머러스한 대화와 개그가 특징인 작가입니다. 일명 '유머 미스터리'라고 불리는 히가시가와 도쿠야의 스타일은, 어쩌면 기존의 추리/미스터리 팬들께 너무 가볍게 느껴질지도 모릅니다. 하지만 무작정 가볍기만 한 것이 아니라, 별것 아닌 듯한 지문과 대화 속에 본격 추리에 기초한 트릭과 복선이 잘 깔려 있는 것을 보면 작가가 그런 부분을 소홀히 하지 않도록 유념하고 있음을 잘 알 수 있습니다. 코믹하게 진행되는 이야기 속에서 트릭과 반전을 즐길 수 있으며, 평소에 추리나 미스터리란 장르를 부담스럽다고 생각하시는 분도 가볍게 접할 수 있는 유쾌한 작품입니다. 서점 직원들이 '팔고 싶은 책'으로 추천했던 이유나 판매부수 100만 부를 넘은 인기의 원동력은 그런 부분에 있지 않을까요? 일본에서는 이미 잡지에 후속작의 연재가 시작되었다고 합니다. 아가씨와 집사 앞에 또 무슨 사건들이 이어질지 기대됩니다.

히가시가와 도쿠야는 최근 들어서야 국내에 소개되기 시작한 작가입니다. 얼마 전에 국내에 『저택 섬』이 발매되었으니 이 작품이 두 번째로군요. 일본에서 높은 인기를 얻고 있는 만큼, 국내에도 앞으로 많은 작품이 소개되리라 생각합니다. 왠지 어렵고 무겁게 느껴지는 미스터리란 장르에 '유머 미스터리'라는 새로운 바람을 몰고 와서 더욱 많은 분들이 책을 가까이할 수 있게 되기를 바랍니다.

2011년 4월
현정수

옮긴이 **현정수**

일본 소설 전문 번역가. 옮긴 책으로는 『수수께끼 풀이는 저녁 식사 후에』 『이제 유괴 따위 안 해』 『이력서』 『여름휴가』 『빙글빙글 도는 미끄럼틀』 『절대 최강의 사랑노래』 『해질녘의 매그놀리아』 『금지된 낙원』 『그리고 명탐정이 태어났다』 『해피엔드에 안녕을』 등이 있다. 순문학에서 장르 문학, 라이트 노벨에 이르기까지 장르를 넘나들며 활동하고 있다.

수수께끼 풀이는 저녁 식사 후에 1

1판 1쇄 발행 2011년 5월 9일
1판 18쇄 발행 2015년 6월 25일
2판 1쇄 발행 2016년 9월 30일

지은이 히가시가와 도쿠야 **옮긴이** 현정수
펴낸이 김영곤 **펴낸곳** 아르테
문학출판사업본부 본부장 신우섭
해외문학팀 손미선 제갈은영 **디자인** 공중정원 박진범
문학영업마케팅팀 권장규 김한성 오서영 임동렬 김선영 정지은

출판등록 2000년 5월 6일 제406-2003-061호
주소 (우 10881) 경기도 파주시 회동길 201(문발동)
대표전화 031-955-2100 **팩스** 031-955-2151 **이메일** book21@book21.co.kr

아르테는 (주)북이십일의 문학 브랜드입니다.

(주)북이십일 경계를 허무는 콘텐츠 리더

아르테 채널에서 도서 정보와 다양한 영상자료, 이벤트를 만나세요!
가수 요조, 김관 기자가 진행하는 팟캐스트 '[북팟21] 이게 뭐라고'
페이스북 facebook.com/21arte 블로그 arte.kro.kr
인스타그램 instagram.com/21_arte 홈페이지 arte.book21.com

ISBN 978-89-509-6658-4 04830
    978-89-509-6663-8 04830(세트)
책값은 뒤표지에 있습니다.